ハヤカワ文庫NV
〈NV1209〉

MORSE
—モールス—

〔上〕

ヨン・アイヴィデ・リンドクヴィスト
富永和子訳

LÅT DEN RÄTTE KOMMA IN

by

John Ajvide Lindqvist

Copyright © 2004 by

John Ajvide Lindqvist

Translated by

Kazuko Tominaga

First published 2009 in Japan by

HAYAKAWA PUBLISHING, INC.

This book is published in Japan by

arrangement with

ORDFRONTS FÖRLAG AB

c/o LEONHARDT & HØIER LITERARY AGENCY A/S

through THE ENGLISH AGENCY (JAPAN) LTD.

ミアに、ぼくのミアに捧げる

目次

下巻　目次

MORSE―モールス―

〔上〕

登場人物

オスカル・エリクソン……12歳の少年
エリ……………………………オスカルの隣に越してきた少女
ホーカン………………………エリの父親
トンミ…………………………オスカルの隣人
イヴォンヌ……………………トンミの母親
スタファン……………………警官、イヴォンヌの恋人
ラッケ…………………………地元の中年男
ヴィルギニア…………………ラッケの恋人
モルガン
ラリー
ヨッケ
イェースタ
}……………………ラッケの友人
ヨンニ
ミッケ
トーマス
}……………………オスカルの同級生
インミ…………………………ヨンニの兄

場所　ブラッケベリ

　この名前は、ココナッツを散らしたクッキーか、ドラッグを連想させる。「そこそこの暮らし」を。地下鉄の駅と郊外の景色を。たぶんそれ以外にはとくに思いつかない。ほかの町と同じように、そこには人々が住んでいる。この町が造られたのはそのため、人々が住む場所を持つためだったのだから。

　いうまでもなく、ブラッケベリは自然に発展した町ではない。ここはすべてが最初から注意深く計画され、造られた町だ。それから人々が自分たちのために造られたところに引っ越してきた。緑のなかに散在する褐色のコンクリートの建物に。

　この物語がはじまるとき、ストックホルム郊外の町ブラッケベリは、すでに三十年存在していた。新しい町ともなれば、開拓魂をつちかったのではないか？　その昔、清教徒たちを乗せて大海原をわたったメイフラワー号や、未知の大陸のように。そうとも、入居者を待つ、たくさんの新しい建物が目に浮かぶ。

そこに彼らがやってくる！

喜びに目を輝かせ、幸せな未来を夢見て、トラネベリ橋を歩いてくる。一九五二年のことだ。母親は赤ん坊を抱くか、乳母車を押すか、子供たちと手をつないで。父親たちはつるはしやシャベルの代わりに、台所用品や機能的な家具を抱えて。彼らは、《インターナショナル》（一八七一年に初めてフランスで歌われた革命労働者の歌）や、《いざ行かん、エルサレムへ》などを口ずさみながら行進してくる。

大きな町、新しい町、近代的な町へと。

だが、実際は、そういうふうにはならなかった。

彼らは地下鉄でやってきた。あるいは車や、引越しトラックで。一家族ずつ。完成したアパートに、水が滲みこむようにして荷物と一緒に入っていった。そして綿密に計算され、造られた四角い部屋や棚に荷物をふりわけ、コルク製の床に家具を配置し、隙間を満たすために新しい家具を買った。

それが一段落すると、彼らは目を上げ、自分たちに与えられたこの土地をひとわたり眺め、外に出ていき、すべての土地がすでに誰かのものであることを知った。まあ、そういう状況に適応して暮らすしかあるまい。

ここにはタウンセンターがある。子供たちが遊べる大きな公園も、通りの角には広々とした緑地や、歩行者専用の小道もある。

快適な町だ。引っ越してから一カ月もすると、人々はキッチンのテーブル越しにそういった。

「いいところに引っ越してきた」と。

ただし、この町にはひとつだけ欠けているものがあった。ここには過去がない。ブラッケベリには歴史がなかったから、子供たちは、町の歴史について調べたり、学んだりすることはなかった。まあ、古い製粉所に関する話が残っているし、煙草王と呼ばれた人物がいたらしい。川のそばには何に使われていたのかわからない古い建物もいくつかある。だが、どれもずっと昔のことで、現在のブラッケベリとはなんのつながりもなかった。

いま三階建ての団地がある場所は、それが建つまえはただの森だった。

ブラッケベリでは、過去の謎に思いをはせることはできない。ここには教会すらひとつもなかった。人口九千の町なのに、教会がひとつもないのだ。

これはブラッケベリがいかに近代的で合理的な町かを物語っているといえるだろう。ここの人々は歴史という亡霊や、得体の知れない恐怖に煩わされることなどないのだ。

住民たちがこの事件に不意を打たれたのは、そのためもあった。

彼らが引っ越してきたのを見た者はひとりもいなかった。

警察は、ようやく十二月にその引越しトラックの運転手を突きとめたが、その男からもたいしたことは聞きだせなかった。彼のノートにあったのは、〝十月十八日、ノルシェーピングからブラッケベリ（ストックホルム）〟という記載だけだった。運転手はそのときの依頼人が父親と娘――かわいい少女――だったことを思い出した。

「そうだ、もうひとつ。家具はほとんどなかったな。ソファがひとつ、肘掛椅子がひとつ、それとベッドがひとつだったかな。まったくらくな仕事でしたよ。それに……ええ、そう、彼らは引っ越しを夜やりたがった。昼間より割高になるといったんだが。ほら、残業の割増金やなんかがあるからね。でも、金は問題じゃない、とにかく夜じゃなきゃまずいというんです。それが重要みたいだったな。何かあったんですか？」

ブラッケベリで起こった一連の出来事と、自分がトラックに乗せた人物について知らされると、運転手は絶句して目をみひらき、あらためてノートの走り書きを見下ろした。

「そいつはまったく……」

彼は自分の字がいやになったかのように顔をしかめた。

〝十月十八日、ノルシェーピングからブラッケベリ（ストックホルム）〟

ふたりをそこに運んだのは彼だったのだ。あの男と娘を。

こいつはうっかり人にはしゃべれんぞ、彼はそう思った。死ぬまで自分の胸にひめておくしかない。

第一部　そのような友を持つ者はさいわいである

恋の悩みで
きみの泡は弾けるわ
ボーイズ！
——シュー・マルムクヴィスト『ラブ・トラブル』

殺す気なんてなかったんだ。
俺だって生まれつきの悪人ってわけじゃない
こんなことをするのは
もっときみの気を引きたいから、
ただそれだけさ。
俺は失敗したのかい？
——モリッシー『ザ・ラスト・オブ・ザ・フェイマス・インターナショナル・プレーボーイズ』

一九八一年十月二十一日　水曜日

「よし、これはなんだと思う？」

ヴェリングビューから来た警官、グンナー・ホルムベリは、白い粉が入った小さなビニール袋を掲げた。

たぶんヘロインだ。でも、それを口にする者はひとりもいなかった。そういうことを少しでも知っていると思われたくないからだ。兄貴か兄貴の友達がそれをやっている場合はとくに。将を射んとすれば馬を射よ。それがこの警官の狙いかもしれない。いつもはわれ先に手を挙げる女の子たちさえ黙っている。警官は袋を振った。

「ベーキングパウダーかな？　それとも小麦粉か？」

六年B組はばかな生徒ばかりだと思われたくなくて、「違う」というつぶやきが起こる。

あの袋に入っているものを特定するのは不可能だが、今日は麻薬のことを学んでいるのだから、だいたい想像はつく。警官は担任の教師に顔を向けた。

「近ごろの家庭科は何を教えるのかな？」

担任が笑みを浮かべ、肩をすくめた。生徒たちが笑う。この警官は物分りのいいおじさんだ。クラスが始まるまえに、男子生徒が興味津々で銃に触るのも許してくれた。もちろん弾は入っていなかったが、それでも……。

オスカルはいまにも胸が破裂しそうだった。質問の答えがわかってるのに。知っているのに何もいえないのは、ものすごくつらい。オスカルはこの警官に自分を見てほしかった。自分をしっかり見て、そのとおりだよ、といってもらいたかった。ばかなことをしてるのはわかっていたが、それでも彼は右手を挙げていた。

「うん、なんだね？」

「ヘロインでしょ？」

「じつはそうなんだ」警察官はやさしい目で彼を見た。「どうしてわかったのかな？」

オスカルがどう答えるか、ほかの生徒たちが好奇心を浮かべて彼を見る。

「あの……いろんなものを読むから」

警官はうなずいた。

「それはいいことだ。読むのはね」彼は小さな袋を振った。「だが、これをやり始めたら、読む時間はあまりなくなるぞ。これだけでいくらの価値があると思う？」

オスカルはそれ以上いう必要を感じなかった。彼は警官の目に留まり、話しかけてもらった。本や何かをたくさん読むことまで話すことができた。これは望んでいた以上の成果だ。

そのあと彼は白昼夢にひたって過ごした。クラスが終わったあと、この人はぼくに興味を持って近づいて来るかもしれない。そして隣に腰をおろす。そしたら、何もかも話してしまおう。この人はきっとわかってくれる。頭をなでて、大丈夫だよ、といってくれる。ぼくを抱きしめて、これからはもう……。

「たれ込み野郎」

ヨンニ・フォースベリが人差し指でオスカルのわき腹を思いきり突いた。兄がドラッグを扱う連中と付き合っているヨンニは、彼らが使う言葉をたくさん知っている。B組の生徒はみな、彼が口にするそういう言葉をあっというまに吸収した。ヨンニはあの袋の中身がいくらになるか正確に知っているかもしれないが、〝たれ込む〟ようなことはしない。警官とは口をきかない。

休み時間になっても、オスカルはコート掛けのそばでぐずぐずしていた。ヨンニはぼくをいじめたがってる。それを避けるいちばんいい方法はなんだ？　このまま廊下にいたほうがいいか？　外に出たほうがいいか？　ヨンニもほかの生徒たちも、先を争って校庭へ出ていった。

そういえば、校庭にはパトカーが駐まってる。見学したければ、誰でも見にいけるんだ。あの警官が校庭にいるあいだは、いくらヨンニでも乱暴なことはしないはずだ。

オスカルは校舎の入り口の両開き扉へと向かい、窓の外を見た。思ったとおり、六年B組の生徒は、ひとり残らずパトカーのまわりに集まっている。オスカルもあそこに行きたかったが、どうせパトカーに近づくのは無理だ。たとえ警官がいても、膝蹴りされたり、股にくいこむほど下着を引っ張りあげられたりするに決まっている。

でも、この休み時間のあいだだけは、いじめられずにすみそうだ。オスカルは校庭に出て、こっそり校舎の裏をまわり、外のトイレに向かった。

なかに入ると、聞き耳をたて、咳払いした。その音がなかの仕切りに響くのを確かめ、パンツのなかに手を入れて、すばやくピスボールを取りだす。古いマットレスから切りとった、クレメンタイン（みかんの一種）大のスポンジで、ペニスが入るように真ん中をくり抜いてある。

彼はそれのにおいを嗅いだ。

やっぱり、またちびってる。オスカルは蛇口の下でそれを洗い、できるだけきつく絞った。

失禁。これはそういう名前で呼ばれる。ドラッグストアでこっそり引き抜いたパンフレットに書いてあった。失禁するのは、たいていは歳をとった女の人だ。

それとぼく。

そのパンフレットには、カウンターで症状を話していただければ、効果的な治療薬をお勧めします、とも書いてあったが、わざわざ小遣いを使って、ドラッグストアのカウンターで恥ずかしい思いをするなんてとんでもない。それに母さんには絶対話したくない。なんてかわいそうなの、といわれるのはわかってる。そんな言葉を聞くのも母さんの悲しい顔を見るのももうんざりだ。

ぼくにはピスボールがある。いまのところはこれでまにあう。

トイレの外で足音と話し声が聞こえた。オスカルはピスボールを手にしたまま、いちばん近い仕切りに逃げこみ、鍵をしめた。ほとんど同時に外のドアが開く。下からのぞかれても足が見えないように、音をたてずに便器に上がり、しゃがみこんで、息をひそめた。

「ピギー？」

ヨンニだ、もちろん。

「おい、ピギー。ここにいるのか？」

ミッケが一緒だった。いちばん乱暴なふたりだ。ううん、トーマスのほうがもっと残酷だけど、殴ったりひっかいたりはしない。トーマスは利口だから。いまごろはあの警官に取り入っているんだろう。もしもピスボールのことを知ったら、それを使って長いことオスカルをいびり、辱《はずかし》める方法を思いつくのはトーマスだ。ヨンニとミッケはぼくを殴るだけ。こっちのほうがましだ。そう考えれば、実際、あのふたりしか来なかったのは運がいいけど……。

「ピギー？　ここにいるのはわかってるんだぞ」

ふたりはオスカルが隠れている仕切りを見つけ、仕切りのドアを揺すぶり、ドンドンたたいた。オスカルは両脚を抱いて胸に押しつけ、悲鳴がもれないように歯を食いしばった。

あっちへ行けよ！　ほっといてくれ！　どうしてぼくにかまうんだ？

ヨンニがなだめすかすような声になった。

「ちび豚、いますぐ出てこないと、放課後やっつけるぞ。そのほうがいいのか？」

トイレのなかが少しのあいだ静かになり、オスカルは注意深く息を吐きだした。

ふたりは荒々しくドアを蹴り、たたきはじめた。トイレ全体に雷のような音が響きわたり、仕切りの錠が内側に曲がっていく。ふたりが完全にぶち切れるまえに、錠を開けて自分からでていくほうがいいのはわかっていたが、オスカルにはどうしてもできなかった。

「ピギー？」

オスカルはさきほど手を挙げ、自分の存在を主張した。知識をひけらかした。だが、それは禁じられている行為だった。なぜ彼をいじめるのか、ヨンニやミッケに訊けばもっともな理由をこじつけるだろう。おまえは太りすぎてる、醜すぎる、むかつく、と。でも、そんなのはみんなこじつけだ。彼らはオスカルの存在自体が気に入らない。彼らにそれを思い出させるような行為は、ひとつ残らず許されていないのだ。

あのふたりは、頭を便器に突っこんで水を流し、〝洗礼〟を授けるだけかもしれない。どんな拷問を思いつくにしろ、それが終わったときには心から深い安堵を感じるのに、どうして錠を開けてしまわないのか？　どうせもうすぐ蝶番が引きちぎられ、彼らの思い通りになるのに。

オスカルは恐怖に目をみひらき、外から加えられている力で錠が音を立ててはずれるのを見つめた。ドアが勢いよく開いて壁にぶつかり、ミッケ・シスコヴの勝ち誇ったにやけ顔が見えた瞬間、この問いの答えがわかった。

さっさと開けたら、このゲームがだいなしになるからだ。

彼は錠を開けてはいけない。ヨンニたちも仕切りの壁をよじ登ってはいけない。壁をよじ登れば、ほんの二、三秒で彼を捕まえられるが、これはルール違反だ。

ふたりは獲物を狩るハンターの醍醐味を味わう必要がある。オスカルは獲物の恐怖を味わわねばならない。実際にオスカルを捕まえてしまえば、彼らのお楽しみは終わり、そのあとの罰はどちらかといえば義務のようなものだ。オスカルがあまり早く降参してしまえば、ハンターのスリルをじゅうぶん味わえなかったヨンニたちが、罰にエネルギーを注ぎこむかもしれない。そのほうがひどいことになる。

ヨンニ・フォースベリが頭を突っこんだ。

「糞をするんなら、蓋を開けなきゃだめだぞ。さあ、豚め、豚らしく鳴いてみろ」

オスカルはいわれるままに豚の鳴き声を真似た。これもゲームの一部だ。黙って鳴き真似をすれば、ときどきヨンニたちは何もせずに引きあげる。オスカルはとくべつ一生懸命、真似ようとした。さもないと、罰を与えられるときにパンツに入れた片手を無理やり引きださ れ、情けない秘密を嗅ぎつけられてしまうかもしれない。

オスカルは豚みたいに鼻を押しあげ、うなり声やかん高い鳴き声をあげた。ヨンニとミッケが笑う。

「くそ豚、やれよ。もっと鳴け」

オスカルはぎゅっと目を閉じて、いわれるままに鳴きつづけた。爪が手のひらに食いこむほど強く手を握りしめ、口のなかにへんな味が広がるまで鳴き、それからやめて目を開けた。

ふたりは立ち去っていた。

オスカルは便座の上にうずくまったまま、床を見下ろした。下のタイルにポツンと赤い点が見える。じっと見ていると、鼻からもう一滴垂れた。彼はトイレットペーパーをちぎって、それを鼻孔にあてた。

怖い目に遭うと、ときどきこうなる。こんなふうに鼻血がでる。殴ろうとしていたヨンニたちが、オスカルがすでに血を流しているのを見て気持ちが変わり、助かったことも何度かあった。

オスカル・エリクソンは丸めた紙を鼻にあて、片手にピスボールを持って、便器の上にうずくまっていた。彼は鼻血をだす。パンツを濡らす。しゃべりすぎる。体のあらゆる穴から臭いにおいを放っている。たぶんもうすぐ糞ももらすようになるだろう。豚のように。

オスカルは立ちあがって、トイレを出た。タイルに垂れた血は拭かなかった。誰かがそれを見て、何があったのか考えればいいんだ。誰かがここで殺されたと思えばいい。ほんとにいい、殺されたんだから。数えきれないほど何度も。

腹がではじめ、髪がめっきり薄くなった、住所不定の四十五歳の男、ホーカン・ベングトソンは、地下鉄の窓から新しく我が家となった町を眺めていた。

そこは、実際、少し醜かった。ノルシェーピングのほうがまだましだっただろう。だが、少なくとも、同じストックホルムの郊外でも、こういう西のほうの町は、テレビで見たキスタやリンケビュー、ハロンベリエンのような、少数民族が住むスラム街とはまるで違う。

「次の停車駅はロクスタです」

キスタのような地域よりも少し穏やかで、柔らかな印象を与える。もっとも、ここには本物の摩天楼があるが。

ホーカンは首をのけぞらせて水道局の最上階を見上げた。ノルシェーピングでは、こんなに高い建物を見た覚えがない。だがまあ、ダウンタウンに足を向けたことは一度もなかった。

わたしが降りるのは、次の駅じゃなかったか？　ホーカンはドアの上にある地下鉄の地図に目をやった。そうだ、次の駅だ。

「ドアからおさがりください。ドアが閉まります」

誰かがこちらを見ているか？

いや。この車両に乗っている客はほんの数人、ひとり残らず夕刊を広げてそれを読んでいる。明日はそこに、彼に関する記事が載るはずだ。

彼は女物の下着の広告に目を留めた。黒いレースのパンティとブラを着た女性が、悩ましげなポーズをとっている。まったく近ごろはどうかしてる。どこに目をやってもむきだしの肌ばかりだ。どうしてみんな、こういうものをがまんするのか？　こういうものが人々の頭に、愛に、どんな影響をおよぼすかわかってるのか？

ホーカンは手が震えているのに気づいて、膝に置いた。彼はひどく神経質になっていた。

〝ほんとうに、ほかにはひとつも方法がないのか？〟

〝あれば、こんな危険なことをさせると思う?〟

〝いや、しかし……〟

〝ほかにはないよ〟

ひとつもない。だからやるしかないのだ。しかも失敗は許されない。彼は電話帳の地図をじっくり見て、目的に適いそうな樹木の多い地域を選び、必要なものをバッグに入れて出かけてきたのだった。

アディダスのロゴは、足のあいだに置いたバッグのなかのナイフですでに切りとった。これはノルシェーピングで彼がおかした間違いのひとつだった。誰かがバッグのブランド名を覚えていたために、彼が投げこんだアパートのそばのごみ箱から、警察がそのバッグを見つけだしたのだ。

だから今日はバッグを持ち帰るつもりだった。そして小さく切ってトイレに流すのか?犯行に使ったバッグはそうするものなのか?

そもそも、こんなことがどうすればうまく行くものなのか?

「終点です。お忘れ物のないようにお降りください」

地下鉄の車両が乗客を吐きだし、ホーカンはバッグを手にして人々の流れにしたがった。少しでも重いのはガスの入った缶だけだが、まるで重石が入っているようだ。処刑場に向かう死刑囚のようではなく、ふつうに歩くためには、たいへんな努力が必要だった。どんな理由でも周囲の人々の目を引くことだけは絶対に避けねばならない。

だが、脚は鉛のように重く、ホームから離れたがらなかった。このままここにいたら、どうなる？　完全に動くのをやめて、筋肉ひとつ動かさず、夜が来て誰かが彼に気づき、この男を運びだしに来てくれ、どこかへ連れていってくれと……人を呼ぶまで、ここに立ちつくしていたら？

ホーカンはふつうのペースで歩きつづけた。右脚、左脚。ここでためらうことはできない。失敗したら恐ろしいことが起こるのだ。想像しうる最悪の事態が。

改札を出ると、彼は周囲を見た。方向感覚は昔からあまりよくない。森がある地域はどちらの方角だったか？　道を尋ねることはできないから、どちらかに向かうしかない。歩きつづけ、さっさとこれを終わらせてしまえ。右脚、左脚。

何かほかに方法があるはずだ。

だが、彼にはひとつも思いつけなかった。特定の条件、基準がある。そのすべてを満たす方法はこれだけだ。

ホーカンはこれまでに二度、同じことをした。そして二回ともへまをしでかした。ベクシェのときの間違いはそれほど大きなものではなかったが、それでもあの街を出るはめになった。今日は見事に成功させてみせる。そして褒美をもらう。

たぶん、愛撫を。

二度も、だ。わたしはもう地獄に落ちている。もう一度やったからといって、どんな違いがある？　何ひとつない。社会の裁きはおそらく同じ。終身刑だ。

道徳的にはどうだ？　ミノス王の尻尾で何回打たれることになるのか？

彼が歩いている公園の小道は、少し先で曲がり、そこから森が始まっていた。地図で見たのはこの森にちがいない。ガスの缶とナイフがバッグのなかでカタカタと音を立てている。彼はできるだけ缶を揺すらないようにバッグを運ぼうとした。

前方の脇道から子供が出てきた。八歳ぐらいの少女が。小さな腰で学校のかばんが跳ねているところをみると、家に帰る途中だろう。

いや、だめだ！

限りというものがある。あんなに小さな子はだめだ。それくらいなら、わたしが代わったほうがまだましだ。死んで地面に倒れるまで。少女は何かを口ずさんでいた。彼はそれを聞きたくて足を速め、少女に近づいた。

〝小さなお家の窓から
細い陽射しがそっと入りこむ〟

子供たちはまだあれを歌うのか？　この少女の教師は年配なのかもしれない。あの歌がまだすたれていないとは、なんと喜ばしいことか。ホーカンはよく聞くためにもっと近づきたかった。実際、少女の髪のにおいが吸いこめるほど近づきたいくらいだ。

彼は速度を落とした。ばかな真似をして、あの子に騒がれたらどうする。少女は公園の小道から森に入っていく細い道に曲がった。森の向こう側にある家に住んでいるのだろう。森のなかをひとりで歩かせるとは、いったいどういう親なのか。あんなに小さな子を。

彼は足を止めた。少女は彼からどんどん遠ざかり、森のなかに消えた。

そのまま行くんだよ、お嬢ちゃん。森のなかで遊んだりしちゃだめだぞ。

近くの木で頭青アトリがさえずるのを聞きながら、彼は一分ほど待った。それから少女のあとにしたがい、森に入った。

学校の帰り道は、頭が重かった。ああいう方法、罰を逃れるために豚の真似や何かの真似をしたあとは、いつもどうしようもなく気が滅入る。殴られたあとよりひどい気分になる。それがわかっていても、いざとなると痛めつけられる恐怖に打ち勝つことができない。殴られないために、どんなことでもしてしまう。まったくプライドをなくしてしまうのだ。

ロビン・フッドやスパイダーマンにはプライドがある。サー・ジョン（イングランド王ヘンリー二世の末子）やドクター・オクトパス（スパイダーマンの敵役）に襲われ、窮地に陥っても、身の危険を顧みずに勇敢に立ち向かう。

でも、スパイダーマンに何がわかる？　絶体絶命の窮地さえ、必ず抜けだせるのに。彼はコミックのヒーローだから、必ず生き延びて次の巻でまた活躍する。それに彼にはスパイダー・パワーがある。ぼくには豚の鳴き声しかない。生き延びるためならなんでもするしかないんだ。

オスカルは自分を慰める必要があった。この情けない気持ちを、なんらかの形で埋め合わせる必要がある。ヨンニとミッケに出くわす危険をおかし、彼はブラッケベリのダウンタウンにあるスーパーマーケット〈サビス〉へと足を向けた。階段を使わずジグザグのスロープを急ぎ足にのぼりながら、そのあいだに気持ちを鎮めようとした。スーパーに着くまえに落ち着く必要がある。汗をかき、そわそわしていてはまずい。

一年ほどまえ、彼はもうひとつのスーパーマーケット・チェーンである〈コンスム〉で万引きし、捕まったことがあった。警備員は母に電話をしたがったが、母は仕事に出かけていて、オスカルは仕事場の電話番号を知らなかった。嘘じゃない、ほんとに知らなかったのだ。それからの一週間は、電話が鳴るたびに心臓が止まったが、やがて母宛ての手紙が届いた。ばかみたいに、「ストックホルム警察」というラベルが貼ってあった。もちろん、オスカルはそれを開封し、自分のおかした罪について読み、母の署名を真似て、母が読んだことを知らせるためにその手紙を警察に送り返した。ぼくは臆病者かもしれないが、ばかじゃない。

でも、臆病ってなんだ？　ぼくがこれからやろうとしてるのは、臆病なことか？　彼はダイム、ヤップ、ココ、バウンティのチョコレートバーをダウンの防寒コートのポケットいっぱいに詰めこんだ。最後に噛みごたえのあるカー・キャンディーをひと袋、お腹とパンツのあいだに滑りこませ、レジに行き、棒付きキャンディーをひとつ買った。

帰り道、オスカルは意気揚々として、弾むような足どりで家に向かった。ぼくはみんながよってたかっていじめるピギーってだけじゃない。危険をおかし、まんまと逃れた大泥棒だ。

みんなを出し抜くことができるんだ。

正面の門を通過し、母と住んでいる団地の中庭へ入ったあとは、もう何も恐れる必要はなかった。いびつな円形をつくっている団地の建物と、それをぐるりと回る通り、イブセンガタン。このなかにはいじめっこはひとりもいない。彼を守ってくれる二重の環のなかは安全だった。この中庭では、ひどいことはひとつも起こらない。まあ、基本的には。

彼はここで大きくなった。学校に行くまえの友達はこのなかにいた。ところが五年生になってから深刻ないじめの対象になり、五年の終わりにはすっかりそれが定着して、B組以外のクラスにいる友だちさえ気づくようになった。そして遊びの誘いが、どんどん減っていった。

スクラップブックをつくりはじめたのはそのころだ。彼はいまそのスクラップブックを見るのを楽しみに家に向かっていた。

ウィーン！

モーターのうなりが聞こえ、何かが足にぶつかった。暗赤色のラジコンカーが足元からバックし、くるりと向きを変えて、オスカルの建物の正面玄関へとすごい速さで斜面を上がっていく。扉の右手にある葉の尖った灌木の後ろで、トンミがお腹のあたりから長いアンテナを突きだし、低い声で笑っていた。

「驚いたろ？」

「すごく速いんだね」

「ああ、速い。買いたいか？」

「……いくら？」

「三百」

「そんなお金、もってないよ」

トンミはオスカルを手招きし、斜面で車をターンさせた。ラジコンカーが飛ぶように斜面をくだり、けたたましい音をたてて彼の足もとで止まる。トンミは拾いあげてそれをなでながら、低い声でいった。「店で買えば九百だ」

「うん」

トンミは車を見て、それからオスカルを上から下までじろじろ見た。

「二百にまけとくよ。新品だぞ」

「うん、すごい車だけど……」

「なんだ？」

「べつに」

トンミはうなずいてふたたび下に置き、灌木のあいだを走らせた。ラジコンカーは車輪をがたつかせて大きな洗濯物干しをまわりこみ、小道に飛びだしてさらに斜面をくだっていく。

「やってみていい？」

トンミはオスカルを測るような目で見てからリモコンを渡し、オスカルの上唇を指さした。

「殴られたのか？　血がついているぞ。そこに」

オスカルは唇を拭った。人差し指に固まった血の茶色い片が少しついた。

「ううん。ただ……」

いうな。いっても仕方がない。トンミはオスカルより三つ年上で、強い。きっと、やり返せ、みたいなことをいわれるに決まってる。そしてオスカルは〝うん、そうする〟と答え、結局はいまよりもっと情けないやつだと思われるはめになる。

オスカルは少しのあいだラジコンカーで遊んだ。それからトンミがそれを操縦するのを見守った。お金があって、トンミと取り決めができればいいのに。共同で使うとか。両手をポケットに突っこむと、キャンディーが指に触れた。

「ダイム、食べる?」

「いや、あれは嫌いなんだ」

「ヤップは?」

トンミはリモコンから目を上げ、にやっと笑った。

「両方あるのか?」

「うん」

「かっぱらったんだな」

「……うん」

「もらうよ」

トンミは片手を差しだし、オスカルがヤップをのせると、ジーンズの尻ポケットにそれを滑りこませた。

「ありがとよ。またな」

「バイ」

オスカルは帰宅すると、さっそくキャンディーをひとつ残らずベッドに並べた。ダイムから食べはじめ、棒の両方にキャンディーがついているやつへと進んで、大好きなバウンティでおしまいにしよう。それからフルーツ味の固いカー・キャンディーを嚙めば、ちょうどロのなかの掃除になる。

ベッドのすぐ横に、食べる順にキャンディーを並べ、母がアルミホイルで蓋をした飲みかけのコカ・コーラを冷蔵庫から持ってきた。完璧だ。コーラは少し炭酸が抜けているほうが好きだ。キャンディーを食べながら飲むときはとくにそのほうがいい。

彼はホイルをはずし、ボトルをキャンディーのすぐ横に置いてベッドに腹ばいになり、本棚に目をやった。グースバンプ（米国のヤングアダルト向けホラー小説）は、ほぼ全巻そろっている。ところどころに面白い話ばかり集めたアンソロジーもはさまっていた。

このコレクションの大部分は、新聞に載っていた広告で見つけ、二百クローナで買った二袋に入っていたものだ。地下鉄でミッドソマルクランセンに行き、教えてもらった道順にしたがって、目的のアパートにたどり着いた。ドアを開けたのは、しゃがれた低い声でぼそぼそ話す青白い顔の太った男だった。さいわい、その男はオスカルになかに入れとはいわず、ただ本を入れた袋をふたつ持ってきて、うなずきながら二百クローナ受けとり、「楽しんでくれ」といってドアを閉めた。

そのあとオスカルは不安にかられた。彼は南ストックホルムのイェートガタン沿いに並んだコミック専門の古本屋で、このシリーズの古いものを何カ月も探したのに見つからなかった。ところが、さっきの男は電話でちょうどオスカルが探している古い巻があるといった。これじゃ、あんまり簡単すぎる。

オスカルは男のアパートが見えないところまでくると、袋をおろし、中身に目をとおした。でも、彼はだまされたわけではなかった。第二巻から四十六巻まで、ちゃんと四十五冊入っている。

こういう古い巻は、もうどこを探しても手に入らない。しかも全部でわずか二百クローナだなんて！

あの男を怖がる理由はじゅうぶんあったんだ。ぼくはあの男から宝物を盗んだのも同じなんだから。

それでも、スクラップブックの面白さに比べればかすんでしまう。

オスカルは積みあげたコミックの下の隠し場所からそれを引き抜いた。スクラップブック自体は、ヴェリングビューにあるディスカウント・ショップ〈オーレンス〉で万引きした、ただの大きなスケッチブックだった――。彼はそれをさりげなく小脇に抱えて店を出たのだ。誰が臆病者だって？　でも、その中身は……。

彼はダイム・バーの包みを開き、がぶりと噛みついて、おなじみのカリッという歯ざわりを味わいながら、スケッチブックを開いた。最初のページに貼ってあるのは、一九四〇年代にアメリカで人を殺した女性に関する《ホーム・ジャーナル》からの切り抜きだ。その女性は捕まるまえに砒素を使って十四人も年寄りを毒殺し、裁判で死刑を宣告され、電気椅子で処刑された。本人は致死注射を望んだが、彼女が裁かれた州では電気椅子が使われたのだ。

いつか誰かが電気椅子で処刑されるところを見たい。これはオスカルの夢のひとつだった。血が煮立ちはじめ、信じられない角度に体がねじ曲がると読んだことがある。ひょっとすると、頭の毛も燃えるんじゃないか？　でも、この想像を裏付ける公式の情報は彼の手もとにはない。

それでも、かなり見ものだ。

オスカルはページをめくった。次は夕刊紙《アフトンブラーデット》からの切り抜きで、犠牲者の身体を切り刻んだスウェーデンの殺人鬼の記事だ。写りの悪いパスポートの写真は、ただ老人にしか見えない。だが、この男はホームサウナでふたりも男娼を殺し、死体を電気鋸で切り刻んで、サウナの裏に埋めた。オスカルはダイムの残りを食べながら、男の顔をじっと見た。うん、ごくふつうの年寄りに見える。

二十年後のぼくかも。

ホーカンは見張るのに格好の場所を見つけた。そこに立っていれば、道の右手も左手も見渡せる。木立の奥に、真ん中に木がそびえているくぼみを見つけ、道具を入れたバッグはそこに残してきた。吸入麻酔《ハロタン》ガスの小さな容器は、コートの下につけたホルスターにおさまっている。

あとは待つだけだ。

昔は早く大人になりたかった
父さんや母さんみたいに
いろんなことがわかるように……

この歌を聞くのは、学校にいたころ以来だ。作曲者はアリス・テグナーだったか？　まったく、たくさんのすばらしい歌が、もう誰にも口ずさまれずに忘れられてしまった。考えてみれば、たくさんのすばらしい慣習や伝統もいまでは姿を消した。

誰も美しいものに敬意を払わない。それがいまの社会の特徴だ。偉大なる天才たちの作品は、せいぜいよくても皮肉な言葉で引き合いにだされるだけ、さもなければ広告に借用されるだけだ。ミケランジェロの『アダムの創造』もしかり。現代人は、最もすぐれたひらめきを見るべき場所に、ジーンズを見るはめになる。そもそもあのフレスコ画の価値は、二つの見事な身体が、触れそうで触れない二本の人差し指の先で終わっているところにあるのだ。そのあいだのほんのわずかな空間。その空間に、命がある。あの壁画の肉体美と驚嘆すべき詳細は、その中心になる決定的な虚空を強調する、たんなる額、背景にすぎない。何もない空白、そこにすべてがこめられている。

ところがその場所に、どこかのばか者がジーンズを重ね合わせた。

誰かが小道をやってくる。彼は耳のなかでどくどく鳴る鼓動を聞きながら、しゃがみこんだ。いや、犬を連れた年寄りだ。ふたつの点で、目的には沿わない。まず、犬を静かにさせねばならないこと。それと質が落ちること。

こんなにちっとしか毛がとれないにしちゃ、ずいぶんと派手に鳴くもんだ、と豚の毛を刈った男がぼやきましたとさ。

彼は時計を見た。二時間もしないうちに暗くなるだろう。これから一時間のあいだに条件にかなう犠牲者が来なければ、えり好みはできなくなる。暗くなるまえに帰らねばならない。

年配の男が何かいった。姿を見られたのか？　いや、犬に話しかけているのだ。

「これで気分がよくなったかい、スイートピー？　ずいぶんがまんしていたものな。お家に帰ったら、レバーソーセージをあげようね。パパのかわいい、いい子に、おいしいレバーソーセージを厚く切ってやる」

ホーカンはハロタンガスの缶が胸を押すのを感じながら、両手で頭を抱えてため息をついた。世の中には、美を知らぬこういう惨めで孤独な年寄りがどれほどたくさんいることか。

彼はぶるっと身体を震わせた。午後が深まるにつれて風が冷たくなってきた。バッグに入っているレインコートを取りだし、風よけに着たほうがいいだろうか？　いや、あれは動きを制限する。いざというとき機敏に動けなくてはまずい。それにあんなものを着て立っていたら、疑われるかもしれない。

　二十代の女性がふたり歩いてきた。これもだめ、同時にふたりを襲うのは無理だ。会話の断片が耳に入ってくる。

「……いまのところ、彼女は堕ろさないって……」

「……ひどい男。いくらなんでも……」

「……彼女が悪いのよ……ピルをのんでいなかったんだもの……」

「だけど、彼にも責任が……」

「……想像できる？……彼が父親になるなんて……」

　妊娠したガールフレンド。その責任を取ろうとしない若い男。どうやらそういう話らしい。しょっちゅう起こっていることだ。みんなが自分のことしか考えようとしない。自分の幸せ、自分の将来、耳に入ってくるのはそういう言葉ばかり。本物の愛とは相手の足もとに命を投げだすことだが、近ごろの若い連中には考えもおよばないだろう。

　寒さがしみこみ、手足がかじかんできた。レインコートがあってもなくても、これでは動きが鈍くなる。彼は両手をコートのポケットに突っこみ、ガスをだしてみた。シュッという音がする。容器は問題ない。彼は指を離した。

　身体を温めるために、その場で飛び跳ねながら腕をピシャピシャたたいた。どうか、誰か来てくれ。ひとりで頼む。腕時計を見る。あと三十分で時間切れだ。誰か来てくれ。頼むから、これには命が、愛がかかっているのだ。

でも心はいつも子供でいたい
子供たちは神の国の使いだから

オスカルがスクラップブックの最後まで目を通し、キャンディーをたいらげるころには、暗くなりはじめていた。甘いものをこんなにたくさん食べたあとの常で、頭がぼうっとなり、なんとなくうしろめたい気持ちになる。

あと二時間で母さんが帰ってくる。ふたりで夕食を取ったあと、オスカルは英語と算数の宿題をする。そのあとは本を読むか、母さんとテレビを観る。今夜は面白い番組はひとつもないが、一緒にココアを飲み、甘いシナモンロールを食べながらあれこれ話す。それからオスカルはベッドに入るが、おそらく明日のことが心配でなかなか寝つけない。

電話をかける相手がいればいいのに。もちろん、ヨハンが暇なことを願って、彼にかけることはできる。

ヨハンは同級生だった。一緒に遊ぶときは、楽しく過ごせる。でもほかに遊ぶ相手がいれば、ヨハンがオスカルを選ぶことは決してない。ほかにもっと楽しい予定がないときに電話をかけてくるのはヨハンのほうで、オスカルではなかった。

アパートのなかは静かだった。何も起こらない。コンクリートの壁がオスカルを取り囲み、外の世界から遮断していた。甘いものを食べ過ぎた胃の重みを感じながら、オスカルは両手を膝にのせてベッドに座っていた。

まるでいまにも何かが起こるみたいに。

オスカルは息を止め、耳をすました。ねっとりした恐怖が背筋を這っていく。何かが近づいてくる。壁から無色のガスがしみだし、オスカルを窒息させ、呑みこもうとする。彼は身体をこわばらせて座り、息を止め、耳をすまして、待った。

その瞬間がすぎ、オスカルはふたたび呼吸しはじめた。

キッチンへ行き、水を一杯飲んで、磁気ホルダーからいちばん大きなナイフをつかむ。父さんに教えてもらったように、親指の爪で切れ味を確かめる。刃がなまってる。二、三度ナイフをシャープナーに通してから、ふたたび親指の爪で試す。爪にごく薄い傷がついた。

よし。

新聞紙を鞘代わりに使ってナイフを包み、テープで止め、その包みを左の腰とズボンのあいだに差す。握りだけが出るように。でも、歩きだそうとすると、ナイフが左脚の邪魔になり、股間に沿うように角度をつけた。あまり心地はよくないが、これなら歩ける。

玄関でジャケットを着てから、キャンディーの包み紙を部屋に散らかしたままなのを思い出した。それを全部集め、ポケットに突っこむ。これなら母のほうが早く帰宅しても大丈夫だ。包み紙は森の石の下にでも隠すとしよう。彼はひとつも証拠が残っていないことを、もう一度確認した。

ゲームはもうはじまってるぞ。ぼくは恐ろしい殺人鬼だ。この鋭いナイフで十四人も殺したが、何の手がかりも残していない。髪の毛一本、キャンディーの包みひとつ。警察はぼくを恐れてる。

これから次の犠牲者を探しに森に行くとしよう。

奇妙なことに、その犠牲者の名前も、外見もすでにわかっていた。髪の長い、大きな目に意地の悪い表情を浮かべたヨンニ・フォースベリだ。あいつは涙ながらに助けてくれと懇願し、豚の鳴き真似をするだろうが、何の役にも立たない。最後にものをいうのはこのナイフ、大地が彼の血を飲むだろう。

オスカルはこの言葉を何かの本で読み、すっかり気に入っていた。

大地が彼の血を飲むだろう。

アパートのドアに鍵をかけ、片手をナイフの柄にかけて建物を出ていくときも、彼はこの言葉を呪文のように繰り返していた。

「大地が彼の血を飲むだろう。大地が彼の地を飲むだろう」

さきほど中庭に入ってきた門は建物の右端にある。いまは左手に向かい、ほかの建物をふたつ通り過ぎて、車が入れる出入り口を通過した。これで内側の守りを出た。イブセンガタンを渡り、外側の守りもあとにして、丘をくだりつづける。目指すは森だ。

大地が彼の血を飲むだろう。

この日、二度目に、オスカルはほとんど幸せな気持ちになった。

ホーカンが自分に課した制限時間にあと十分と迫ったとき、少年がひとりで小道を歩いてきた。見たところ、十三歳か十四歳の子だ。申しぶんない。ホーカンはまず足音をたてずに小道のはずれへ行き、そこから犠牲者に向かって歩いていこうと計画していた。

だが、急に脚が動かなくなった。その少年はのんびり小道を歩いてくる。急がねばならない。一秒過ぎるごとに、成功の確率は低くなるのだ。それがわかっていても、彼の脚は動くのを拒んだ。彼はしびれたように立ちつくし、選ばれた者、完璧な犠牲者を見つめた。少年は前進しつづけ、いまにもホーカンが立っている場所に達し、彼の目の前に立つ。まもなく手遅れになる。

動け、動け、動け。

もしも動かなければ、自分を殺すしかなくなる。から手で戻ることはできない。それが現実だ。彼自身かあの少年か。さあ、早く選べ。

遅まきながら、ようやく彼は動きだした。落ち着き払ってすれちがう代わりに、よろめきながら森のなかを小道へ、少年へとまっすぐに向かった。愚か者。不器用な間抜け。これであの子は疑いを抱き、警戒するにちがいない。

「やあ、きみ！」彼は少年に声をかけた。「ちょっと！」

少年が立ち止まった。ありがたい、逃げだそうとはしない。何かいわなくては、何かを訊かなくては。ホーカンは小道に立って、警戒し、ためらっている少年に近づいた。

「悪い……いま何時だかわかるかい？」

少年はホーカンの腕時計を見た。

「うん、じつは時計が止まってしまったんだ」

少年は自分の腕時計を見た。警戒し、身体をこわばらせているが、これはホーカンにはどうしようもない。彼は片手をコートのポケットに入れ、いつでもガスを発射できるように人差し指を構えて少年の答えを待った。

オスカルは丘をくだりつづけ、印刷会社を通り過ぎて、森のなかへと入っていく小道に折れた。お腹のなかの重みは消え、期待に心が弾んだ。森へくる途中で、さきほどの空想が完全に頭を占領し、彼はヨンニ・フォースベリを殺しにいく殺人鬼になりきっていた。

そして殺人鬼の目を通して、この世界を見ていた。少なくとも、十三歳の子供の想像力が許すかぎり殺人鬼の目になっていた。美しい世界だ。彼が支配している世界、彼の行為に直面し、恐怖に震える世界だ。

オスカルはヨンニ・フォースベリを探して森の小道を歩いていった。

大地が彼の血を飲むであろう。

暗くなりはじめた森のなかでは、物いわぬ人々のように木々が彼を取り囲み、標的にされるのを恐れ、戦慄して、オスカルのどんな小さな動きも見逃すまいと目を凝らしている。だが、殺人鬼はそのなかを通り、彼らを通り過ぎていく。彼はすでに獲物を見つけていた。

ヨンニ・フォースベリは小道から五十メートルほど離れた丘の上に立っていた。両手を腰にあて、にやけ笑いを顔に貼りつけている。いつもと同じ展開になるとたかをくっているのだ。おおかたオスカルを地面に抑えつけ、鼻をつまんで、マツの葉や苔を口に押しこむつもりなのだろう。

だが、そうはいかない。ヨンニに近づいていくのはオスカルではない。ナイフの柄を握り、獲物に襲いかかろうとしている殺人鬼だ。

殺人鬼は落ち着き払ってヨンニ・フォースベリに近づき、ヨンニの目をまっすぐに見返した。「やあ、ヨンニ」

「どうした、ピギー。こんな遅い時間に外にいてもいいのか？」

殺人鬼はナイフを取りだし、飛びかかった。


「ええと……五時十五分過ぎだよ」

「そうか、ありがとう」

少年は歩きだそうとはせず、まだホーカンを見ている。これさいわいとさらに近づくホーカンを、そこに立ったまま目で追っている。これはひどいことになりそうだ。もちろん、この子は何かがおかしいことに気づいたのだ。まず、森から男が急に走りでてきて、時間を尋ねた。しかも今度はその男がコートのなかに片手を入れて、ナポレオンのようなポーズを取っている。

「何を持ってるの？」

少年はホーカンの心臓のあたりを示した。ホーカンは頭が真っ白になった。どうすればいい？　彼は追いつめられ、ガスの缶を取りだして少年に見せた。

「それはなんだい？」

「ハロタンガスだ」

「どうしてそんなものを持ってるの？」

「これを持っているのは……」ホーカンは缶の吹き出し口が泡に覆われるのを感じながら、答えを思いつこうとした。彼は嘘をつくことができない。それが彼の呪いだった。「つまり……仕事に使うからだよ」

「どんな仕事？」

少年は少しほっとしたようだった。彼はホーカンが森のくぼみに置いてきたのと似たようなバッグを手にしていた。ホーカンは缶を持っている手でそのバッグを示した。

「練習か何かに行く途中なのかい？」

少年がバッグに目を落とす。ホーカンはこのチャンスをつかんだ。

両手を突きだし、空いているほうの手で少年の頭の後ろをつかみながら、缶の吹き出し口を口に押しつけ、トリガーを押す。ガスが大蛇のようなシュウッという音をたてた。少年は缶から離れようとしたが、ホーカンの手が後ろと前から頭を固定していた。

少年が逃れようと後ろに身体を投げだす。ホーカンは彼にしたがい、一緒に小道の枯れ葉の上に倒れた。そのあいだも蛇のようなシュウシュウという音がほかの音をかき消し、頭を占領していた。ホーカンは少年の頭をつかみ、吹き出し口を押しつけて地面を転がった。二度ばかり深く息を吸いこむと、少年の身体から力が抜けはじめた。ホーカンはその口に缶を押しつけたまま、周囲を見回した。

目撃者はひとりもいない。

ガスが吹きだすシュウシュウという音が、ひどい偏頭痛のようにホーカンの頭を満たした。彼はトリガーをロックし、もうひとつの手を少年の下からゆっくり抜きとると、ゴムバンドを緩めて、それを少年の頭にくぐらせ、缶を口もとに留めた。

彼は両腕に痛みを感じながら、獲物を見下ろした。

少年は缶の吹きだし口に鼻と口を覆われ、ハロタンガスの缶を胸にのせて、両腕を投げだし、倒れていた。ホーカンはもう一度周囲を確かめ、バッグを拾って若いたいらな腹の上に置いた。それから少年をバッグごと抱きあげ、森のなかのくぼみに運んだ。

少年は思ったよりも重かった。筋肉が多いのと、意識を失っているせいだ。ホーカンは息をきらしながら、湿った土を踏んで少年をくぼみまで運んでいった。そのあいだもガスが吹きだすシュウシュウという音が、彼の頭を電気鋸のように切る。ホーカンはその音を聞かずにすむように、わざとはあはあと息をついた。

ようやく目的の場所にたどり着いたときには、腕がしびれ、汗が背中を流れていた。くぼみの底に少年を横たえ、自分も横たわる。森はまた静かになった。少年の胸が上がっては落ちる。ガスの効き目はせいぜい八分。それが過ぎれば、ふつうなら目をさます。ただ、この子がふたたび目を開けることはない。

ホーカンは少年の顔を見つめ、人差し指でそれを撫でた。それからもっと近づき、ぐったりした身体を抱いて、自分に押しつけながら、優しく頬にキスをし、「許してくれ」とささやいて立ちあがった。

自分を守ることもできず地面に横たわる少年を見ていると、涙がこみあげそうになった。いまならまだやめられる。

パラレル・ワールド。ふとそんな思いが浮かんだ。

わたしがこの子に何もしない、パラレル・ワールドが存在する。そう思うと多少とも心がなぐさめられた。そこでは、わたしはこのまま立ち去る。この子はまもなく目をさまし、何が起こったのかと首をかしげる。

だが、この世界ではそうはならない。この世界では、ホーカンは自分のバッグに近づき、それを開けた。急がなくては。すばやくレインコートを着て、道具を取りだす。ナイフ、ロープ、大きなじょうご、五リットル入りのプラスチックの容器を。

ホーカンはそのすべてを少年のすぐ横に置いて、最後にもう一度若い肢体を見つめた。それからロープをつかみ、仕事にかかった。

彼はナイフを突きだした。最初の一撃で、ヨンニはいつもと勝手がちがうことに気づいた。頬の深い切り傷から血を流しながら逃げようとしたが、殺人鬼のほうが速く、すばやく二度ばかりナイフを振り、膝の裏の腱を切った。ヨンニは倒れ、苔のなかでのたうちまわりながら、助けてくれと懇願した。

だが、殺人鬼は容赦なく攻撃をつづけた。殺人鬼が飛びつき、大地にヨンニの血を飲ませると、ヨンニは悲鳴をあげた……豚のように。

ぐさっ、今日の昼間トイレでぼくにしたことの仕返しだ。ぐさっ、ぼくをだましてナックル・ポーカーをさせたときの仕返しだ。それに、これまでぼくに投げつけた汚い言葉の仕返しに唇を切ってやる。

ヨンニはすべての傷から血を流していた。これでもう意地の悪いことは何ひとついえず、何ひとつできない。もうとっくに死んでいるんだから。ぐさっ、ぐさっ、オスカルは仕上げにガラス玉のような目にナイフを突き刺し、立ち上がって自分の仕事を眺めた。

ヨンニの身代わりをしていた腐った木々は、大きな片がいくつも切りとられていた。幹は穴だらけだ。まだ立っているときのヨンニだった健康な木の下にも、大量の切りくずが飛び散っている。

キッチンナイフを持っている右手から血がでていた。手首のすぐ横に小さな切り傷がある。ヨンニを突き刺しているときに、手が滑ったにちがいない。こういう目的に使うには、理想的なナイフとはいえない。彼は血をなめて舌で傷をきれいにした。これはヨンニの血、ぼくはそれを味わっているんだ。

オスカルは残った血を鞘代わりの新聞紙で拭き、包丁をそのなかに戻して家に戻りはじめた。

この森は彼にとって、何年かまえから敵意に満ちた敵の根城だったが、いまはまるで我が家のような、避難所のような気がする。彼が通り過ぎると、周囲の木々が敬うようにさっと身を引く。すっかり暗くなりはじめていたが、ちっとも怖くなかった。明日の不安も感じなかった。今夜はぐっすり眠れるはずだ。

中庭に戻ると、オスカルは少しのあいだ砂場の縁に座って、家に入るまえに気持ちを落ち着けた。明日はもっと使いやすいナイフを手に入れるとしよう。自分の指が切れないように、パリー・ガードだかが付いてるやつを。彼はこのゲームをまたやるつもりだった。

気分がスカッとするから。

十月二十二日　木曜日

母がキッチンのテーブル越しに手を伸ばし、オスカルの手をぎゅっとつかんだ。その目には涙が光っていた。

「絶対にひとりで森へ入っちゃだめよ、わかった？」

オスカルと同じ歳ごろの少年が、昨日ヴェリングビューで殺されたのだ。午後の新聞でそれを読んで、母はすっかり取り乱して帰ってきた。

「運が悪ければ、あれは……そのことは考えたくもないわ」

「でも、その子が殺されたのはヴェリングビューだよ」

「子供にこんなことができる犯人が、地下鉄のふたつ先の駅まで来られないと思う？　このブラッケベリまで歩いてきて、また同じことをしないと思う？　よく森で遊ぶの？」

「ううん」

「これからは中庭から出ちゃだめよ。この……犯人が捕まるまでは」

「学校にも行っちゃだめってこと？」

「もちろん、学校には行っていいわ。でも、放課後はまっすぐ家に帰ってきて、母さんが戻るまではどこへも行っちゃだめ」

「そんな大騒ぎすることないのに」

母の目に浮かんでいる恐怖に、怒りが混じった。

「この犯人に殺されたいの？　そうなの？　森に行って殺されたいの？　あなたが森で倒れて……どこかのけだものに切り殺されているあいだ……母さんは死ぬほど心配して、ここで待っていなきゃならないの？」

母の目に涙があふれ、オスカルは片手を母の手に重ねた。

「森には行かないよ。約束する」

母はオスカルの頬をなでた。

「かわいいぼうや、母さんにはあなたしかいないのよ。あなたには何も起こってほしくないの。そんなことになったら母さんも死んじゃうわ」

「その……犯人は、どうやってやったの？」

「なんですって？」

「ほら、殺しを、だよ」

「知るもんですか。その子はナイフを持った頭のおかしい男に殺されたのよ。死んだの。両親の人生も破滅したのよ」

「新聞に細かいことが載ってないの？」

「読む気になれないわ」

オスカルは《エクスプレッセン》紙を手にとり、ページをめくった。この事件は四ページにわたっていた。

「そういう記事を読んじゃだめよ」

「知りたいことがあるだけさ。これを持ってってもいい？」

「読んじゃだめ。母さんは本気よ。恐ろしい事件のことばかりを読むのはよくないわ」

「今夜のテレビ番組を見るだけだよ」

オスカルが立ちあがり、自分の部屋に新聞を持っていこうとすると、母は彼をぎゅっと抱きしめ、濡れた頬を押しつけた。

「ぼうや、わからないの？　あなたのことが心配なのよ。あなたに何か起こったら――」

「わかってるよ、母さん。わかってるってば。気をつけるよ」

オスカルは母を軽く抱き返し、ゆっくり身体を離して、母の涙を頬から拭いながら自分の部屋に向かった。

こんなことがあるなんて、信じられない。

どうやらその子は、ぼくが森で〝ゲーム〟をしているときに殺されたらしい。残念ながら犠牲者はヨンニ・フォースベリではなく、名前も知らないヴェリングビューの少年だった。

今日の午後のブラッケベリは、重苦しい雰囲気だった。

家に帰る途中で新聞の見出しを目にしたせいかもしれないが、町の中心にある広場では、ふだんよりたくさんの人々がひそひそと言葉を交わし、のろのろと歩いているように見えた。

オスカルは金物屋で、三百クローナのかっこいい狩猟ナイフを盗んだ。彼は捕まったときのために、まえもって言い訳まで用意していた。

「ごめんなさい、おじさん、あの人殺しが怖かっただけなんだ」

必要とあれば、二、三粒涙をこぼすこともできたろう。そうすれば、間違いなく許してもらえたはずだ。だが、オスカルは捕まらず、そのナイフはいま彼の隠し場所でスクラップブックのすぐ隣におさまっている。

それにしても……。

ひょっとして、彼のゲームがあの殺人の原因になった、なんてことがあるだろうか？　そんなはずはないと思うが、完全にこの可能性を排除することはできない。彼が読む本には、そういう超自然現象がたくさん書かれている。ここで誰かの考えたことが、ほかで起こった出来事の原因となった、みたいな。

テレキネシスとか、ブードゥー魔術の。

でも、正確に、どこで、いつで、そして――これがいちばん知りたいことだが――どんな方法で殺されたのか？　意識を失った身体にたくさん突き刺した傷があれば、彼の手には恐ろしい力があるという可能性を真剣に考え、その力を制御する方法を学ぶ必要がある。

それとも、あの事件と昨日のゲームを結びつけているのは……あの木か？

ぼくが切った腐った木。あれには何か特別の力があるのか？　誰かがあの木にしたことは……ほかに広がる、みたいな。

とにかく、詳しい事実が知りたい。

彼はあの殺人に関する記事を端から端まで読んだ。ページのひとつには、学校に来てドラッグの話をしていった警官の写真が載っていた。だけど、あの人も、この段階ではたいしたことを話せなかった。犯罪現場の証拠をひとつ残らず採取するために、国立科学捜査研究所から専門家が呼ばれた。その結果がわかるまでは待つしかない。新聞には、殺された少年の写真も載っていた。学校の年鑑から取ったものだった。一度も見たことのない子だ。ヨンニとミッケみたいな感じの子だから、もしかするといまごろはヴェリングビューのオスカルがほっとしているかもしれない。

殺された子は、ヴェリングビュー体育館にハンドボールの練習に出かけたきり、家に戻らなかった。練習は五時半からだったから、おそらく五時ごろ家を出たのだろう。そしてそのあいだのどこかで——オスカルはめまいがしはじめた。時間は正確に合う。それに殺されたのも森のなかだ。

ほんとだろうか？　ぼくが殺したのか……？

その日の夜八時に少年を発見し、警察に知らせたのは十六歳の女の子だった。その子は「極度のショック」を受け、医者の手当てを受けていると記事には書かれていた。死体の状態については何も書かれていないが、発見者が「極度の」ショックを受けたとすれば、ふつうの死に方ではなかったにちがいない。そういうとき、新聞はたいてい「ショックを受けた」としか書かない。

この女の子は、暗い森のなかでいったい何をしてたんだ？　たぶん、たいしたことじゃないんだろう。松ぼっくりを拾ってたのかも。それにしても、どうして殺された方法が何も書かれていないのか？　記事にあるのは、現場の写真だけだ。ごくふつうの木立の一部、大きな木が真ん中に立っているくぼみを、警察のテープがぐるりと囲んでいる。明日か明後日には、キャンドルや「どうして？」とか「きみがいなくて寂しい」という立て札でいっぱいになったこのくぼ地の写真が載るはずだ。オスカルにはどうなるかよくわかっていた。スクラップブックには、そういう切り抜きがいくつもある。

たぶんこれはみんな偶然の一致だろうが、もしもそうでなかったら？

オスカルはドアのところで聞き耳をたてた。母はお皿を洗っている。彼はベッドに寝転がって、ナイフを取りだした。ナイフの柄がまるであつらえたみたいに手のなかにぴたりとおさまる。かなり重い。昨日使ったキッチンナイフの三倍はありそうだ。

彼は立ちあがって、ナイフを手に部屋の真ん中に立った。カッコいい。それに持ってるだけでこの手に力が伝わってくる。

キッチンからは、お皿がカチャカチャぶつかる音が聞こえてくる。彼は何度かナイフで空気を突き刺した。殺人鬼だ。この力を思いどおりに支配できるようになれば、ヨンニやミッケやトーマスに二度とわずらわされずにすむ。オスカルはふたたびナイフで空気を突こうとして、思い留まった。外はすっかり暗くなり、この部屋には明かりがついている。誰かが外にいたらまる見えだ。心配になって目をこらしたが、見えるのはガラスに映った自分の顔だけだった。

殺人鬼の顔だ。

彼はナイフを隠し場所に戻した。もちろん、これはただのゲーム。超自然現象なんか、現実には起こりっこない。でも、詳しいことを知る必要がある。いますぐに。


トンミはオートバイの雑誌を手に肘掛椅子に座り、頭を前後に振りながらハミングしていた。ソファに座っているラッセとロッバンにも、気筒数と最高速度のキャプションが入ったとくにかっこいいバイクの写真が見えるように、ときどき雑誌を高く掲げてやる。天井から下がっている裸電球の光が、つややかなページに反射し、セメントと肋材の壁に淡黄色の光を投げている。

トンミは彼らに気をもたせていた。

彼の母はヴェリングビュー警察で働いているスタファンと付き合っている。トンミはスタファンがあまり好きではなかった。正直にいえば、嫌いだ。知ったかぶりの、相手をいいくるめるのがうまい男だ。おまけに信心深い。それはともかく、トンミは母からあれこれ聞かされる。ほんとうはスタファンが母に話していけないようなこと、母がトンミに話してはいけないようなことを……。

たとえば、イースランドストリエトの電気屋に入った強盗に関する警察の捜査状況も、このルートを通じて耳に入ってきた。あれは彼とロッバンとラッセでやった〝仕事〟だ。

犯人の手がかりはまったくないと母はいった。このとおりに。「犯人の手がかりはまったくないそうよ」と。スタファンがそういったのだ。警察は逃亡に使われた車のことすらまったくわかっていなかった。

トンミとロッバンは十六歳で、高校に入ったばかり。十九歳のラッセは、頭に少し問題があり、ウルブスンダにある〈LMエリクソン〉で、金属部品を分類している。だが、彼は車の免許を持っていた。それに七四年型の白いサーブも持っていた。彼らは盗みに入るまえに、マジックマーカーを使ってナンバーを変えた。結果的には、あの車を見た者がいなかったのだから、そんな手間をかける必要もなかったのだが。

店から盗んだ品物は、地下の倉庫エリア——彼ら三人が根城にしている——の向かいにある、使われていない核シェルターのなかに隠してあった。金属カッターで鎖を取り外し、新しい鍵をつけたのだ。盗むこと自体が目的だったから、たくさんの品物をどうしていいかわからなかった。ラッセが仕事場の友人に二百クローナでカセットデッキをひとつ売ったが、それだけだ。

しばらくのあいだはおとなしくして、盗品には手をつけないほうがいい。それにトンミの母がいうように、ラッセは少し……とろいから、彼に売らせるのは考えものだ。とはいえ、窃盗事件からすでに二週間がすぎた。しかも、いまや警察は新たな事件で手いっぱいだ。

彼は口もとをほころばせながら、雑誌のページをめくりつづけた。ああ、そうとも、警察はとんでもない事件でてんやわんやだ。さっきから指で太腿をたたいているロッバンが、とうとうこういった。

「なあ、もったいぶらないで教えてくれよ」

トンミはふたたび雑誌を掲げた。

「カワサキだ。三〇〇CC。燃料噴射で――」

「いいから、教えろって」

「何を？　あの殺人のことか？」

「そうさ！」

トンミは唇を噛み、考えるふりをした。

「どんなふうに起こったんだ？」

長身のラッセがジャックナイフのように腰を折って身を乗りだす。

「うん、教えろよ」

トンミは雑誌を置き、ふたりを見た。

「ほんとに聞きたいのか？　かなりぞっとする話だぞ」

「ふん。だからなんだ？」

ラッセはとてもタフに見える。だが、トンミは彼の目に不安がよぎったのを見逃さなかった。トンミたちが恐ろしい顔をするか、奇妙な声でしゃべり、ラッセがやめろといっても無視すれば、それだけで彼は震えあがる。トンミとロッバンは一度、トンミの母の化粧品を塗りたくってゾンビのような顔になり、電球をはずして、この部屋でラッセを待っていたことがあった。このいたずらに、ラッセはパンツに糞をたれ、ロッバンの目にパンチを食らわして青いアイシャドーの下に青あざをつくった。そのあとはふたりともラッセを怖がらせないように、それまでよりも気を遣うようになった。

ラッセはどんなことを聞いても平気だというように、ソファに座って背筋をぴんと伸ばし、胸の前で腕を組んだ。

「わかったよ。これはふつうの殺しじゃないんだ。いいか、殺された子は……木に吊るされていた」

「どういう意味だい？　リンチされてたのか？」ロッバンが尋ねた。

「そうさ。だが、首じゃなくて、足で。つまり、逆さに吊るされてたのさ。足を縛られて」

「そいつは――でも、それだけじゃ死なないぞ」

トンミは、ロッバンが興味深い点を突いたかのようにじっと彼を見てから、言葉をつづけた。

「ああ、そのとおりだ。それだけじゃ死なない。でも、首がざっくり切られてた。それなら死ぬだろ。喉がそっくり切られてぱっくり開いてたんだ……メロンみたいに」彼は自分の首を指で切る真似をして傷の大きさを示した。

ラッセは守るように自分の喉をつかみながら、のろのろと首を振った。「だけど、どうしてそんなふうに吊るされてたんだ？」

「どうしてだと思う？」

「知るもんか」

トンミは下唇をつまみ、考えこむような顔をした。

「いちばん奇妙なのはこれさ。まず、相手が死ぬように首を切り裂く。すると血がどばっと噴きだすよな？」ラッセとロッバンがそろってうなずく。トンミはふたりをじらすように、少しのあいだ間をおいてから、爆弾を落とした。

「だけど、その下の地面には……その子が吊るされてた下の地面には、ほとんど血がしみこんでいなかった。ほんの二、三滴しか。逆さに吊られて首をざっくり切られたら、何リットルも流れだしたにちがいないのに」

地下室は静まり返った。ラッセとロッバンは、まっすぐ宙を見つめて考えていたが、しばらくすると、ロッバンが背筋を伸ばしてこういった。「わかった。そいつはほかの場所で殺されて、そこに運んでこられたんだ」

「だったら、なんだってわざわざ死体を逆さに吊るしたんだ？　人を殺したら、たいていはその死体を見つからない場所に処分したがるもんだろ」

「犯人は……頭がイカれてるのかもよ」

「ああ、そうかもな。だけど、おれは違う理由があると思う。肉屋のなかを見たことがあるか？　肉屋は豚をどうすると思う？　ばらばらに切るまえに血を抜くんだ。どうやって抜くか知ってるか？　フックに引っかけて逆さに吊るすのさ。そして喉を切る」

「つまり……そいつは、犯人は……殺した子を切り刻むつもりだったってことか？」

「あん？」こいつらはわざとおれを怖がらせようとしてるのか？　ラッセがそんな顔でトンミからロッバンに目を移し、またトンミを見た。どうやらそうではなさそうだと判断したらしく、彼はこう尋ねた。

「肉屋はそうするのかい？　豚に？」

「そうさ。どうすると思った？」

「なんかの機械を使うんだと思ってた」

「そのほうがましか？」

「いや。だけど……そのとき、豚はまだ生きてるのか？　逆さに吊るされたときは？」

「生きてるよ。そして夢中で足を蹴りだし、悲鳴をあげる」

トンミは吊るされた豚の鳴き声をあげた。ラッセはソファに沈みこんで自分の膝を見つめた。ロッバンが立ちあがって二、三歩歩いて戻り、また座った。

「でも、それはおかしいぞ。犯人が殺したやつを切り刻むつもりだったとしたら、血がそこらじゅうに飛び散ってるはずじゃないか」

「切り刻むつもりだったといったのはおまえだろ。おれはそう思ってないんだ」

「だったら、どう思ってるんだ？」

「彼は血がほしかったんだと思う。だから殺した。血を取るために。そしてそれを持ち去ったんだと思うな」

ロッバンはのろのろうなずき、口の端にできた大きなにきびのかさぶたをはがしながらいった。「うん。でもどうしてだ？　飲むためか？　なんのためだ？」

「そうかもな。その可能性もある」

トンミとロッバンはそれっきり黙りこみ、この殺しと殺したあとに起こったことに思いをめぐらせていた。しばらくするとラッセが顔を上げ、ふたりを見た。彼の目には涙が浮かんでいた。

「すぐ死ぬのかい、豚は？」

トンミは同じように真剣な顔でラッセを見た。

「いいや、なかなか死なない」


「少し外に出てくる」

「だめ」

「中庭に行くだけだよ」

「ほかに行っちゃだめよ。わかった？」

「わかってるってば」

「呼んでほしい？　あれが……」

「ううん。間に合うように帰ってくるよ。時計を持ってるもの。絶対に呼ばないで」

オスカルはジャケットに袖を通し、帽子をかぶった。ブーツをはき、静かに部屋に戻ってナイフを取りだすと、ジャケットのなかに入れた。ブーツの紐を結んでいると、リビングからまた母の声がした。

「外は寒いわよ」

「帽子をかぶったよ」

「頭に？」

「ううん、足に」

「これは冗談じゃないのよ、オスカル。わかってるでしょ……」

「行ってきます」

「……ちゃんと耳を隠さないと」

オスカルは外に出て腕時計に目をやった。七時十五分すぎだ。いつもの番組がはじまるまで四十五分ある。トンミとその仲間はたぶん地下の部屋にいるだろうが、そこに行くなんてとんでもない。トンミは大丈夫だが、ほかのふたりは……妙な考えを持つ可能性がある。シンナーを吸ってるときはとくに。

そこで彼は中庭の真ん中にある遊び場に行った。ときどきサッカーのゴール代わりに使われる二本の大きな木と、滑り台、砂場、タイヤを鎖で吊ったブランコが三つある。オスカルはタイヤのひとつに腰をおろし、静かに前後に揺らした。

彼は夜のこの場所が好きだった。暗がりにいる彼のまわりには、何百という明かりのついた窓がある。安全だし、ひとりになれる。彼はナイフを鞘から取りだした。鋭い刃は明るい窓が映るほどぴかぴかだった。月も見える。

血のように赤い月が……。

オスカルは立ちあがり、木のひとつにしのび寄ってつぶやいた。

「何を見てるんだよ、この間抜け。死にたいのか？」

木は答えない。オスカルは注意深くナイフを突き刺した。すべすべした刃が傷つかないように。

彼は幹からえぐった小さな木切れが落ちるようにナイフをひねった。肉の一片だ。彼はささやいた。

「ぼくを見ると、こういうことになるんだぞ」

「さあ、豚みたいに鳴けよ」

物音が聞こえたような気がして、彼は口をつぐんだ。腰のところでナイフを構え、まわりを確かめる。それからナイフを目に近づけ、確認した。先端はさっきと同じようになめらかだ。その刃を鏡代わりに使い、ジャングルジムが映るように傾けると、誰かがそこに立っていた。ついさっきまではそこにいなかった誰かが、きれいな鋼の刃にぼんやりと映っている。オスカルはナイフをおろし、ジャングルジムを見上げた。うん、いる。でも、ヴェリングビューの殺人犯人じゃない。子供だ。

それが見たことのない女の子だとわかるだけの明るさはあった。オスカルは一歩だけジャングルジムに近づいた。少女は動かない。ジャングルジムの上で彼を見ている。

彼はもう一歩近づき、突然怖くなった。何が？　自分が、だ。ぼくはナイフを握りしめ、あの子を刺そうとして近づいていく。ううん、そんなことない。でも、一瞬、そんな気がした。この子は怖くないのか？

彼は立ちどまり、ナイフを鞘に押しこんで、ジャケットのなかに戻した。

「やあ」

少女は答えなかった。オスカルはその子の黒い髪と小さな顔、大きな目が見えるほどすぐそばにいた。少女は手すりに白い手をおき、落ち着いた顔で彼を見ている。

「やあ、といったんだよ」

「聞こえたよ」

「どうして答えなかったのさ？」

少女は肩をすくめた。外見から想像したほど高い声ではなかった。オスカルと同じ歳ぐらいかもしれない。

その子にはなんだか奇妙なところがあった。肩までの黒い髪、丸い顔、小さな鼻。《ホーム・ジャーナル》に載ってる紙人形みたいに、とても……かわいい。でも、それだけじゃない。帽子もかぶっていないし、ジャケットも着ていない。こんなに寒いのに、薄いピンクのセーターだけだ。

少女はオスカルが切った木のほうにあごをしゃくった。

「何をしてるの？」

オスカルは赤くなった。でも、暗いからたぶん気づかれなかったろう。

「練習だよ」

「なんの？」

「人殺しがここに来たときの」

「どの人殺し？」

「ヴェリングビューの人殺しさ。あの子を殺したやつ」

少女はため息をつき、月を見上げた。それからまた身を乗りだした。

「怖い？」

「ううん。でも、人殺しだから、あの……自分の身を守れたほうがいいもん。ここに住んでるの？」

「うん」

「どこに？」

「あっち」少女はオスカルのアパートの隣の入口を示した。「隣だよ」

「ぼくがどこに住んでるか、どうして知ってるんだい？」

「窓から見たことがあるもの」

オスカルは赤くなった。いい返す言葉を思いつこうとしていると、少女がジャングルジムのてっぺんから飛びおり、彼の前に立った。あそこからは二メートル以上あるのに。

体操でも習ってるんだな。

背丈はオスカルとほとんど変わらないが、彼よりずっと細くて、まだ完全に平らな胸に、ピンクのセーターが張りついている。黒い目は、青白い小さな顔のほとんどを占めるくらい大きい。少女はまるで何かが自分に向かってくるのを防ごうとするように、片手をオスカルの前に上げた。指が長く、小枝みたいに細い。

「いっとくけど、友達にはなれないよ」

オスカルは胸の前で腕を組んだ。そうするとジャケットの下にあるナイフの輪郭を感じる。

「なんだって？」

少女の片方の口の端がほほえむように持ちあがった。

「理由が必要？　ただ、事実をいってるだけ。誤解されないように」

「へえ、そう」

少女は向きを変え、自分のアパートのほうに歩きだした。オスカルはその背中にいった。

「ぼくがきみと友達になりたい、い、いだって？　どうしてそう思うんだい？　ばかみたい」

少女は足を止め、少しためらった。それからきびすを返してオスカルのところに戻り、彼の前に立って指を組み合わせ、腕を落とした。

「なんだって？」

オスカルは自分を抱いた腕に力をこめ、片手をナイフに押しつけながらうつむいた。

「ばかみたい……そんなことをいうなんて」

「ばか？」

「そうさ」

「悪いけど、とにかく友達にはなれない」

ふたりはすぐ近くに立っていた。オスカルは地面を見つめつづけた。少女からは奇妙なにおいが漂ってくる。

一年ぐらいまえ、彼が飼っていた犬のボビーがけがをして、最後はその傷が化膿して安楽死させなくてはならなかった。最後の日、オスカルは学校を休んで何時間もボビーのそばに横たわり、別れを告げた。この少女は、そのときのボビーみたいなにおいがする。オスカルは鼻にしわを寄せた。

「この奇妙なにおいは、きみの？」

「たぶん」

オスカルは目を上げ、いまいったことを悔やんだ。ピンクのセーターを着た少女は、とても……弱々しく見える。彼は腕をほどき、少女の服装を示した。

「寒くないの？」

「うん」

「どうして？」

少女は眉を寄せ、鼻にしわをよせた。すると一瞬、実際の歳よりもはるかに上に見えた。まるで泣きそうな年寄りみたいに。

「どうやって感じるか忘れちゃったみたい」

少女は急いで背を向け、自分のアパートへと戻っていった。オスカルはそこにたたずんだまま見送った。重いドアに達すると、驚いたことに少女は両手で引っ張るどころか、片手でドアの取っ手をつかみ、ぐいと引っ張った。ドアが大きな音をたてて壁のドア止めにぶつかり、はね返って閉まるほど強く。

オスカルは悲しい気持ちでポケットに両手を突っこんだ。父さんがつくった間に合わせの棺に横たえたボビーの姿が目に浮かんだ。オスカルが工作の授業でつくった十字架が、金槌で凍った大地に突き刺そうとするとポキンと折れたことも。

そのうち新しい十字架をつくってあげなきゃ。

十月二十三日　金曜日

ホーカンはまた地下鉄に乗っていた。今日の行き先はダウンタウンだ。彼のポケットにはゴム輪で留めた一万クローナの紙幣が入っている。彼はこれで善行を施すつもりだった。誰かを救うのだ。

一万クローナは大金だ。〝難民の子供たちを救おう〟というキャンペーンのポスターが、「千クローナあれば、一家族が丸一年暮らせます」と謳っているくらいだから、一万クローナあれば、このスウェーデンでも一人ぐらいは救えるはずだ。

だが、誰の人生を救う？　それにどこで？

ただすたすた近づいて、出くわした最初のヤク中にこれを与え、その相手がこれを有効に使うと期待するのは……いや。どうせ救うなら、子供のほうがいい。こんな考えが愚かなことはわかっているが、できればポスターにあるような、涙を浮かべた子供がいい。その子は目をうるませてこの金を受けとり……それからどうする？

彼はオデンプランで電車を降り、自分でもなぜかわからぬまま図書館のほうへと歩きだした。カールスタードに住んでいたころ、彼がまだ高校で国語を教え、住む場所があったころ、ストックホルムの図書館は……よい場所として知られていた。

本や雑誌で見慣れた頂塔のある丸屋根を見て、彼は自分がこの図書館に来た理由に気づいた。そこがよい場所だからだ。グループの誰か、たぶんイェルトが、どうすればそこでセックスが買えるかを教えてくれたことがあった。

彼は一度もそうしたことはない。セックスを買ったことは。

一度イェルトとトルグニとオーヴェが、イェルトの知り合いがベトナムから連れてきた女性の子供を連れてきたことがあった。十二歳ぐらいのその少年は、自分が何をさせられるのかも、気前のよい報酬をもらえることも知っていたが、それでも、ホーカンはその子を買う気にはなれなかった。彼はコーラで割ったバカルディを飲みながら、四人が集まった部屋で、まわったり身をよじってみせる少年の裸体を楽しんだ。

だが、それが限度だった。

ほかの三人はひとりずつ少年の愛撫で果てたが、自分の番がくるとホーカンはみぞおちに固いしこりができるのを感じた。この状況のすべてがあまりにもいとわしかった。興奮した男たちの放つにおいと、アルコールとカビのにおいが充満した部屋。少年の頰で光っているオーヴェの精液のしずく。ホーカンは自分の股間へとかがみこむ少年の頭を横に押しやった。

ほかの男たちは彼をあざけり、罵倒し、最後は脅してきた。このままではホーカンは目撃者だ。共犯者になってもらう必要があったからだ。彼らはヤワなやつだとホーカンを愚ろうとしたが、問題は良心の呵責ではなかった。ただすべてがあまりに醜かっただけだ。オーケにある通勤者が暮らすワンルームのアパートも、この目的のために集められたばらばらな四つの椅子も、ステレオから聞こえてくるダンス音楽も。

ホーカンは「パーティ」の割り当て分を払い、ほかの三人とは二度と会わなかった。彼には雑誌や写真、ビデオがある。それでがまんするしかない。おそらく彼には呵責を感じる良心もあるのだろうが、それが表にでたのはこのときだけ。しかも自分の置かれた状況に嫌悪を感じるという形をとった。

セックスを買うつもりがなければ、なんだってわたしは、市立図書館に向かっているんだ？

たぶん本を借りにいくためだ。三年まえの火事は、彼の人生だけでなく蔵書も焼きつくした。そうとも、善行を施すまえにアルムクイストが書いた『女王の王冠』を借りることもできる。

この日の朝の市立図書館のなかは静かだった。年配の男たちと学生がほとんどだ。借りようと思った本はすぐに見つかり、彼は最初の数行を読んだ。

ティントマラよ！　ふたつのものが白いのだ
無垢と——砒素が

そして書棚に戻した。嫌な気分だ。この本で以前の人生を思い出してしまった。

彼はこの本を愛し、授業でも使ったものだった。最初の数行を読むと、読書のときに使っていた椅子が恋しくなった。彼のものだった家、あふれるほどの本があった家にあるはずの椅子が。もう一度、仕事を見つけるべきだ。ああ、そうするべきだし、そうするつもりだ。しかし彼は愛を見つけたのだった。そしてそれがいまの生活を支配している。読書用の椅子ではなく。

彼はいま持っていた本を消そうとするように両手をこすり合わせ、隣の読書室に入っていった。

そこには長いテーブルがあり、人々が本を読んでいた。言葉のつらなりを。その部屋の一番奥に、革のコートを着た若い男がいた。椅子を後ろに傾け、つまらなそうに写真集のページをめくっている。ホーカンは地質学の本棚に関心があるふりをして、若者をちらちら見ながら、そちらへ近づいていった。ようやく若者が目を上げ、ホーカンと目を合わせて問いかけるように眉を上げた。

したいか？

いや、したくない。その若者は十五歳ぐらい、東ヨーロッパ人種特有のひらべったい顔はにきびだらけ、深くくぼんだ眼窩に細い目が光っている。ホーカンは肩をすくめ、部屋を出た。

正面の出入り口の外で、若者が彼に追いつき、親指を動かしてライターはあるかと尋ねた。ホーカンは首を振った。「煙草は吸わないんだ」彼は英語でいった。

「そうか」

若者はライターを取りだして煙草に火をつけ、煙を通してホーカンを見た。「あんたの好みは？」

「いや、わたしは……」

「若いのか？　若いのがいいのか？」

ホーカンは若者から離れ、いつなんどき人がやってくるかわからない正面入り口から離れた。考える時間が必要だった。こんなふうにずばりと訊かれるとは思っていなかった。ほんの軽い気持ちで、イェルトがいったことがほんとうかどうかを確かめようとしただけだ。

若者は彼のあとをついてきて、石壁のそばですぐ横に立った。

「どれくらい？　八歳か九歳？　そいつはむずかしいが——」

「違う！」

わたしはほんとうにそんな変態に見えるのか？　とっさにそんな思いが頭をよぎった。ばかな考えだ。オーヴェもトルグニも、とくべつ……変わっているようには見えなかった。ふつうの仕事を持った、ごくふつうの男に見えた。変わって見えたのは、父親の莫大な遺産で暮らし、なんでも好きなことができるイェルトだけだ。数えきれないほど何度も外国に出かけたあと、彼はまさしくぞっとするような外見になった。締まりのない口、ガラス玉のような目の……。

ホーカンが声を荒げると、若者は口をつぐんだものの、まだ細い目で彼をじっと見ながら煙草を吸い、それを地面に落として踏みつぶすと、両腕を伸ばした。

「いくつだ？」

「いや、わたしはただ……」

若者は半歩近づいた。

「いくつだ？」

「その……十二歳……なら」

「十二歳？　十二歳がいいのか？」

「あ……ああ」

「男だな」

「そうだ」

「わかった。待ってろ。二番だ」

「なんだって？」

「二番だ。トイレだよ」

「ああ、わかった」

「十分待て」

若者は革のジャケットの前を閉じ、階段をおりて姿を消した。

十二歳。トイレの二番の仕切り。十分後。

これはまったく、とんでもなくばかげたことだ。警官が来たらどうなる？　これほど長いこと行なわれているのだ、警察も知っているにちがいない。警官に見つかればおしまいだ。彼は昨日の事件に結びつけられ……そして一巻の終わりだ。こんなことはできない。

トイレに行って、のぞいてみろ。見るだけだ。

トイレには誰もいなかった。小便をする場所と仕切りが三つ。二番というのは、真ん中の仕切りにちがいない。彼は一クローナ硬貨を入れてノブを回し、なかに入った。ドアを閉め、便器に腰をおろす。

仕切りの壁は落書きだらけだった。市立図書館に来る人々が書くとは思えないようなものばかりだ。ところどころに引用文がある。

〝いじめてくれ、結婚してくれ、埋めてくれ、噛んでくれ〟

だが、ほとんどが卑猥な絵とジョークだった。

〝平和のために殺すのは、処女を求めてファックするようなもんだ〟
〝おれはここに座ってる〟
〝最高にしあわせ〟
〝糞をしにきた〟
〝射精した〟

さまざまな関心を満たしてくれることを約束した、驚くほどたくさんの電話番号もある。いくつかは署名入りだ。おそらく本物だろう。誰かがほかの人間を種にして笑い飛ばそうとしているだけではあるまい。

もうじゅうぶん見たぞ。そろそろここを出るべきだ。さきほどのやりとりを、革のジャケットを着たあの若者がどう解釈したかわかったもんじゃない。彼は立ちあがり、便器のなかに小便をして、また座った。どうして小便をしたんだ？　べつに急いでここをでる必要はない。小便をした理由はわかっていた。

念のためだ。

廊下に面したトイレのドアが開き、ホーカンは息を止めた。頭のどこかでは、入ってきたのが警官であることを願っていた。大柄な男の警官がこの仕切りのドアを蹴破り、逮捕するまえに、自分を警棒でぶちのめしてくれることを。

低い声、静かな足音、仕切りのドアに軽いノック。

「ああ？」

ふたたびノックの音。ホーカンはつばを呑みこみ、鍵を開けた。

十一歳か十二歳ぐらいの少年が立っていた。ブロンドの髪、ハート型の顔。薄い唇に、無表情な青い大きな目。ふくらんだ赤いジャケットは、少年の身体には少し大きすぎる。彼のすぐ後ろでさきほどの革のコートを着た若者が指を五本立てた。

「五百だ」

若者は「百」を「ちゃく」と発音した。

ホーカンがうなずくと、若者は少年を注意深く仕切りのなかに入れてドアを閉めた。五百は少し高すぎないか？　べつに払えないわけではないが……。

彼は若者が連れてきた少年を見た。この子はヤクをやっているのか？　たぶん。青い目はどこか遠くを見ているようにぼんやりしている。少年はドアに背中を押しつけ、五十センチほど離れて立っていた。その目をのぞきこむために、顔を上げる必要もないほど小さい。

「やあ」

少年は答えず、首を振って、ホーカンの股間を指さし、ひとさし指で〝ズボンのジッパーをおろして〟という仕草をした。ホーカンはしたがった。少年はため息をつき、べつの仕草をした。〝ペニスを取りだして〟

ホーカンは赤くなりながら、これにもしたがった。そのとおり、わたしはこの少年の命令にしたがっているだけだ。自分の意志はまったくない。こんなことをしているのはわたしではない。小さなペニスはぐんにゃりして、便器の蓋にも届かないくらいだった。冷たい蓋に亀頭が触れると、かすかにくすぐられるような感じがした。

彼は目を細め、少年の動きが恋人の動きに似ていると想像しようとした。だが、あまりうまくいかなかった。彼の恋人は美しい。かがみ込んで彼の股間に頭を近づけていくこの少年は美しくない。

この子の口は。

少年の口はどこかおかしかった。ホーカンは少年が目標に達するまえに、その額に手をあてた。

「きみの口は？」

少年が首を振り、仕事を続けられるようにホーカンの手を押しやった。だが、ホーカンにはもうできなかった。こういう話は聞いたことがある。

彼は親指をあて、少年の上唇をめくった。口のなかには歯が一本もなかった。この仕事に適するように、誰かがそれをへし折ったか引き抜いたのだ。少年は立ちあがり、泡だつような、ささやくような音を立てながら、ふくらんだジャケットの胸の前で腕を組んだ。ホーカンはペニスをズボンのなかに戻し、ジッパーを上げてうつむいた。

こんなふうにはできない。絶対にいやだ。

何かが彼の視界に入ってきた。伸ばした手が。五本の指が。五百クローナだ。

彼はポケットから札束を取りだし、それを小さな手に置いた。少年は輪ゴムを取って細い指で十枚の千クローナ紙幣をめくり、束ねている輪ゴムを戻して紙幣を高く上げた。

「どうして？」

「きみの……その口。もしかしたらこれで……新しい歯を入れられるかもしれない」

少年はかすかにほほえんだ。にっこり笑ったわけではないが、口の端が持ち上がった。もしかするとホーカンの愚かさを笑っただけかもしれない。少年は少し考え、千クローナ札一枚を外側のポケットに入れ、残りを内ポケットに入れた。ホーカンはうなずいた。

少年は鍵を開け、ためらった。それからホーカンのところに戻り、彼の頬をなでた。

「ありがと」

ホーカンは少年の手に自分の手を重ね、それを頬に押しつけて目を閉じた。ああ、せめて誰かが……。

「許してくれ」

「うん」

少年は手を引っこめた。ホーカンの頬にまだそのぬくもりが残っているうちに、外のドアがばたんと閉まり、少年は行ってしまった。ホーカンは壁の落書きを見つめた。


〝きみが誰でも、ぼくはきみを愛してる〟

そのすぐ下に誰かがこう書いていた。

〝ペニスがほしいか？〟

地下鉄の駅に戻り、なけなしの数クローナで夕刊を買うころには、頬のぬくもりはとっくに消えていた。あの殺人は四ページにわたって取りあげられていた。ほかの写真に混じって、現場の写真もあった。火のついたキャンドルと花にあふれている。彼はその写真をじっと見たが、たいして何も感じなかった。

せめてきみにわかっていたら。どうか、許してくれ、だがせめてきみにわかっていたら。

学校から帰り、中庭に入ると、オスカルは昨夜の少女のアパートのふたつの窓の下に立った。近いほうの窓は彼自身の部屋から二メートルぐらいしか離れていない。ブラインドがおろされた窓が、暗灰色のコンクリートの壁のなかに、明るい灰色の四角をつくっている。なんだかあやしい感じだ。彼らはきっと……変わり者なんだろう。

ドラッグ中毒とか。

オスカルはちらっと周囲を見て、それから建物のなかに入り、住人の名前を見ていった。プラスチックの文字で五つの姓がきちんと綴られている。でも、一列だけは何もなかった。以前の名前がずいぶん長いことそこにあったので、太陽で色褪せた名札のなかに残っている黒い輪郭でヘルベリと読める。でも、新しい文字はひとつもなかった。メモすら貼られていない。

途中に踊り場のある階段を上がり、少女のアパートの前に立った。そこも同じ、何もない。郵便受けの名札もまるで空室みたいに空白のままだ。

あれは嘘だったのかもしれない。ここに住んでなんかいないのかも。でも、この入口に入ったぞ。オスカルは思った。だけど、それくらい誰でもできる。もしもこの団地の——

下の入り口のドアが開いた。

オスカルは少女のアパートのドアから急いで離れ、階段をおりた。あの子じゃないといいが。これじゃまるでぼくが……だが、入ってきたのはあの少女ではなかった。

階段のなかほどで、オスカルはこれまで一度も見たことのない男とすれちがった。ずんぐりした、半分はげの男だ。

男はオスカルを見て顔を上げ、口の両端をピエロみたいにきゅっと上げて、不自然なつくり笑いを浮かべた。

オスカルは建物の正面で足を止め、耳をすました。キーを引き抜き、ドアを開ける音がする。あの子のアパートのドアだ。いまの男はお父さんかな。実際にヤク中を見たことは一度もないが、あの人はふつうじゃない。

あの子が奇妙なのも無理ないや。

オスカルは遊び場に行って、砂場の縁に腰をおろし、ブラインドが上がるかどうか確かめようと少女のアパートの窓をそれとなく見ていた。バスルームの窓さえ、内側から覆われているようだ。そこの曇りガラスはほかの家のガラスよりもずっと色が濃い。

彼はポケットからルービック・キューブを取りだした。このキューブは回すたびにキーキー鳴る。模造品だから。本物はずっと滑らかに動くが、値段が五倍も高いうえに、店員の目が行き届いているヴェリングビューの高級なおもちゃ屋にしかない。

二面は完成し、全部一色だけ、三面目もあとひとつだけ揃えれば完成する。でも、そこを揃えると、せっかくそろった二面が崩れてしまう。オスカルはさまざまな回し方を説明した、《エクスプレッセン》の記事を取ってあった。おかげで二面はそろえられたが、そこからぐんとむずかしくなった。

　彼はキューブを見て、ただ回すだけでなく、三面目を一色にする方法をひねりだそうとした。でも、ひとつも思いつかない。彼の頭には解けない難問だ。キューブの仕組みを読みとろうと額に押しつけてみたが、だめだ。答えはひらめかない。少し離れた砂場の角に置いて、じっとそれを見た。

　回れ、回れ、回れ、心のなかで念じる。

テレキネシス、彼はそれを使おうとした。アメリカ合衆国では、そういう実験が行なわれたことがある。触らずにこのキューブを動かせるような人々が実際にいるんだ。超能力者《ESP》が。通常の感覚的経路を超えて行なわれるテレパシーや透視のような知覚——超感覚的知覚——現象は、ほんとに存在するんだ。そういう力を持てるなら、何でもあげるのに。

　でも、ひょっとすると……ひょっとするとできるかもしれない。

　今日はそれほど悪い一日ではなかった。トーマス・アルステッドが学校の食堂で椅子をさっと引こうとしたが、オスカルは座るまえにそれに気づいた。それだけだ。オスカルは今日もナイフを持って森の、あの木に行くつもりだった。昨日のようにすっかり興奮して夢中になるのではなく、真剣に試すために。

　ずっとトーマス・アルステッドの顔を思い浮かべながら、冷静に、組織的にあの木を切り刻めば……でも、人殺しと、森で起こった殺人の件がある。本物の人殺しがどこかにいるんだ。

だめだ。実験するのは、あの犯人が捕まるまで待つしかない。だけど、もしもあれがふつうの人殺しなら、実験する必要なんかなくなる。オスカルはキューブを見て、目に見えない線が彼の目とキューブをつなぐところを想像した。

回れ、回れ、回れ、回れ。

やっぱりだめだ。オスカルはキューブをポケットに戻し、立ちあがって、ズボンについた砂を払い、少女の窓を見た。ブラインドはまだおりたままだ。

ヴェリングビューの殺人事件に関する記事を切り抜いて、スクラップブックに貼るとしよう。彼はそう思いながら家に向かった。これからたくさんの記事を切り抜くことになりそうだ。同じような事件がもう一度起これぱとくに。ほんの少しだが、オスカルはそうなってほしい気もした。ブラッケベリで起これぱもっといい。

警察が学校に来て、教師たちも真剣に警戒し、心配する、そういう雰囲気になればいいのに。

「二度といやだ。なんといわれてもいやだ」

「ホーカン……」

「だめだ。とにかく——いやだ」

「でも……死んじゃうよ」

「だったら死ぬがいい」

「本気なの？」

「いや。本気じゃない。でも、自分でやれるはずだぞ」

「まだ弱すぎるもの」

「弱くなんかないさ」

「弱すぎるよ――それには」

「だったら、どうすればいいか、わたしにはわからないな、とにかく、わたしは二度とやらない。あまりにも――恐ろしすぎる。あまりにも……」

「わかってる」

「わかるものか。きみにとっては違うんだ。これは……」

「どんなふうか、あんたに何がわかるの？」

「何ひとつわからないさ。だが、少なくともきみは……」

「好きでやってると思う？」

「わからない。好きでしているのかい？」

「違うよ」

「ああ、もちろん違うな。とにかく……わたしは二度とやらない。これまで助けてくれた者が、ほかにいるんじゃないのか？　もっと……こういうことにわたしより長けていた者が」

「いたよ」

「やっぱりな」

「ホーカン？」

「わたしはきみを愛している」

「うん」

「きみはどうなんだ？　ほんの少しでも、わたしを愛しているのか？」

「愛してるといったら、またやってくれるの？」

「いや」

「どっちにしても愛すべきなんだ」

「きみが愛してくれるのは、わたしが生き延びる手伝いをするからだ」

「そうだよ。愛ってそういうものじゃない？」

「これをやらなくてもきみは愛してくれる、そう思うことさえできれば……」

「なんなの？」

「……もう一度やるかもしれない」

「愛してる」

「嘘だ」

「ホーカン。もう二、三日は大丈夫だけど、そのあとは……」

「だったら、わたしを愛しはじめるんだな」

金曜日の夜の中華料理店。八時十五分前には、いつもの顔ぶれが揃っていた。家でクイズ番組『ナットクラッカーズ』を観ているカールソンだけは不在だが、そのほうがかえってありがたい。カールソンがいなくても、とくに寂しくはなかった。みんながそろそろお開きにするころに、ひょっこりやってきて、今夜の質問にいくつ答えられたか自慢する、彼はそういう類の男だった。

隅にある六人掛けのテーブルには、ドアに近いほうから順にラッケ、モルガン、ラリー、ヨッケが座り、ラッケが淡水でも海水でも生きられる魚の話をしていた。ラリーは夕刊を読み、モルガンはどこからか静かに流れてくる中国の音楽とは違う歌に合わせて片脚を振っている。

テーブルには、ビールのグラスがいくつか置かれ、カウンターの上の壁には、彼らの似顔絵が貼ってあった。

この店のオーナーは、文化革命のさなかに時の権力者を風刺した戯画を描いて祖国を捨てるはめになり、いまではその才能を常連客に向けている。壁に飾ってあるのは、彼が客をモデルにマジックで描いた十二枚のスケッチだ。

常連の男たちとヴィルギニアの。男たちの戯画はクローズアップで、それぞれの特徴が誇張されている。

げっそりこけたしわ深い頬と、顔の横からまっすぐ突きだしている巨大な耳のせいで、ラリーは人なつっこい飢えた象みたいに見える。

ヨッケの戯画では、真ん中でくっついている大きな眉が、薔薇の灌木とそこにとまっている鳥――たぶんサヨナキドリ――に変わっていた。

モルガンは彼の服装のせいで、若いエルヴィス・プレスリーそっくりに描かれている。大きなもみ上げと「アン、アン、愛してるよ、ベイビー」みたいな表情。ギターを手にプレスリーのポーズを取った小さな体の上に、頭がのっている。モルガンは自分では認めたくないほどこの絵が気に入っていた。

ラッケは心配そうな顔をしていた。ことさら大きく描かれた目は深い苦悩をたたえ、くわえ煙草の煙が頭上で、雨雲を作っている。

全身が描かれているのは、ヴィルギニアだけだ。彼女はイヴニングドレスを着て、きらきら光るスパンコールのなかで星のように輝き、両腕を差し伸べ、当惑した顔で見つめる豚たちに囲まれている。彼女はレストランのオーナーに頼んでこの戯画の複製を描いてもらい、それを家に持ち帰った。

ほかにも何人かの戯画ある。違うグループの客もいれば、もうこの店には顔を見せなくなった客、すでに亡くなった客もいた。

チャーリーはある晩この店から家に帰るときに、アパートの階段から落ちて、まだらな色のコンクリートで頭蓋骨を割った。ゲルキンは肝硬変になって、内出血で死んだ。死ぬ二、三週間まえ、彼はシャツをめくって彼らに臍から赤い蜘蛛の巣のように広がる血管を見せ、

「いまいましいほど高くつく刺青だ」といったあと、まもなく死んだ。彼らはその死を悼んで、テーブルに彼の戯画を置き、ひと晩じゅうそれに乾杯した。

カールソンの戯画は一枚もない。

この金曜日は、四人が顔をそろえる最後の夜になる。明日は彼らのうちのひとりが永遠に去り、もうひとつの絵がたんなる思い出でしかなくなり、すべてがこれまでと同じではなくなるからだ。

ラリーは夕刊をおろし、老眼鏡をテーブルに置いて、自分のグラスからビールを少し飲んだ。「驚いたな。こういう人間の頭のなかはいったいどうなってるんだ？」

彼は「呆然とする子供たち」という見出しの記事を仲間に見せた。その上にはヴェリングビュー中学校の写真と、中年の男の小さな差込み写真がある。モルガンが記事を見て指さした。

「こいつが犯人か？」

「いや、校長だ」

「まるで殺人犯に見えるな。ちょうどそういうタイプだ」

ヨッケが新聞に手を伸ばす。

「どれどれ」

ラリーは彼に新聞を渡した。ヨッケは腕を伸ばしてそれを持ち、スナップを見た。

「おれには保守派の政治家に見えるがね」

モルガンがうなずく。

「ああ、そう見えるな」

ヨッケはラッケが写真を見られるように新聞を掲げた。

「どう思う？」

ラッケがしぶしぶ目をやる。

「さあな。そういう記事はあまり見たくないね。ぞっとする」

ラリーがグラスに息を吹きかけ、シャツでそれを磨いた。

「犯人はすぐに捕まるさ。こんなだいそれた真似をしといて、逃げおおせるはずがない」

モルガンが指でテーブルをたたき、新聞に片手を伸ばした。

「アーセナルは勝ったか？」

ラリーとモルガンは、このところ冴えない状態が続いているイギリスのサッカーについて話しはじめた。ヨッケとラッケは静かに座り、煙草をつけ、ビールを飲んでいた。それからヨッケがタラの話をはじめた。タラがバルト海でいかに死んでいくかを。夜がしだいに更けていった。

結局、カールソンは姿を現わさなかったが、十時直前に、べつの男が入ってきた。彼らの誰もこれまで見たこともない男だ。ちょうど活発なやりとりをしていたせいで、彼らはその男が店の反対の隅にあるテーブルにぽつんとひとりで座ってから、ようやく気づいた。

ヨッケがラリーにかがみ込んだ。

「あれは誰だ？」

ラリーはそれとなく目をやり、首を振った。

「知らんな」

新しい男は、大きなグラスでウイスキーを頼み、あっという間にそれを飲みほして、お代わりを頼んだ。モルガンが低い口笛と一緒に唇のあいだから息を吐きだす。

「すごい飲みっぷりだな」

その男は、自分が見られていることには気づいていないようだった。ただテーブルにじっと座って、世の中のあらゆる悩みを背負っているような顔で、自分の手を見つめている。そして二杯目のウイスキーもあっというまにあけ、三杯目を頼んだ。

ウェイターがかがみ込んで男に何かいった。男がポケットに手を突っこみ、何枚か紙幣を見せる。ウェイターがそういう意味でいったわけではないという仕草をする。だが、もちろん、これはたんなるジェスチャーだ。ウェイターは男の注文を告げるために離れていった。

店のオーナーがその男の支払能力を心配したのは、意外でもなんでもなかった。あまり快適とはいえない場所で着たまま眠ったかのように、服はしわだらけ、しみだらけだ。はげた箇所のまわりをまばらに囲んでいる髪は伸びて、もつれている。大きな赤い鼻と突きだしたあご。そのあいだにある一対の肉付きのよい小さな唇が、独り言でもいっているようにときどき動く。ウイスキーがテーブルに置かれたときにも、彼の表情はまったく変わらなかった。

ヨッケたちは、ウルフ・アデルソンは、イェースタ・ボーマンよりもひどい首相になるだろうかという、それまでの話題に戻った。ひとりで座っている男を気にしてときどきちらちら見ているのはラッケだけだった。しばらくしてその男が四杯目にさしかかると、彼はいった。「なあ……一緒にどうかと誘うべきじゃないか？」

モルガンは、さっきよりいっそう肩を落としている男を見た。「いや。なぜだ？　そんなことをしてなんになる？　たぶんかみさんに逃げられたんだろうよ。さもなきゃ、猫が死んで、すっかり気落ちしてるとか。ああ、どうせそんなとこだ」

「おれたちに一杯おごってくれるかもしれないぞ」

「だったら話はべつだ。そういうことなら、おまけにガンにかかっているとしても全然かまわない」モルガンは肩をすくめた。「おれはいいよ」

ラッケはラリーとヨッケに目をやり、ふたりが小さく肩をすくめて同意すると、立ちあがって男のテーブルに歩いていった。

「こんばんは」

男は顔を上げ、とろんとした目でラッケを見た。前にあるグラスはほとんど空っぽだ。ラッケは向かいの椅子に両手を置いて身を乗りだした。

「よかったら……一緒に飲まないか」

男はのろのろと首を振り、酔っぱらいがこの申し出を払うような仕草をした。

「いや、ありがたいが結構だ。でも、そこに座っちゃどうだね？」

ラッケは椅子を引きだし、腰をおろした。男が残りを飲みほし、ウェイターに手を振る。

「あんたも何か飲むかい？　おごらせてもらうよ」

「だったら、同じものをもらおうか」

ラッケは〝ウイスキー〟という言葉を口にしたくなかった。そういう高いものをおごってくれと頼むのは、ひどく厚かましく聞こえる。だが、男は黙ってうなずき、ウェイターが近づいてくると、指でVの字をつくってラッケを指さした。ラッケはゆったりと椅子に座った。最後に店でウイスキーを飲んだのはいつのことだったか？　三年まえか？　ああ、少なくともそれくらいにはなる。

男は会話をはじめたそうな気配をまったく見せない。そこでラッケは喉の霞を払い、こういった。「だいぶ寒い日がつづくな」

「ああ」

「もうすぐ雪が降るかもしれん」

「うむ」

それからウイスキーがきて、とりあえずそれ以上話す必要はなくなった。ラッケの前に置かれたのもダブルのグラスだ。彼は仲間の視線が背中に突き刺さるのを感じながら二、三口それを飲み、グラスを上げた。

「乾杯。それにごちそうさん」

「乾杯」

「このあたりに住んでるのかい？」

自分が住んでいる場所のことなど一度も考えたことがなかったかのように、男は宙を見つめ、うなずいた。これはいまの質問の答えか？　それとも頭のなかでしている会話の一部か？

ラッケはもうひと口飲んでこう思った。次の質問にも答えが得られなければ、この男はひとりで飲みたい、誰とも話したくないというしるしだろう。だからグラスを持って、向こうのテーブルに戻るとしよう。とにかく、これで務めを果たしたのだ。この男が今度も答えないでくれることを願いながら、ラッケは尋ねた。

「それで、何をして時間をつぶしてるんだい？」

「わたしは……」

男は眉をぐっと寄せた。口の両端が痙攣するように持ちあがって笑みをつくり、ふたたびさがる。

「……少しばかり手伝いをしてる」

「なるほど。手伝いというと？」

透き通った角膜の下に警戒するような光がひらめき、男はまっすぐラッケを見た。ラッケの背中の付け根が、黒い蟻に尾骨のすぐ上を嚙みつかれたみたいに震えた。

男は片手で目をこすり、ポケットから百クローナ札を何枚か取りだして、それをテーブルに置き、立ちあがった。

「失礼。そろそろ……」

「いいとも。ごちそうさん」

ラッケはグラスを上げたが、男はさっさとコート掛けへと向かい、不器用な手つきでコートを取り、店を出ていった。ラッケは仲間に背を向けたまま、目の前の紙幣を見つめた。百クローナ札が五枚もある。ここのウイスキーは一杯六十クローナ。男が飲んだのは、ラッケにおごった分もふくめても五杯か六杯だ。

ラッケはそれとなく横を見た。ウェイターはこの店で食事をしていた唯一の客、年配のカップルの勘定をすませている。ラッケは立ちあがりながら紙幣の一枚を手のなかに丸めてポケットに滑りこませ、仲間のテーブルへと戻った。

途中でひき返し、男のグラスに残っていたウイスキーを自分のグラスに移して持ち帰った。

今夜はなかなかいい夜だ。


「でも、今夜は『ナッツクラッカーズ』があるのよ！」

「うん。それまでには戻るよ」

「あと……三十分ではじまるわ」

「わかってる」

「どこへ行くの？」

「外だよ」

「まあ、無理に観なくてもいいのよ。わたしひとりで観るから。どうしても外に行きたければね」

「だけど……はじまるまでには戻るって」

「わかった。それじゃ、クレープを温めて待ってるわ」

「ううん、先に食べてて……あとで戻るから」

オスカルの胸は引き裂かれていた。『ナットクラッカーズ』は母とふたりで観るテレビ番組のハイライトのひとつだ。それを見ながら一緒に食べるために、母はえび入りのクレープを用意した。母と一緒にテレビの前に座って……番組がはじまるのをわくわくして待つ代わりに外へ行くことで、自分が母をがっかりさせているのはわかっていた。

でも彼は暗くなってからずっと窓辺に立っていた。そしてようやく隣の少女が建物から出てきて、遊び場へ歩いていくのが見えたのだ。もちろん、窓からはすぐに離れた。少女に見られて、妙な誤解をされるのはいやだ。まるでぼくが……。

だから五分待ってジャケットに袖を通し、外に出ていった。帽子はかぶらなかった。

遊び場には少女の姿は見えなかった。たぶん昨日と同じように、ジャングルジムの上のほうにいるのだろう。ブラインドはまだおりたままだが、アパートの窓からは明かりがもれている。でも、バスルームの窓だけはあいかわらず真っ暗だ。

オスカルは砂場の縁に腰をおろして待った。動物が巣穴から出てくるのを待つように。彼はしばらくここに座っているつもりだった。そして少女が近づいてこなければ、家のなかに戻る。自分から近づくなんてとんでもない。

彼はルービック・キューブを取りだし、気をまぎらすためにそれをひねりはじめた。ほかの面を崩さずに角のひとつだけを合わせようとするのに飽きて、最初からやり直せるように、すっかり色を混ぜた。

キューブのきしむ音が、冷たい空気のなかでいつもより大きく響く。まるで小さな機械みたいに。目の隅に、ジャングルジムに座っていた少女が立ちあがるのが見えた。オスカルはキューブをひねりつづけ、新しく一面を同じ色に揃えた。少女はじっと立っている。オスカルはみぞおちのなかがぴくんと震えるのを感じたが、振り向かなかった。

「また来たの？」

オスカルは顔を上げ、驚いたふりをして二、三秒黙っていた。

「またきみか」

少女は黙っている。オスカルはキューブをひねった。寒さで指がかじかんでいた。暗がりのなかで色の区別を見分けるのはむずかしかったから、違いがいちばんはっきりしている白の面をつくろうとした。

「どうしてここに座ってるの？」

「きみこそどうしてそこに立ってるんだい？」

「ひとりになりたいんだもの」

「ぼくもさ」

「帰ってよ」

「きみこそ帰れよ。ぼくのほうが長くここに住んでるんだぞ」

どうだ。これならいい返せないだろ。白い面ができたが、これ以上つづけるのはむずかしかった。ほかの色はひとつの大きな暗灰色ににじんで見える。彼はでたらめにひねりつづけた。

少したってから顔を上げると、少女が手すりに立って飛びおりるところだった。着地した瞬間、オスカルはみぞおちが震えるのを感じた。彼が同じ場所から飛びおりたら、けがをするにちがいない。でも、少女は猫のように身軽に着地し、彼のほうに歩いてきた。オスカルはキューブに目を戻した。少女は彼のすぐ前で止まった。

「それは何？」

オスカルは少女を見上げ、キューブに目を落とし、また少女を見た。

「これ？」

「そう」

「知らないの？」

「知らない」

「ルービック・キューブだよ」

「なに？」

オスカルはゆっくり発音した。

「ルービック・キューブ」

「それって、なんなの？」

オスカルは肩をすくめた。

「おもちゃさ」

「パズル？」

「そうだよ」

オスカルはキューブを少女に差しだした。

「やってみたい？」

少女は彼の手からキューブを受けとり、六つの面を眺めまわした。オスカルは笑った。まるでフルーツを確かめるように見ている猿みたいだ。

「ほんとにこれまで一度も見たことがないの？」

「うん。どうやって使うの？」

「こうするんだ……」

オスカルはキューブをつかんだ。少女が隣に腰をおろす。オスカルはどうやってそれをひねるか教え、六つある面をそれぞれひとつの色に揃えるのだと説明した。少女はキューブを手に取り、ひねりはじめた。

「色が見えるの？」

「当然」

オスカルはキューブをひねる少女をこっそり横目で見た。昨日と同じピンクのセーターを着ているだけだ。それなのになぜ震えてないんだ？　さっきから座ってるせいで、ぼくはジャケットを着てても寒くなってきたのに。

〝当然〟だって？

話し方も奇妙だ。まるで大人みたい。こんなに小さくて華奢だけど、ぼくより年上かもしれない。ほっそりした白い喉がタートルネックの上から突きだし、鋭いあごの骨と交わっている。マネキンみたいに。

風が吹きつけると、オスカルはつばを呑みこみ、口から呼吸した。このマネキンはひどく臭い。

お風呂に入ったことがないのか？

だけど、これは古い汗のにおいよりもひどい。化膿した傷から包帯を取ったときのにおいだ。それにこの子の髪ときたら……。

思いきって近くから見ると——少女はすっかりキューブに夢中になっていた——黒い髪がもつれた房や塊になって顔のまわりに落ちている。まるで糊か……泥でくっつけたように。じっと観察している途中で、オスカルはうっかり鼻から息を吸いこみ、こみあげてきた吐き気を抑えなくてはならなかった。彼は立ちあがってブランコのところに行き、タイヤのひとつに腰をおろした。すぐそばにはいられない。少女は気にしていないようだった。

しばらくすると彼は立ちあがり、少女が座ってまだキューブをひねっている場所に戻った。

「ねえ、ぼくはもう帰らなきゃ」

「うん……」

「キューブを……」

少女は手を止め、一瞬ためらったものの、黙ってキューブを彼に差しだした。オスカルはそれを受けとり、少女を見て、また差しだした。

「明日まで持ってていいよ」

少女は受けとろうとしない。

「いらない」

「どうして?」

「明日はここにいないかもしれないもの」

「だったら、明後日まで貸してやる。でも、それ以上はだめだよ」

少女は考え、キューブを受けとった。

「ありがとう。たぶん、明日もここにいるよ」

「ここに?」

「うん」

「わかった。バイバイ」

「バイバイ」

オスカルは背を向け、キューブの低いきしみ音を聞きながら歩きだした。あの子はあんなに薄いセーターだけで、まだここにいるつもりだ。あの子の母さんと父さんはよほど……変わってるんだな。あんな格好であの子を外にだすなんて。膀胱炎になりかねないのに。


「どこにいたの？」

「外だ」

「飲んでるね」

「ああ」

「もう飲まないって約束だったのに」

「きみが勝手に決めたことだ。それはなんだね？」

「パズル。そんなに飲むのは体に——」

「どこで手に入れたんだ？」

「借りたの。ホーカン、お願いだから——」

「借りた？　誰から？」

「ホーカン、そういう態度を取らないでよ」

「だったら、わたしを幸せにしてくれ」

「どうしてほしいの？」

「触らせてくれ」

「わかった。でも、ひとつだけ条件がある」

「だめ、だめ、だめ。それだけはだめだ」

「明日は、どうしても――」

「だめだ。もう決してしない。〝借りた〟って？　どういう意味だ？　物を借りたことなど一度もないじゃないか。それはなんだって？」

「パズル」

「パズルはもうじゅうぶんあるだろう？　きみはわたしよりパズルのほうが大切なんだ。パズル、抱擁《カドル》、パズル。誰にもらった？　誰にもらったのかと訊いてるんだ！」

「ホーカン、やめて」

「わたしなど必要ないくせに」

「愛してるよ」

「嘘だ」

「愛してるよ。ある意味では」

「そんな愛などあるものか。愛しているかいないかだ」

「ほんと？」

「そうとも」

「だったら、よく考えてみなくちゃ」

十月二十四日　土曜日

郊外の神秘には謎が欠けている

——ヨハン・エリクソン

土曜日の朝、エリクソン家のドアの外には、三つの分厚いチラシの束が置かれていた。母はオスカルがそれを折るのを手伝ってくれた。今回はひとつのパッケージに三つの違うチラシを入れる。パッケージの数は全部で四百八十。そしてオスカルは一パッケージにつきだいたい十四エーレ（一クローナは百エーレ）もらう。最悪の場合、彼が配布するのはたった一枚のチラシで、わずか七エーレの報酬にしかならない。でも、最高の場合は（準備段階で折る数がとても多いから、ある意味では最悪だが）、一パッケージに五枚のチラシが入り、二十五エーレになる。

この地区には、たくさんの家族が入っている大きな建物があることも、彼の助けになっていた。おかげで一時間に最大百五十パッケージまで配布できる。四百八十パッケージのすべてを配るには、そのあいだに一度紙袋を満たしに家に帰る時間も含めて、およそ四時間かかる。チラシが五枚あるときは、家には二回戻る必要があった。

これは火曜日までに配布すればいいのだが、たいていは土曜日に全部終わらせる。さっさと片付けてしまいたいからだ。

オスカルはキッチンの床に座り、母は食卓の椅子に座っていた。楽しい仕事とはいえないが、彼はチラシが足の踏み場もないほどキッチンに広がるのが好きだった。それが、二袋、三袋、四袋と、きちんと折った束になり、パッケージへと変わっていくのが。

母は束ねたチラシを小袋に入れ、首を振った。

「ほんとは、この仕事をしてもらいたくないわ」

「なんで？」

「だって……もしも誰かがドアを開けたら……あなたを危険な目には遭わせたくないの」

「うん。でも、何が危険なの？」

「世の中には頭のおかしな人たちがとてもたくさんいるのよ」

「うん」

ふたりはこれと似たような会話を、ほとんど毎週土曜日にしていた。昨夜、母はオスカルに、あんな事件があったあとだから、明日はチラシの配布をやめたほうがいいと思う、といった。でも、オスカルは、誰かが「やあ」と言葉をかけてきただけで大声で叫ぶから、と母を説得したのだった。

チラシを配っているときに誰かになかに入れといわれたことは、これまで一度もなかった。

一度だけ年寄りが出てきて、郵便受けに「そんなごみくずを入れるな」とわめいたことがあるが、それ以来、そこの郵便受けには何も入れないことにしている。今週は特定の理髪店に行けば、わずか二百クローナでハイライトを入れた整髪をしてもらえるが、あの老人はその特別サービスを知らずに生きるしかない。

十一時半には、すべてのパッケージができあがり、オスカルは配達に出かけた。チラシを入れたパッケージをそっくりごみ容器に放りこんで配ったふりをしても、必ずばれる。彼らが無作為に電話をかけて、配られているかどうかを確認するからだ。六カ月まえにこの仕事の契約をしたときに、オスカルははっきりとそう申し渡された。もしかするとあれははったりだったのかもしれないが、それを試す気にはなれない。それに、こういう仕事はそれほどいやではない。少なくとも、最初の二時間は結構楽しめる。

たとえば、彼は秘密任務をおびたエージェントで、この国を占領している敵に宣伝ビラをまいているふりをする。敵の兵士は、犬を連れた年配の女性に扮装しているかもしれないから、警戒を怠らず、足音をしのばせて廊下を進む。

各々の建物に腹をへらした動物がいるふりをすることもあった。六カ月ものあいだ、彼が与えるチラシ広告に見せかけた処女の肉しか食べていないドラゴンがいるとか。

オスカルがドラゴンのあごのなかへと押しこむたびに、チラシの袋が絹を裂くような悲鳴をあげる。

最後の二時間、今日のようにちょうど一回目を終わらせたあとは、一種の麻痺感に襲われるが、そのあいだも脚は歩きつづけ、腕は機械的に動きつづける。

袋をおろし、紙袋を六つ脇にはさんで、階段のドアを開け、最初のアパートに着き、左手で郵便のスロットを開けて、右手で袋を入れる。ふたつ目のドアでも同じことを繰り返し、次へ進む……。

ようやく自分の建物に来て、あの少女のアパートの前に立つと、彼は立ち止まって聞き耳をたてた。ラジオの音が小さく聞こえるだけだ。郵便受けに袋を入れたが、誰も取りに来る様子はない。

いつものように、オスカルは自分の家で仕事を終わらせた。袋を郵便のスロットに入れて、ドアの鍵を開け、入れたばかりの袋を取って、それをゴミ箱に放りこむ。

これで今日の仕事はおしまい。彼は六十七クローナ金持ちになった。

母はヴェリングビューに買い物に出かけていたから、アパートには彼ひとりだった。どうやってこの自由を楽しもう？

彼はキッチンの流しの下の扉を開け、なかをのぞきこんだ。台所用品と泡だて器、オーヴンの温度計がある。べつの引き出しには、ペンと紙と、母が購読しはじめたものの、そのレシピどおりにつくるには、とても高価な材料が必要なことがわかってやめた、料理の本のレシピ・カードがあった。

彼はリビングに入って、そこにある戸棚を開けた。

母の編み物。請求書とレシートを入れたフォルダー。オスカルが何千回も見た写真のアルバム。いまだに解けないままのクロスワードパズルが載っている古い雑誌。ケースに入った読書用眼鏡。裁縫道具。彼と母のパスポートと、政府発行の身分証明札（オスカルは首にかけさせてくれと頼んだのだが、母はそんなことをするのは戦争のときだけだと許してくれなかった）と、写真と指輪が入った小さな木箱。

彼は戸棚や引き出しを見ていった。何を探しているかわからないが、何かを探しているかのように。秘密を。変化をもたらすものを。戸棚の奥に何かが見つかるかもしれない。腐った肉の塊か、膨らんだ風船か。何でもいい、何か見慣れぬもの、場違いなものが。

オスカルは木箱の写真を取りだし、それを見た。

彼が洗礼名を授けられたときの写真だった。母が両手で彼を抱いて、カメラを見ている。そのころの母は痩せていた。オスカルは青いリボンを結んだ白いガウンを着ていた。母の横には見るからに着心地の悪そうなスーツ姿の父がいる。両手をどうしていいかわからぬようにぎこちなく脇にたらし、まるで気をつけのような姿勢で立ってまっすぐ赤ん坊を見ている。その三人にきらめく陽射しがあたっていた。

オスカルは写真を顔に近づけ、父の表情をじっと見た。父は誇らしそうに見えた。誇らしくて、とても……慣れない感じだ。父親になったのは嬉しいが、どうふるまえばいいか、何をすればいいかわからない、そんなふうに見える。洗礼名の授与式が行なわれたのは、オスカルが生まれた半年後だったが、まるでこのとき初めて赤ん坊と対面したみたいだ。

その点、母はオスカルを自信たっぷりに、ゆったりと抱いている。カメラに向けた母の表情は誇らしいというよりも……疑っているようだ。それ以上近づいたら、鼻にかみつくわよ、母の顔はそういっていた。

父は近づきたいがそうする勇気がないように、わずかに身を乗りだしている。これは家族の写真ではなかった。赤ん坊と母の写真だった。そしてふたりのすぐ横には、顔に浮かんでいる表情からして父親とおぼしき男がいる。だが、オスカルは父が大好きだ。母も父が大好きだ。ある意味では。さまざまなことがあったいまも。こうなったいまでも。

オスカルは指輪を取りだし、その内側に彫られた文字を読んだ。Erik22/4 1967。ふたりは、オスカルが四歳のときに離婚し、どちらもべつの相手を見つけなかった。「そんなふうにならなかっただけ」オスカルが訊くとふたりともそういった。

オスカルは指輪を戻し、木箱を閉めて、棚に戻した。母はこの指輪を見ることがあるのだろうか？　なぜまだ持っているんだろう？　これは純金の指輪で、たぶん十グラムぐらい。四百クローナぐらいの価値がある。

オスカルはふたたびジャケットを着て、中庭に出ていった。まだ四時だというのに暗くなりはじめていた。森に行くには遅すぎる。

建物の外を通りかかったトンミが、オスカルに気づいて足を止めた。

「やあ」

「うん」

「どうしてる？」

「べつに……今日はチラシを配った」

「金をもらえるのか？」

「少しね。七十か八十クローナだよ。配るたびに」

トンミはうなずいた。

「ウォークマンを買いたいか？」

「さあ。どんなやつ？」

「ソニーのだ。五十でいいぞ」

「新しいの？」

「もち。箱に入ってる。イヤホーンつきで、五十きっかりだ」

「お金は持ってないんだ。いま手もとにはないよ」

「その仕事で、七十か八十もらうんじゃないのか？」

「うん。でも、お金をもらうのは月の終わりだよ。あと一週間後だ」

「そうか。ブツはいま渡してやる。金はあとでもらうよ」

「うん……」

「よし。そっちで待ってろ。持ってくるから」

トンミは遊び場を示し、オスカルはそこに行ってベンチに座った。立ちあがってジャングルジムに歩いていった。少女はいない。まるで禁を犯したように、彼はあわててベンチに戻り、もう一度腰をおろした。

まもなくトンミが戻ってきて、箱をくれた。

「一週間後に五十だ。いいな？」

「うん」

「何を聴くんだ？」

「キッス」

「何を持ってる？」

「『アライヴ！～地獄の狂獣』を持ってる」

「『地獄の軍団』はないのか？　テープに取りたければ、貸してやるぞ」

「すごい」

キッスのダブル・アルバム『アライヴ！～地獄の狂獣』は、何カ月かまえに買ったのだが、ほとんど聴かない。たいていは、彼らのコンサートのときの写真を見るだけだ。キッスの化粧した顔はかっこよかった。生きた怪物みたいで。それに、ピーター・クリスが歌う「ベス」は実際に好きだが、ほかの歌はどれもあまりに……メロディも何もない。でも『地獄の軍団』はましかもしれない。

トンミが立ちあがった。オスカルは箱をぎゅっとつかんだ。

「トンミ？」

「なんだ？」

「あの子は。殺された子は……どうやって殺されたか知ってる？」

「ああ。木から吊るされて、喉を切られたんだ」

「……突き刺されたんじゃないの？　犯人がナイフを突きたてたとか。ほら、胸に」

「いや、切られたのは喉だけだ――シュッ」

「そうか」

「ほかに何か知りたいことがあるか？」

「ううん」

「またな」

「うん」

オスカルはベンチに留まり、考えこんだ。空が濃い紫になり、最初の星が――金星だっけ？――すでにはっきり見える。オスカルは立ちあがった。母が帰るまえにウォークマンを隠さなくてはならない。

今夜またあの少女に会い、キューブを返してもらうんだ。ブラインドはまだおりたままだった。あの子はほんとにあそこに住んでるのか？　家族は一日じゅう家のなかで何をしてるんだろう？　あの子には友達がいるのか？　いそうもないな。


「今夜は――」

「何をしていたんだ？」

「シャワーを浴びたの」

「いつもは浴びないのに」

「ホーカン、今夜はどうしても……」

「いやだ。そういったぞ」

「お願い」

「いくら頼まれても……それ以外のことならなんでもする。なんでもいってくれ。喜んでするよ。頼むから、わたしのを少し取ってくれ。ほら、このナイフで。いやだ？　わかった。だったら自分で――」

「やめて！」

「なぜ？　わたしはそのほうがいいんだ。どうしてシャワーを浴びた？　石鹸の……においがするぞ」

「どうしてほしいの？」

「わたしにはできない！」

「わかった」

「どうするつもりだ？」

「自分でやる」

「そのためにシャワーを浴びる必要があったのか？」

「ホーカン……」

「それ以外ならなんでもする。それ以外なら、どんな……」

「わかったよ。もういい」

「すまない」

「うん」

「気をつけろよ。わたしは──気をつけた」


クアラルンプール、プノンペン、メコン川、ラングーン、重慶……。

オスカルはたったいま地図のコピーに書きこんだ名前を見た。週末の宿題だ。どの名前も彼に何ひとつ告げてくれない、ただの文字の集まりだ。でもまあ、それを地図帳で見つけたときはなんとなく嬉しくなる。実際にそういう名前の都市や川が、コピーされた地図の上とちょうど同じ場所にあるのを確認できたときは。

彼はこれらの名前を覚え、それから母にテストしてもらう。さまざまな点を指さし、外国の名前を口にする。重慶、プノンペン。母は感心するにちがいない。それに、はるか遠くにある場所の奇妙な名前を口にするのは、ある意味では面白い。でも……。

なんのためだ？

四年生のときには、スウェーデンの地図のコピーを渡された。彼はそのときもひとつ残らず暗記した。暗記は得意なのだ。でも、いまは？

彼はスウェーデンの川の名前をひとつでも思い出そうとした。

エスカン、ヴェスカン、ピスカン……。

そんな感じだった。エトランかもしれない。うん、でもどこにあるんだっけ？　全然思い出せない。重慶とラングーンも一年か二年たてば同じ運命をたどるにちがいない。

こんなの無意味だ。

こんな場所は存在してもいないのに。たとえ実際にあるとしても……彼が自分でそこを見る日は決してこない。重慶？　いったいぼくは重慶で何をするんだ？　それはただの大きな白い地域と小さな黒丸に過ぎない。

彼は自分のへたくそな字の下の線を見た。でも、学校ってそういうものなんだから仕方がない。学校は生徒にいろんなことをしろという。生徒はそれにしたがう。こういう地名やなんかはみんな、教師たちがコピーした宿題を生徒に渡せるためにつくられたものだ。それ以外の意味はない。彼はそこにシピフラックス、ブーベリバン、スピットと、でたらめの名前を書くこともできる。そう書いたとしても、同じことだ。

ただ、担任の教師が「これは違う」というだけ。そして地図を指さし、「見て、ここにはシピフラックスじゃなく、重慶《チョンチン》と書いてあるでしょう」という。でも、地図帳のなかにある名前は誰かがでっちあげたものだから、たいして根拠のある反論とはいえない。そこがほんとうにそういう名前だという証拠はないのだから。うん。そうさ。地球だってほんとは平らなのに、なんらかの理由でその事実がふせられているのかもしれない。

船はその縁から落ちてるかもしれないし、ドラゴンがいるのかもしれない。

オスカルは立ちあがって、テーブルを離れた。コピーの地図には、担任が正しいという名前を書いた。宿題はおしまいだ。

もう七時を過ぎていた。あの子は外に出てきただろうか？　彼は窓に目をやり、外の暗がりが少しでもよく見えるように目の脇を両手で囲った。遊び場のそばで何かが動いてないか？

彼は廊下に出た。母はリビングで編み物をしている。

「少し外に行ってくる」

「また行くの？　暗記したかどうかテストしてあげるんだと思ったのに」

「もうすこしあとで」

「今度はアジアじゃなかった？」

「何が？」

「宿題よ。アジアじゃなかった」

「そうだと思うよ。重慶だ」

「それはどこなの？　中国？」

「さあ」

「さあって――」

「すぐ戻るから」

「いいわ。気をつけてね。帽子をかぶったの？」

「うん」

オスカルは帽子をコートのポケットに突っこみ、外に出た。遊び場へ行く途中で、目が暗がりに慣れてきて、あの少女がジャングルジムのいつもの場所にいるのが見えた。彼は歩み寄り、ポケットに手を入れたまま、その下に立った。

今日の少女はこれまでとは違って見えた。着ているのはまだピンクのセーターだ――ほかの服を持ってないのか？――が、髪はこれまでみたいにもつれ、固まっていなかった。黒くなめらかでよく梳《と》かしてある。

「こんばんは」

「やあ」

「やあ」

もう誰にも絶対〝こんばんは〟なんていわないぞ。ひどい間抜けに聞こえる。少女が立ちあがった。

「上がっておいでよ」

「いいよ」

オスカルはジャングルジムに登り、少女のすぐ横に並んで、おそるおそる鼻から浅く息を吸いこんだ。少女はもう臭くなかった。

「今日のにおいのほうがまし？」

オスカルは赤くなった。少女が微笑し、何かを差しだす。オスカルのキューブだ。

「貸してくれてありがとう」

オスカルはキューブを受けとり、驚いて見直した。できるだけ明るいほうに向け、ゆっくりまわして六面全部を調べた。きれいに色がそろっている。六面がどれも一色だ。

「分解した？」

「どういう意味？」

「ほら……ばらばらにして、同じ色になるように組み立てたの？」

「そんなことができるの？」

オスカルはキューブをひねり、分解したせいでゆるんでいるかどうか調べてみた。彼は一度分解したことがある。何度かひねっただけで自分がどう動かしたか忘れ、どうすればすべての面が一色に戻るか忘れてしまったことに自分でも驚いたものだった。もちろん、彼が分解したときもキューブはゆるまなかった。でも、この子はほんとにこれを完成させたのか？

「分解したに決まってる」

「してないったら」

「だけど、これまでは見たこともなかったのに？」

「うん。面白かった。ありがとう」

何が起こったかそれが教えてくれるかのように、オスカルはキューブを目の高さに掲げた。なぜだかわからないが、少女が嘘をついているとは思えない。

「完成するのに何時間かかった？」

「五、六時間かな。今度は、たぶんもっと早くできる」

「すごい」

「そんなにむずかしくなかったけど」

少女は彼と向き合った。瞳孔がとても大きくて、瞳のほとんどを占領している。建物の明かりが黒い瞳に反射し、まるで遠くの都市が少女の目のなかにあるようだった。

タートルネックを首の上のほうまで伸ばしたピンクのセーターが、やさしい顔立ちを強調している。この子はまるで……漫画の主人公みたいにかわいい。きめの細かい肌は――これと比べられるのは、いちばん目の細かい紙やすりで表面がシルクのようになるまで磨いた、木のバターナイフぐらいしか思いつかない。

オスカルは咳払いした。

「いくつなの？」

「いくつだと思う？」

「十四歳か十五歳」

「そう見える？」

「うん。それか――いや、でも……」

「ほんとは十二歳」

「十二歳！」

驚いた。ぼくはあと一カ月で十三になるから、もしかすると、ぼくより年下なんだ。

「何月生まれ？」

「知らない」

「知らないの？　でも……誕生日はいつお祝いするんだい？」

「そんなのしないもの」

「でも、お父さんとお母さんは知ってるはずだよ」

「ううん。母さんは死んだの」

「そっか。何で死んだの？」

「わからない」

「お父さんはきみの誕生日を知らないの？」

「うん」

「それじゃ……プレゼントとか、ひとつももらわない、ってこと？」

少女は彼に顔を近づけた。白い息がオスカルの顔へと漂ってくる。少女が彼の影に入ると黒い目のなかの街の灯りが消え、広がった瞳孔が白い顔のなかでおはじき大の穴になった。

この子はとても悲しそうだ。とても、とても悲しそうだ。

「プレゼントなんかもらったことないよ。一度も」

オスカルはぎこちなくうなずいた。周囲の世界はもう存在していなかった。あるのは息が届くところにある、ふたつの黒い穴だけだ。ふたりの息が混じりあい、上って、消える。

「プレゼントをくれる気がある？」

「うん」

オスカルの声はささやきですらなかった。息を吐いただけだ。少女の顔はすぐ近くにある。オスカルはバターナイフみたいな頬に目を引かれた。

少女の目が変わったことに彼が気づかなかったのは、そのせいだった。それは細くなり、そこにはべつの表情が浮かんだ。オスカルは少女の上唇がめくれ、一対の汚れた小さな白い牙があらわになったのも気づかなかった。彼はすべらかな頬を見つめていた。少女の口が喉に近づいたとき、彼は片手を上げて、白い頬をなでた。

少女は一瞬凍りつき、身を引いた。黒い目がもとの形に戻り、街の灯りも戻った。

「どうしてそんなことをしたの？」

「ごめん……ただ――」

「どうしてしたの？」

「ただ……」

オスカルはまだキューブを握っている自分の手を見つめ、指の力を抜いた。ぎゅっと握りしめていたせいで、手のひらにくっきり角の跡が残っている。彼はそれを少女に差しだした。

「これがほしい？　あげるよ」

少女はのろのろと首を振った。

「いらない。きみのだもの」

「きみの……名前は？」

「エリ」

「ぼくはオスカルだ。なんていう名前だって？　エリ？」

「うん」

少女は急に落ち着きをなくし、何かを、そこにない何かを探すように周囲に目を走らせた。

「そろそろ……行かなきゃ」

オスカルはうなずいた。少女は少しのあいだ彼の目をまっすぐ見て、それから向きを変えた。滑り台のてっぺんでためらったあと、腰をおろして下まで滑り、自分のアパートのほうに歩きだした。オスカルはキューブを握りしめた。

「また明日」

少女は足を止め、振り向かずに低い声で「うん」と答えると、そのまま歩きつづけた。だが、家に戻るのではなく通りに出るアーチを通過し、すぐに見えなくなった。

オスカルはまたキューブを見た。信じられない。

彼は一カ所をひねり、違う色を混ぜた。それからもとに戻した。このままにしておきたかった。少なくとも、しばらくのあいだは。


映画を見ての帰り道、ヨッケ・ベングトソンはくすくす笑いながら夜道を歩いていた。まったく面白い映画だった。『チャーター・トリップ』（一九八〇年のスウェーデン映画）は。ふたりの男がペッペのバーを探して走りまわる場面は、とくに面白かった。ひとりが、「病人だ」といいながら、二日酔いの相棒が乗った車椅子を押して税関を通り過ぎた時には、吹きださずにはいられなかった。

おれも仲間のひとりと、ああいう旅をすべきかもしれん。だが、誰と行く？　カールソンはあんまり退屈すぎて、時計が止まっちまう。二日もすれば、顔を見るのもいやになるだろう。モルガンは飲みすぎると癖が悪いし、安く飲める場所では、かならず飲みすぎる。ラリーはまあまあの相手だが、具合が悪すぎる。最後は「病人」になり、車椅子に乗せてまわるしかなくなりそうだ。

となると、一緒に旅行できそうなのはラッケだけだ。

あいつとふたりなら、一週間、楽しく過ごせるにちがいない。だが、ラッケは教会のネズミみたいに貧しいから、旅の費用を捻出するのはまず無理だ。あいつのことだ、出かけた先で毎晩座ってビールを飲み、煙草を吸ってるだけかもしれないが、それはかまわない。でも、カナリア諸島に出かける金など、あいつには逆立ちしても都合がつかんだろう。

事実に直面すべきかもしれんな。あの中華料理店の常連仲間には楽しい旅の道連れになりそうな男は、ひとりもいない。

ひとりで行けるか？

スティグ・ヘルマー（『チャーター・トリップ』の主人公）はそうしたぞ。あいつはどうみても負け犬だったが、オーレに出会った。女ができた。こいつは少しも悪いことじゃない。マリアが犬を連れて出ていってから八年のあいだ、おれはアダムがイヴを「知った」ように女を「知った」ことは一度もない。一度も、だ。

おれをほしがる女がいるか？　いるかもしれん。少なくとも、ラリーほど具合が悪そうには見えない。もちろん、顔にも身体にも長年の飲酒の跡が現われはじめてるが、酒量はできるだけ控えてきた。たとえば今日だって、もうすぐ九時だというのに、まだ一滴も飲んでない。いつもの店に行くまえにジントニックを二杯ばかり飲むつもりではいるが。

　さっきの旅行のことをもっとよく考える必要があるぞ。おそらくこの思いつきも、ここ数年のほかの多くと同じコースをたどる、つまり、結局は何も起こらない、ってことになるだろうが、夢を見るのはいつだっていいもんだ。

　彼はホルベリスガタンとブラッケベリの学校のあいだにある公園の小道を歩いていた。そこはかなり暗かった。街灯はおよそ三十メートルおきにしか立っていない。左手の丘の上では、なじみの中華料理店がまるで灯台のように煌々と光っている。

　どうする？　今夜は用心をかなぐりすてて、まっすぐあの店に行き、そして……いや、だめだ。高くつきすぎる。あの店で何杯も飲んでみろ、ほかの連中が富くじにでも当たったと勘違いして、一杯もおごらないなんてひどいケチだと思うだろう。顔を出すのはいったん家に戻り、ジントニックを二、三杯ひっかけてからにしよう。

　彼は赤い目をひとつだけ描いた煙突が立っているコインランドリーを通り過ぎた。なかからはくぐもった音が聞こえてくる。

　ある晩、すっかり酔っ払って家に帰る途中、幻覚を見たことがあった。あの煙突がふわふわと離れて丘を下り、怒ってうなりながら滑るように近づいてきたのだ。

彼は両手で頭をかばい、道に丸くなって襲われるのを待った。しばらくしてようやく腕をおろすと、煙突はいつもの場所にじっと動かず、そびえていた。

彼はビョルンソンスガタン下の通路に近づいていった。いちばん近い街灯が切れ、この通りの下を通過する歩行者専用の道は黒い穴のようだった。すでに酔っていれば、少し遠まわりになるとはいえ、おそらく通路のすぐ横にある階段をビョルンソンスガタンへ上がったにちがいない。何かを飲んだあとは、暗がりのなかにとんでもなく奇妙なものが見えるのだ。眠るときも必ず明かりをつけておくのはそのためだった。だが、いまは完全なしらふだ。

それでも、階段を上がりたい気がした。このごろは、酔ったときの幻覚がしらふのときの知覚作用すらじわじわおかしはじめている。彼は歩道に立ちどまり、そんな自分の状態をぼそりと口にした。「頭がふやけはじめてるぞ」

いいか、ヨッケ。はっきりいって、こんなガード下さえくぐっていけないようじゃ、カナリア諸島にも決して行けないだろうよ。

どうしてだ？

おまえはいつも、少しでも厄介なことが見えはじめたとたんに、手を引いちまうからさ。これっぽっちでも抵抗にあったとたんにやめちまう。そんなおまえが旅行代理店に電話をかけ、新しいパスポートを取って、旅行に必要なものを買い揃えられると思うか？　それより何より、こんなに短い暗がりも歩く度胸がないのに、知らない場所にひとりで行けるか？

なるほど、その理屈には一理ある。だが、だからなんだ？　おれがこのガード下を歩いたら、カナリア諸島に行けるってことになるのか？　その旅が実現するってことか？　ああ、おまえは明日にでも代理店に電話をかけて、チケットを予約するだろうよ。テネリフェ島だぞ、ヨッケ、テネリフェ島だ。

太陽の燦々とあたるビーチとミニチュアのパラソルを飾った飲み物を思い浮かべながら、ヨッケはふたたび歩きだした。くそ、おれはカナリア諸島に行くぞ。今夜はあの店に行くのはやめだ。ああ、そうとも。家で新聞広告を見るとしよう。もう八年になる。そろそろ立ち直ってもいいころだ。

カナリア諸島にそれがあるかどうか、映画にでてきたかどうか覚えていなかったが、彼がヤシの木のことを考えはじめたとき、何かが聞こえた。誰かの声が。ヨッケはトンネルのような通路の真ん中で立ち止まった。横のほうからうめき声が聞こえてくる。

「助けて……」

しだいに暗がりに目が慣れてきたものの、脇に吹きよせられて積もっている枯葉の輪郭しか見えない。子供の声のようだ。

「おい？　誰かそこにいるのか？」

「助けて……」

ヨッケはぐるりと見まわした。誰も見えない。暗がりでかさつく音が聞こえ、枯葉が動くのが見えた。

「お願い、助けて」

ヨッケはそのまま歩み去りたい衝動にかられた。だが、そんなことはできない。子供がけがをしているのだ。ひょっとすると、誰かに襲われたのかもしれない……。

あの人殺しに！

ヴェリングビューの人殺しがブラッケベリに来た。ただし、今度の犠牲者はまだ生きている……。

ああ、なんてこった。

ヨッケはそんなことに関わりたくなかった。もうすぐテネリフェ島に行くというのに。だが、ほかにどうすればいい？　彼は枯葉を踏みながら声がするほうに二、三歩近づいた。すると少し先に横たわっている身体が見えた。枯葉のなかに胎児のように丸まっている。

くそ、くそ。

「どうした？」

「助けて……」

ようやく暗がりに目が慣れ、子供が白っぽい腕を差し伸べているのが見えた。その子は裸だった。レイプされたのかもしれない。いや。もっと近づくと、裸ではないことがわかった。ピンクの服を着ている。何歳ぐらいだろう？　十歳か？　十二歳？　この少年は〝友達〟に殴られたのかもしれない。それとも少女か？　だとすると、その可能性は薄い。

ヨッケは子供のすぐ横にかがみ込んで、手をつかんだ。

「どうしたんだね？」

「助けて。起こして」

「けがをしてるのか？」

「うん」

「何があったんだ？」

「起こして……」

「背中か？」

徴兵後、医務班に配属されたヨッケは、首や背中にけがをしている者は、まず頭を固定してからでなければ動かしてはいけないことを知っていた。

「背中じゃないんだね？」

「うん。起こして」

いったいどうすればいいんだ？　この子を自分のアパートに連れ帰ったら、警察はきっと……。

少年にしろ少女にしろ、まず中華料理店に運び、そこから救急車を呼ぶしかあるまい。そうだ、それがいい。こんなに小柄でやせた子なら——おそらく女の子だ——万全の体調とはいえないが、レストランまで運ぶぐらいはできるだろう。

「わかった。電話ができる場所まで運んでいくよ、いいかい？」

「うん……ありがとう」

ありがとうという言葉にずきんと胸が痛んだ。まったくなんだってためらったりしたんだ？　ひどい男だ。まあ、どうにかいつものおれに戻り、この子を助けようとしてる。彼は左腕をそっと膝の下に差しこんで、右腕を首の下に入れた。

「よし。持ちあげるぞ」

「うん」

少女はまるで空気のように軽く、抱きあげるのは驚くほど簡単だった。せいぜい二十五キロぐらいしかない。もしかすると、栄養失調かもしれない。家庭に問題があるのか、神経性食欲不振症なのか。継父か何かに虐待されたんだろうか。ひどい話だ。

少女は彼の首に腕を回し、頬を肩にあずけた。この分だと問題なくレストランまで運べそうだ。

「気分はどうだね？」

「大丈夫」

胸のなかが温かくなり、ヨッケはほほ笑んだ。なんだかんだいっても、おれはいいやつだ。この子を抱いて店に入っていったときの、ほかの連中の顔が目に浮かぶな。まず、疑惑が浮かぶだろう。ヨッケのやつ、何を企んでる？　そう思うにちがいない。それから彼の話を聞くにしたがって、どんどん感心していく。「えらいぞ、ヨッケ、よくやった」とかなんとか。

新しい人生と、自分が行なおうとしている新しい出発を思い描いて、なじみの店に向かおうと向きを変えたとき、喉に痛みを感じた。なんだ？　蜂に刺されたような痛みだ。左手で蜂をたたき落とし、嚙まれた跡を調べたかったが、子供を落とすことはできない。

この角度から自分の喉を見るのは不可能だが、愚かにもヨッケは首を折るように曲げ、そこを見ようとした。だが、少女が下あごを彼のあごに押しつけているせいで、どのみち深く曲げることはできなかった。首をつかんでいる少女の手に力がこもり、痛みがひどくなる。

ヨッケはようやく気づいた。

「何をしてるんだ?」

喉の痛みがさらにひどくなり、ヨッケは少女の口が自分のあごのところで上下に動くのを感じた。温かいものが彼の胸を流れて落ちる。

「やめろ!」

ヨッケは反射的に少女から手を離した。こいつをおれの喉から離さなきゃならない。

だが、少女は落ちなかった。それどころか万力のような力で彼の首をつかみ——こんな小さな体のどこに、そんな力があるのか?——両脚を彼の腰にまわした。

そしてまるで四本の腕で人形をぎゅっと抱きしめるように、手と足で彼にしがみつき、あごを動かしつづけている。

ヨッケは頭をつかんで自分から引き離そうとしたが、これは素手でカバの木から枝をもぎとろうとするようなものだった。少女の頭は、まるでそこに糊づけされたように彼に貼りついている。腕と脚が肺から空気を押しだすほど強い力で彼を締めつけているせいで、息をすることもできない。

ヨッケは必死に空気を求めながら、後ろによろめいた。

少女のあごが動くのをやめていた。いまは静かに舐める音がするだけだ。だが、締めつける力はゆるむどころか、その反対、吸っているいまはもっときつくなった。ボキッというくぐもった音がして、胸から痛みが広がる。肋骨が何本か折れたのだ。

悲鳴をあげるだけの息さえなく、ヨッケは枯葉のなかをよろめきながら、少女の頭を弱々しく殴りつけた。世界がぐるぐるまわっていた。遠くの街灯の光が彼の目の前でホタルのように躍る。

ヨッケはバランスを失い、後ろに倒れた。最後に聞こえたのは、自分の頭が砕いた枯葉の音だった。その直後、彼は石の歩道に倒れ、世界が消えた。

オスカルはベッドに横になり、壁紙を見つめていた。

彼は母と『マペット・ショー』を観たが、話の筋書きにはまるでついていけなかった。ミス・ピギーが何かに腹を立て、カーミットはゴンゾを探していた。意地悪な老人のひとりが劇場のバルコニー席から落ちた。でも、なぜ落ちたのかオスカルにはわからなかった。頭のなかではほかのことを考えていたからだ。

それから母とココアを飲み、シナモン味の丸パンを食べた。母とおしゃべりしたのはわかっているものの、何を話したかまったく思い出せない。キッチンのソファを青く塗ることだったかもしれない。

彼は壁紙を見つめた。

ベッドのすぐ横の壁は、森のなかの草地を写実的に描いた壁紙で覆われている。太い木の幹と生い茂る緑の葉。ときどきベッドに横になり、オスカルは自分の頭のすぐそばにある葉っぱのなかに誰かがいるところを想像する。そこを見るとすぐに浮かんでくる姿がふたつあるが、残りを思い浮かべるにはもっと気持ちを集中しなくてはならない。

いまはその壁にべつの意味が加わっていた。この反対側、森の向こう側には……エリがいる。オスカルは片手を緑の表面に当てて、反対側の光景を想像しようとした。この向こうはエリの部屋だろうか？　エリもいまベッドに横になっているんだろうか？　彼はその壁がエリの頬だと想像し、緑の葉を、彼女のやわらかい肌をそっとなでた。

壁の反対側で声がした。

オスカルは壁をなでるのをやめ、聞き耳をたてた。ひとつはかん高い声、もうひとつは低い声だ。エリと父親がいい争っているようだ。オスカルはもっとよく聞こうとして壁に耳を押しつけた。ちぇっ、コップがあればよかったのに。でも、起きあがってそれを取ってくるふんぎりがつかなかった。戻るまえにけんかが終わってしまうかもしれない。

なんていってるんだ？

怒っているのはエリの父親だった。エリの声はほとんど聞こえない。オスカルは必死に言葉を聞きとろうとした。が、ときどき毒づく言葉や、「……信じられないほど残酷だ」という言葉しか聞こえなかった。何かが倒れる音がした。父親がエリを殴ったのか？　ぼくがエリの頬をなでるところを見られたんだろうか？　そのせいでエリが怒られているのか？

エリが話していた。はっきりとは聞こえないが、エリの静かな声が上がっては落ちる。でも、父親にぶたれたら、ああいう話し方をするか？　エリをぶつなんて許さない。そんなことをしたら、殺してやる。

オスカルはこの壁を通り抜ける力がほしかった。スーパーヒーローのライトニングのように。壁のなかに消え、森を抜けて、その向こうに姿を現わし、何が起こっているか見たかった。エリが助けを、慰めを、何かを必要としているかを知りたかった。

壁の向こう側が静かになった。聞こえるのは自分の耳のなかでどくどく血が脈打つ音と、とどろくような心臓の音だけだ。

オスカルはベッドから出て、机に行き、プラスチックのコップを逆さにしてなかに入れてあった消しゴムを落とし、そのコップを手にベッドへ戻ると、開いているほうの端を壁に押しつけ、底を耳にあてた。

聞こえたのは、すぐ隣の部屋のドアの音とはとても思えない、かすかなカチリという音だけだった。彼らは何をしているんだ。オスカルは息を止めてそう思った。突然、バンという大きな音がした。

銃声だ！

エリの父親が銃を取りだした。いや、違う、玄関のドアの音だ。壁が鳴るほど勢いよくドアが閉まったんだ。

オスカルはベッドを飛びだし、窓辺に立った。すぐに男がひとり現われた。エリの父親だ。

彼は片手にバッグを持ち、怒ったように急ぎ足で出口に向かい、オスカルの視界から消えた。

どうすればいい？　彼のあとを尾けるか？　でもなぜ？

オスカルはベッドに戻った。ぼくは想像力がたくましすぎるんだ。ぼくと母さんがときどきするみたいに、エリが父さんとけんかをしただけだ。ほんとにひどいけんかのときは、母さんもあんなふうに出ていくことがある。

でも、真夜中に出ていったりはしないぞ。

オスカルがあまりにも手に負えないと、母はときどき出ていくと脅す。でも、母さんが絶対そんなことをしないのはわかっているし、母も彼がわかっているのを知っている。エリの父親が真夜中にバッグを持って出ていったのは、この脅しのゲームを一歩進めただけかもしれない。

オスカルはベッドで額と両方の手のひらを壁に押しつけた。

エリ、エリ、そこにいるの？　父さんに殴られたの？　悲しいの、エリ……。

誰かがドアをノックし、オスカルはびくっとした。エリの父親がぼくのことも殴りにきたのか？　一瞬そう思って身体が冷たくなった。

だが、ノックしたのは母だった。母は足音をしのばせて部屋に入ってきた。

「オスカル？　眠ってる？」

「むむ」

「新しく引っ越してきたお隣さんときたら……ひどいわね。いまのを聞いた？」

「ううん」

「聞こえたにちがいないわ。大声でわめきたてて、あんな音をたててドアを閉めるなんて、どうかしてるわ。まったく。ときどきうちには男の人がいなくて、ほんとによかったと思うわ。気の毒な奥さん。見たことがある？」

「ううん」

「わたしもないのよ。まあ、ご主人のほうも見たことがないけど。一日中ブラインドがおりてるし。アルコール依存症かもしれないわね」

「母さん」

「なあに？」

「もう眠りたいんだ」

「そうね、ごめんなさい、ハニー。ただとても……おやすみ。いい夢を見てね」

「うん」

母が部屋を出ていき、静かにドアを閉めた。アルコール依存症？　うん、そうかもしれない。

オスカルの父もときどきものすごくたくさん飲む。父と母がもう一緒に暮らしていないのはそのせいだった。父も飲みすぎると、あんなふうに癇癪を起こすことがある。誰かを殴ったりしたことはないが、声がしゃがれるほど怒鳴り散らし、ドアを蹴り、物を壊す。

オスカルはこの思いに少し慰められた。いやなことだが、それでも、エリの父親がアルコール依存症だとすれば、ふたりには共通点がある。おたがいが分かち合えるものが。

オスカルは額と両手の手のひらをまた壁に寄せた。

エリ、エリ。きみがどんな気持ちかわかるよ。ぼくが助けてあげる。きみを救ってあげる。

エリ……。


男の大きくみひらかれた目は、ガード下の丸天井を凝視していた。乾いた葉っぱを何枚か脇に押しやると、エリがいつも着ているピンクのセーターが見えた。いまは男の胸の上に脱ぎ捨ててある。ホーカンはそれを拾いあげた。最初は鼻に近づけ、においを嗅ぐつもりだったが、セーターがべとつくのに気づいた。

それを男の胸に落とし、腰からフラスクを取りだして、つづけざまに三口飲んだ。ウォッカが火のように喉を焼いて流れ落ち、胃をなぶる。彼は冷たい石に座りこみ、尻の下で枯葉をがさつかせながら、死んだ男を見つめた。

男の頭のどこかがおかしい。

ホーカンはバッグのなかを引っかきまわし、懐中電灯を取りだした。この道を歩いてくる者がいないのを確かめ、懐中電灯を男に向ける。光の輪のなかで、血の気のない顔は少し黄ばんで見えた。何かいおうとするように口を半分開いている。

ホーカンはごくりとつばを呑んだ。こいつは彼の恋人に彼よりも近づくことを許されたのだ。それを思うと嫌悪がこみあげた。胸をしめつける苦悩を焼き払いたくてフラスクを探ったが、ふいにその手を止めた。

首が。

男の首には幅の広いネックレスのような赤いしるしがぐるりと走っている。かがみ込んでよく見ると、エリが血を飲むために開けた傷が見えた。

こいつの肌に唇を押しつけて。

――だが、首の状態はそれでは説明できない。この線は……。

ホーカンは狭い場所で思わず身をそらし、懐中電灯を消して深く息を吸いこんだ。後頭部のはげた箇所がセメントの壁にこすれ、彼は刺すような痛みに歯を食いしばった。

男の首の肌が切れているのは、そのわけは、頭が三百六十度まわされたからだ。一回転しているからだ。背骨を折るために。

ホーカンは目を閉じ、このすべてから離れたい、逃げだしたいという衝動をこらえ、落ち着きを取り戻すためにゆっくり息を吸いこんで吐いた。頭の後ろをこするセメントの壁、尻の下の石。左にも、右にも、これを見たら警察を呼ぶにちがいない人々が、いつ歩いてくるかわからない道がある。そして目の前には……。

これはただの死体だ。

ああ。だが……頭が。

頭がぐらぐらするのはまずい。死体を持ちあげたときに後ろにのけぞり、落ちるかもしれない。彼は身体を丸め、額を膝に休めた。彼の恋人がこれをやってのけたのだ。それも素手で。

そのときしたにちがいない音を想像すると、吐き気が喉の奥からせり上がってくる。頭がひねられたときのきしみ音。ホーカンはもうこの死体に触りたくなかった。ここにじっと座っていたかった。煉獄の山の麓を守るベラクアのように座り、夜明けが来るのを待ちたかった。避けられぬ運命が……。

何人かが地下鉄のほうから歩いてきた。ホーカンは枯葉のなか、死体のそばに横になり、氷のように冷たい石に額を押しつけた。

なぜだ？　なぜ頭を……ひねった？

感染を防ぐためだ。それが神経組織に達することは許せない。その前に感染路を断つしかない。彼が説明されたのはそれだけだった。そのときはこの説明の意味がわからなかったが、いまはわかる。

足音がさっきより速くなり、声が遠くなった。階段を上がっていくのだ。ホーカンは身体を起こし、口を開け、目をみひらいた死体を見下ろした。つまり、頭を……ひねられていなければ、この男は起きあがり、枯葉を払い落とすのか？

喉の奥からかん高い笑いがこみあげ、ガード下の通路に鳥のさえずりのように反響した。ホーカンは痛いほど強く片手で口を覆った。しかし、死体が枯葉のなかから立ちあがって、のっそりと葉っぱをジャケットから払い落とすところを想像すると……。

この死体をどうすればいい？

八十キロはありそうな筋肉と脂肪と骨の塊を捨てなくてはならないのだ。すりつぶすか、切り刻むか、埋めるか、燃やして。

火葬場がある。

ばかばかしい。これをそこまで運び、火葬場に押し入って、内緒でちょいとばかり燃やすのか？　それとも、捨て子のように門の外に置き去りにして、なんでも燃やしたがりな職員が警察に連絡する手間などかけずに釜に放りこんでくれることを願うのか？

いや、それに代わる方法はひとつしかない。この道を右へ行けば森を抜け、病院のほうへ、川へと向かう。

ホーカンは血だらけのセーターを男のコートの下に突っこみ、バッグを肩にかけて、両手を死体の背中と膝の下へと押しこんだ。立ちあがったときに、少しよろめいたものの、バランスを取り戻した。思ったとおり頭が不自然な角度にのけぞり、あごがカチっという音をたてて閉じた。

川まではどれくらいある？　たぶん二百か三百メートルだ。もしも誰かが通りかかったら？　どうすることもできない。そうなったら、一巻の終わりだ。そしてある意味では、それはありがたい見通しでもあった。

だが、誰も通りかからず、ホーカンは見咎められずに川岸にたどり着いた。汗をだらだら流しながら、水面とほとんど並行に水の上に張りだしているしだれ柳の幹の横にでると、岸辺の大きな石をふたつ、ロープで死体の足にくくりつけた。

それよりも少しだけ長いロープを胸に巻きつけて、死体をできるだけ水の近くまで引きずっていき、ロープを解いた。

彼は幹のそばに少しのあいだ留まって、両脚を水面のすぐ上にたらし、黒い鏡をのぞきこんでいた。水面に浮かびあがってくる泡が、どんどん少なくなっていく。

どうにかやり遂げた。

こんなに寒いのに、玉のような汗が額を流れ、目にしみた。重労働で全身が痛んだが、彼はやり遂げた。男の死体は彼のすぐ下に横たわっている。世界から隠され、存在をやめてしまった。水面に上がってくる泡が止まったあとは、何もなくなった。そこに死体が沈んでいることを示すしるしは、もうひとつもない。

水のなかには星がいくつかきらめいていた。

第二部　屈　辱

……そして彼らはマーティンが一度も行ったことのない地域へとコースを取った。ティスカ・ボッテンとブラッケベリのはるか先へと。そこには既知の世界との境が走っていた。

——ヤルマール・セーデルベリ著『マルティン・ビルクス』

でも彼は、決してもとには戻れない
スコグスラに心を盗まれてしまったのだから
彼の魂は月光がもたらす夢をせつなく焦がれ
どんな恋人もそれをかなえることはない……

——ヴィクトル・リュードベリ著『スコグスラ』

（スコグスラは美しいが邪悪な森の精）

日曜日の新聞には、ヴェリングビューの殺人事件に関するこれまでよりも詳しい記事が載った。それにはこんな見出しがついていた。「儀式的殺人の犠牲者か？」

少年の写真、森のなかのくぼみ。そのなかにそびえる木。

ヴェリングビューの殺人事件は、このころにはもうみんなの話題には上らなくなっていた。くぼみにたむけられた花はしおれ、キャンドルは燃えつきた。紅白のステッキ型キャンディーのような縞模様の入った警察のテープは片付けられ、現場で見つかるかぎりの証拠は、すべてとうの昔に安全に保管されていた。

だが、日曜日の記事は人々の興味をよみがえらせた。「儀式的殺人」だって？　するとまた同じことが起こるのか？　儀式とは繰り返されるものだ。

森のその道を通ったことがあるか、その近くに行ったことのある人々は、ひとり残らず何か語ることがあった。あのあたりは恐ろしく気味が悪い……あの周囲はとても美しくて静かなんだ……あんな事件が起こるとは、まったく思いもしなかった……。

これっぽちでも殺された少年を知っていた人々は、口を揃えてこういった。あんなにいい子だったのに、あんなに素晴らしい子を殺すなんてどんな邪悪な人間だろう、と。原則的に死刑制度には反対な人々ですら、この殺人を死刑に値する犯罪の一例として挙げたがった。

この記事には欠けているものがひとつだけあった。犯人の写真だ。人々は森のなかの何の変哲もないくぼみを見つめ、少年の笑顔を見つめた。容疑者が不在とあっては、これはみな……起こったことだけだ。

それでは誰も満足しなかった。とても納得できない。

十月二十六日、月曜日、警察はラジオと朝刊を通じて、これまでの記録を上回る量の麻薬を差し押さえ、五人のレバノン人を逮捕したと発表した。

レバノン人。

これは一般市民にも理解できる。五キロのヘロイン。五人の男。レバノン人ひとりにつき一キロだ。

それだけではない、このレバノン人たちはヘロインをひそかに運びこむあいだも、スウェーデンの手厚い社会福祉制度の恩恵を受けていた。彼らの写真は載らなかったが、誰ひとりそんな写真など見る必要もなかった。レバノン人がどう見えるかは、誰でも知っている。彼らはアラビア人だ。それ以上の説明は必要ない。

儀式的な殺人の犯人も、外国人ではないかという憶測が流れた。じゅうぶんありうることだ。アラブの国々では、血による儀式が一般的に行なわれているのではないか？　イスラム教徒は、子供たちの首にプラスチックの十字架をかけさせるのではなかったか？　地雷を取り除くのに、幼い子供たちを使うのではないか？　誰でもそういう話を聞いたことがある。残酷な人々だ。イラン人やイラク人、レバノン人は。

だが、月曜日の夕刊に、警察が作成した容疑者の似顔絵が載った。ひとりの少女が彼を見たのだった。男の人相をできるだけ忠実に再現するために、警察は時間をかけ、あらゆる予防手段を講じた。

それはごくふつうのスウェーデン人だった。亡霊のようにうつろな目の男。それを見て、すべての人々がまさに殺人犯の顔だとうなずいた。この仮面のような顔が、森のなかのくぼみからこっそり犠牲者に近づくところはたやすく想像できる、と。

ストックホルムの西にある郊外の町では、この幽霊もどきの人相書きに似ている男たちが、ひとり残らずじろじろ見られるはめになった。家に帰って、鏡をとっくり見ても、容疑者と似ているところなどこれっぽっちも見つからなかったものの、その夜彼らはベッドのなかで思案した。明日は外見のどこかを変えたほうがいいか？　それではかえって疑いを招くことになるだろうか？

しかし、この心配は杞憂におわることになる。人々の関心はまもなくべつのことに移るからだ。スウェーデンはこれまでとは違う国になる。不法侵入された国に。不法侵入、この言葉は繰り返し使われる。

警察の人相書きに似ている男たちが、ベッドのなかで新しいヘアスタイルがもたらす利点を考慮しているとき、ソヴィエトの潜水艦がカールスクローナの沖で座礁したのだった。必死に浅瀬を離れようとする潜水艦のエンジン音が群島のあいだにこだました。が、それが何の音か調べるために出ていく者はひとりもいなかった。

水曜日の朝、この潜水艦は、偶然、発見される。

十月二十八日　水曜日

学校中がさまざまな噂でもちきりだった。教師のなかには、休み時間にラジオを聴き、それで仕入れた情報をクラスで生徒たちに告げる者もいて、昼休みになるころには全員が知っていた。

ロシア人がスウェーデンにいる。

この一週間、子供たちはもっぱらヴェリングビューの殺人犯のことを話していた。その男を見た者は大勢いた。少なくとも、たくさんの子供たちが見たといった。なかには、自分もその男に襲われたと断言する子供すらいたくらいだ。

学校の前を通り過ぎる男たちのうち、人相書きに少しでも似ている者はたちまち犯人にされた。しょぼくれた服装の年配の男が近道をするために校庭を横切ったときには、子供たちは身を隠す場所を探して、悲鳴をあげながら手近な建物へと走った。腕力に自信のある上級生が何人か、ホッケーのスティックで武装し、その男を叩きのめそうとした。幸い、ようやく誰かがいつも町の広場にいる飲んだくれだと気づいたおかげで、その男は袋だたきにあわずにすんだ。

だが、いまやロシア人が来た。子供たちは、ロシア人のことをあまり知らなかった。その昔、ドイツ人《ジャーマン》とロシア人《ロシアン》と夜回り《ベルマン》がいました、というジョークは知っている。それにロシア人はホッケーをやらせたら世界一だ。彼らはソヴィエト連邦と呼ばれる国に住んでいる。宇宙にロケットを発射したのは、彼らとアメリカ人だ。アメリカ人はロシア人の攻撃から自分たちを守るために、中性子爆弾を開発した。

オスカルは昼休みにヨハンとそのことを話した。

「ロシア人も持ってると思う？　中性子爆弾を」

ヨハンは肩をすくめた。「持ってるさ。あの潜水艦にも積んでるかも」

「爆弾を落とすには、飛行機が必要だと思ったけど」

「違うよ。ロケットに詰めて、どこからでも発射できるんだ」

オスカルは空を見上げた。「潜水艦もそういうロケットを積めるのかな？」

「そういっただろ。どこにでも積めるんだ」

「人間だけ死んで、家は残るんだね」

「そうだよ」

「動物はどうなるのかな？」

ヨハンは少しのあいだ考えた。

「きっと死ぬな。少なくても、でかいやつは」

ふたりは砂場の縁に座った。下級生は誰も遊んでいない。ヨハンは大きな石を拾い、それを砂場に投げて砂を巻きあげた。「ズドン！　みんな死んだ！」

　オスカルはもっと小さな石を拾った。

「違う！　ひとりだけ生き残った。ヒューッ！　ミサイルが後ろから飛んでくるぞ！」

　彼らが石や砂利を投げて世界中のあらゆる都市を破壊していると、後ろから誰かがいった。

「いったい何をしてるんだ？」

　ふたりともくるりと振り向いた。ヨンニとミッケだ。声をかけたのはヨンニだった。ヨハンは手にしていた石を落とした。

「あの——ぼくらはただ……」

「おまえにいってんじゃねえよ。ピギー？　何をしていたんだ？」

「石を投げてるだけだよ」

「どうしてそんなことをしていたんだ？」

　ヨハンが二、三歩さがり、しゃがんで靴の紐を結びなおしはじめた。

　ヨンニは砂場を見て、出し抜けに腕を突きだした。オスカルは思わず身を縮めた。

「ここは小さい子たちが遊ぶところだぞ。わかんないのか？　おまえは砂場をめちゃくちゃにしてるんだぞ」

　ミッケが悲しそうに首を振った。「ちびたちが石につまずいてけがをしたらどうするんだ？」

「ちゃんと片づけろよ、ピギー」

ヨハンはまだ靴紐を結んでいる。

「聞こえたか？　おまえはこれをちゃんと片づけるんだ」

オスカルはどうすればいいか決められず、立ちつくしていた。もちろん、ヨンニは砂場のことなどどうでもいいんだ。これはいつものいじめだった。ヨハンとふたりで投げこんだ石を全部片づけるにはたっぷり十分はかかる。ヨハンは手伝わないだろう。それに昼休みの終了ベルがそろそろ鳴るころだ。

いやだ。

この言葉が聖なるお告げのように頭にひらめいた。誰かが初めて「神」という言葉を口にし、心からそれを……信じたときのように。

ヨンニがそうしろといったからという理由だけで、ほかの三人が授業に戻ったあとも砂場の石を片づけている自分の姿が頭をよぎった。だが、頭をよぎったのはそれだけではない。砂場にはオスカルのアパートの中庭にあるようなジャングルジムがあった。

オスカルは首を振った。

「なんだよ？」

「いやだ」

「〝いやだ〟って、どういう意味だ？　今日は少し物分りが悪いようだな。おれは石を拾えといってるんだ。つまりおまえは拾う」

「いやだ」

午後の授業の始まりを告げるベルが鳴った。ヨンニはそこに立ってオスカルを見ている。

「これがどういう意味かわかってるな、ミッケ？」

「うん」

「放課後ふたりでこいつを捕まえようぜ」

ミッケがうなずく。

「あとでな、ピギー」

ヨンニとミッケは教室に入っていった。ヨハンが靴紐を結びなおして立ちあがった。

「あいつらに逆らうなんて、どうかしてるぞ」

「うん」

「どうしてそんなことをしたんだい？」

「ただ……」オスカルはジャングルジムを見た。「そうしただけさ」

「ばかだな」

「うん」


オスカルは放課後も自分の机でぐずぐずしていた。二枚の白い紙を取りだし、教室の後ろから百科事典を持ってきて、ページをめくりはじめた。

マンモス……メディチ（十五世紀から十六世紀、イタリアのフローレンスで栄えた名門。商人、銀行家として活躍。美術および文学の保護者となった）……モンゴル……

…モルフェウス（眠りの神の息子で夢の神）……モールス。

うん。これだ。一ページの四分の一をモールス信号の点や線が占めている。オスカルはそれを大きな、読みやすい文字で一枚目の紙に写しはじめた。

A = .–

B = –...

C = –.–.

アルファベットの文字を表わす信号を全部写しおえると、二枚目の紙にも同じことを書いた。だが、出来栄えに満足できず、その紙を捨てて、もっと丁寧な文字と記号で最初から書きなおした。

もちろん、一枚だけきれいに書ければそれでいいのだ。エリに渡すほうが。でも、彼はこの作業が気に入った。それにこれは教室に残っている理由になる。

エリと彼はもう一週間も、毎晩会っていた。昨日の夜は、外に出るまえに部屋の壁をノックすると、エリから答えが返ってきた。そしてふたりは同じ時間に出ていった。そのときオスカルは、何かの信号を使って壁越しに連絡を取りあってはどうかと思いついたのだった。そしてすでにモールス信号という便利なものがあるから……。

彼は写しおえた二枚をじっくり点検した。うん、よく書けてる。エリは気に入るにちがいない。ぼくと同じようにパズルや信号が好きだから。オスカルは二枚の紙を折って、学校のかばんに入れ、ベンチに腕をかけた。みぞおちのなかには、沈むような感覚があった。教室の時計は三時二十分を示している。彼は机のなかに入れてある、スティーヴン・キングの『ファイアスターター』を取りだし、四時までそれを読んだ。

いくら彼らでも、二時間も待っているはずがない。それとも待っているだろうか？ヨンニが命じたときに石を拾っていたら、何もされずに、とっくに家に帰っていられたのに。石を拾うのは、彼がこれまでやれと命じられ、したがったことのなかでは、それほどひどい行為ではなかった。オスカルはヨンニに逆らったことを後悔した。

でも、いまからそうしたら？

もしかすると、放課後、石を拾ったと告げれば、明日の罰は軽くなるかもしれない。

うん、そうしよう。

オスカルは帰り支度をして砂場に行った。石を拾うのは十分もあればできる。彼らが明日そのことを知ったら、ヨンニは笑ってオスカルの頭をたたき、「でかしたピギー」みたいなことをいうだろう。でも、殴られるよりはそのほうがいい。

彼はジャングルジムをちらっと見て、砂場の隣にバッグをおろし、石を拾いはじめた。最初は大きな石から拾った。ロンドン、パリ。石を拾いながら、今度は自分が世界を救っているところを想像した。恐ろしい中性子爆弾が投下されたあとを片づけているところを。石が持ちあげられた場所からは、蟻塚から出てくる蟻のように、壊れた家から生存者が這いだしてくる。でも、この爆弾は家を壊さないはずじゃなかったっけ？　まあ、たぶん。原子爆弾もいくつか混じっていたんだろう。

集めた石を捨てるために砂場の端に歩いていくと、彼らがそこに立っていた。空想のゲームに没頭していて、オスカルは彼らの足音に気づかなかったのだ。ヨンニ、ミッケ、トーマスの三人が。三人とも長いハシバミの枝を持っている。鞭だ。ヨンニはその鞭を使って石をひとつ示した。

「そこにもあるぞ」

オスカルは持っていた石を落とし、ヨンニが示した石を拾った。ヨンニはうなずいた。

「よし。おまえを待ってたんだぞ、ピギー。ずいぶん長いこと待ってたんだ」

「そしたら、トーマスが来て、おまえがここにいると教えてくれた」ミッケがいった。

トーマスの目にはなんの表情も浮かんでいなかった。低学年のころ、オスカルはトーマスと友達で、よく遊んだものだった。だが、四年生と五年生のあいだの夏が終わったあと、トーマスは変わった。彼はそれまでとは違う話し方、大人みたいな話し方をするようになった。先生たちは、彼を優等生だと思ってる。それは、彼らがトーマスと話すときの態度でわかった。トーマスは自分のコンピュータを持ってる。医者になりたがってる。

オスカルは手にしている石をまっすぐトーマスの顔に向かって投げつけたかった。いまこの瞬間、トーマスが開いて話しはじめた口のなかに。

「逃げないのか？　行けよ、さあ。逃げろ」トーマスはあざけった。

ヨンニが枝を振ると、ヒュンという音がした。オスカルは石を握りしめた。

どうしてぼくは逃げないんだ？

鞭があたり、脚に刺すような痛みが走る。公園の道まででいい。あそこまで逃げられれば、たぶん大人がいる。そうすればこの三人も鞭で打ったりしないだろう。

ぼくはどうして逃げないんだ？

逃げられるチャンスなどないからだ。五歩もいかないうちに、倒されるに決まってる。

「帰してよ」

ヨンニは聞こえなかったふりをして顔を向けた。

「なんだって、ピギー？」

「帰してよ」

ヨンニはミッケを見た。

「こいつはおれたちがあっさり行かせるべきだと思ってるぞ」

ミッケは首を振った。

「だけど、せっかくこんなにすてきな……」彼は鞭を振ってヒュンと鳴らした。

「どう思う、トーマス？」

トーマスは罠のなかでもがいているネズミでも見るように、オスカルを見た。

「ピギーにはおしおきの必要があると思うな」

彼らは三人。それに鞭を持っている。これはとんでもなく不公平な状況だった。でもトーマスの顔に石を投げつけることはできる。さもなければ、トーマスが近くにきたら、石で殴りかかることも。あとで校長に呼びだされ、お説教されるだろうが、わかってもらえるはずだ。武器を持った三人を相手にしていたのだから。

ぼくは……必死だったんです。

だが、オスカルは必死という心境にはほど遠かった。恐怖はあるが、気持ちが決まったいま、彼はそのなかにかすかな落ち着きを感じた。この石でトーマスの憎たらしい顔をつぶせるかぎり、いくら鞭で打たれてもいい。

ヨンニとミッケが近づいた。ヨンニが腿をぴしりと打ち、オスカルは痛みに身体を折った。ミッケが後ろにまわってオスカルの腕を脇に押さえつける。

やめろ。

これじゃ石を投げられない。ヨンニは脚を鞭打ち、映画のロビンフッドみたいにくるっと身体を回してふたたび打った。

オスカルの脚はみみず腫れになり、燃えているように痛んだ。彼はミッケの腕を振り払おうともがいたが、振り払えなかった。涙がこみあげてくる。彼は悲鳴をあげた。ヨンニが最後に思いきり鞭をふるうと、枝の先端がミッケの脚をかすめた。「気をつけろよ！」ミッケはそう叫びながらも、まだオスカルの腕を放そうとしない。

オスカルの頬を涙がひと粒、流れ落ちた。あんまりじゃないか。砂場に投げた石は全部拾った。一生懸命拾ったのに、どうしてこいつらはぼくをいじめるんだ？

あれほどきつく握りしめていた石が落ち、彼は泣きはじめた。

ヨンニが哀れむような声でいった。「ピギーが泣いてるぞ」

ヨンニは満足したようだった。彼の仕事は終わった。彼はミッケにオスカルを放せと合図した。オスカルは嗚咽と脚の痛みに全身を震わせていた。

「ぼくは？」トーマスの声に顔を上げたとき、オスカルの目には涙があふれていた。

ミッケがふたたびオスカルの腕をつかんだ。涙の霞を通してトーマスが近づいてくるのが見える。オスカルはすすり泣いた。「お願い、やめて」

トーマスは鞭を振りあげ、鋭く振りおろした。一度だけ。炸裂するような痛みが顔に走り、オスカルは激しく横によれた。ミッケの手が滑るほど、さもなければミッケが腕を放してこういうほど。「なんだよ、トーマス、いまのは……」

ヨンニは怒っているようだった。「こいつの母さんが、おまえんとこに怒鳴りこむぞ」

トーマスが何かいったとしても、オスカルには聞こえなかった。

彼らの声が遠ざかっていく。三人は砂のなかにうつぶせに倒れているオスカルを残して立ち去った。左の頬が燃えていた。冷たい砂が灼けるような脚の痛みをやわらげてくれた。オスカルは左の頬も砂のなかに入れたかったが、それはあまりいい考えとはいえない。

長いこと横たわっていると、寒くなってきた。オスカルは身体を起こし、注意深く頬に触れた。指に血がついた。

彼は外のトイレに行き、鏡を見た。頬は腫れあがり、半分固まった血に覆われている。トーマスは力いっぱい鞭をふるったにちがいない。オスカルは頬を洗い、もう一度鏡を見た。血はすでに止まっていた。深い傷でもない。でも、片頬全体を横切っている。

母さん。母さんになんていおう。

ほんとうのことをいうんだ。慰めてもらいたいもの。一時間もすれば母さんが帰ってくる。そうしたら、彼らが何をしたか全部話してしまおう。母さんはすっかり取り乱し、ぼくを抱きしめてくれる。母さんの腕のなかにすっぽり抱かれて、その涙に洗われながら、ぼくも一緒に泣く。

それから母さんはトーマスの母さんに電話をかける。

そして、口論になり、トーマスの母さんがどんなにひどい女か泣きながら訴え、そしてそれから……。

工作の時間。

工作の時間に手が滑ったことにしよう。いや、それはまずい。母さんが学校に電話をかけたら、一発でばれる。

オスカルは鏡の傷をじっと見た。こういう傷はどんなふうにできる？　ジャングルジムから落ちたことにしよう。それでこんな傷ができることはまずないが、母さんはきっとぼくの話を信じたがる。それでもかわいそうにとぼくを慰めてくれるだろうが、ほかの面倒なことは起こらない。ジャングルジムにしよう。

ズボンが冷たかった。ボタンをはずして調べると、下着がぐっしょり濡れている。彼はピスボールを取りだし、それを洗った。そしてもとに戻そうとして、鏡を見た。

オスカル。これは……オスカルだ。

彼はピスボールをもう一度洗い、鼻の上にのせた。ピエロの鼻みたいに。黄色いボールと頬の赤い傷。オスカル。彼は目をみひらき、頭がイカれたような表情を浮かべようとした。うん。気味が悪い。彼は鏡のなかのピエロにいった。

「もうおしまいだ。じゅうぶんだ。わかったか？　もうがまんできない」

ピエロは答えない。

「ぼくはもうがまんしないぞ。もう一度だっていやだ。わかったか？」オスカルの声はがらんとしたトイレのなかに響いた。

「どうすればいい？　どうすればいいと思う？」

彼は頬が引きつれて痛くなるほど顔をゆがめ、精いっぱい低いしゃがれ声でいった。

「……彼らを殺せ……殺せ……殺せ」

オスカルはぶるっと震えた。いまのはマジで少しばかり気味が悪すぎる。ほんとにほかの人間の声みたいだ。それに鏡のなかの顔もオスカル自身の顔ではなかった。彼はピスボールを鼻から離し、パンツのなかに戻した。

あの木。

これを本気で信じているわけではないが……でも、あの木を刺しに行くとしよう。ひょっとしたら、必死に集中すれば……。

　ひょっとするかも。

　オスカルはバッグをつかむと、うっとりするような光景で頭をいっぱいにして急いで家に帰った。

　コンピュータに向かっているトーマスが、最初のひと突きを感じる。それがどこから来るのかわからず、血が噴きだすお腹をつかみ、よろめきながらキッチンに入っていく。「母さん、母さん、誰かがぼくを突き刺してる」

　トーマスの母は呆然と立ちつくす。あの母さんは息子が何をしようと、必ず息子の肩を持つけど、今度ばかりは何もできず、恐怖に打たれて立ちつくす。そのあいだもナイフの傷は増えつづける。

　トーマスはキッチンに倒れ、見る間にそこに血がたまる。「母さん……母さん……」見えないナイフが彼の腹を切り裂き、リノリウムの床にはらわたが飛びだす。

　まあ、ほんとにそうなるわけじゃないけど。

　それでも。


　そのアパートのなかは猫の小便の臭いで鼻が曲がるほど臭かった。

　ジゼルは彼の膝に寝そべって甘えた声をだし、ビビとベアトリスは床でじゃれあい、マンフレッドはいつものように窓台に座り、ガラスに鼻先を押しつけている。グスタフが頭でその脇腹を突き、マンフレッドの注意を引こうとしていた。

モンスとトゥフスとクレオパトラは、肘掛け椅子でくつろぎ、トゥフスはほつれた糸にじゃれている。カール＝オスカルは窓台に飛び乗ろうとして失敗し、床に仰向けに落ちた。カールは片目が見えないのだ。

ルルヴィスはそこからチラシでも押しこまれようものなら飛びつこうと、廊下で郵便の受け口を見張り、ヴェンデラはよじれた右の前足を木製の羽根板のあいだに垂らして、ときどきびくっと痙攣しながら帽子棚からルルヴィスを見ている。

ほかにもキッチンで食べているか、テーブルや椅子のまわりでごろごろしているのが二、三匹。五匹は寝室のベッドで眠っている。自分たちでちゃっかり入る方法を見つけた数匹は、お気に入りの隠れ場、クローゼットや戸棚に潜りこんでいた。

イェースタが隣人たちの圧力に屈して猫たちを外にださなくなってから、新しい遺伝子はまったく入ってこない。そのためか、ほとんどの子猫が死んで生まれるか、あまりに奇形すぎて生まれても数日しか生きていられない。イェースタのアパートに住んでいる二十八匹の猫のうち半分には、なんらかの先天的な欠陥があった。目が見えないか、耳が聞こえないか、歯がないか、運動神経に損傷があるのだ。

イェースタはどの猫も同じように愛していた。

ジゼルの耳の後ろをかきながら、彼は問いかけた。

「そうなんだよ……ダーリン……わしらはどうしたらいいだろうな？　わからない、って？

ああ、わしもだ。だが、何かする必要がある。そうだろう？　こういうことをそのままにしてはおけないよ。あれはヨッケだったんだからな。わしはあの男を知ってるんだ。そして彼は死んでしまった。だが、ほかの誰も知らん。わしが見たものを見とらんからな。おまえも見たかい？」

イェースタはうつむいて、ささやいた。「子供だったよ。歩道を歩いてくるのが見えた。その子はヨッケを待っていた。ガード下の通路で。ヨッケはそこに入り……それっきり出てこなかった。翌朝には通路のなかからも消えていた。だが、彼は死んだんだ。わしにはわかってる。

なんだって？　いや、警察には行かれないよ。いろいろ質問されるからな。たくさん人がいるだろうし、いろいろ訊いてくるに決まってる……なぜ、もっと早く知らせなかったのか。そういって、ぎらつくライトをわしの顔にあてるにちがいない。

三日まえのことだ。いや、四日だったか。はっきり覚えていないんだよ。今日は何日だ？警官はそう訊く。警察に行くなんてことは……わしにはできん。

だが、何かしなくてはな。どうすればいいかわからんが」

ジゼルがイェースタを見上げ、彼の手を舐めはじめた。

オスカルが森から戻ったときには、ナイフは腐った木の屑だらけだった。彼はそれをキッチンの流しで洗い、布巾できれいに水分をふき取り、その布巾をゆすいで、頬にあてた。

もうすぐ母が帰ってくる。もう一度外へ行かなくちゃ。もう少し時間が必要だ。まだ涙が喉をふさぎ、脚がずきずき痛む。彼はキッチンの戸棚から鍵をつかみ、メモを書いた。「すぐ戻るよ、オスカル」それからナイフを隠し場所に戻し、階段をおりて、重いドアの鍵を開け、地下室に入った。

地下のにおいがする。オスカルはこのにおいが好きだった。木のにおいと古いもののにおい、それがよどんだ空気のなかで混じりあったこのにおいを嗅ぐとほっとする。地面の高さにある窓から光が少し入ってくるだけの薄暗い地下室は、なにやら謎めいて、どこかに秘密の宝物でもありそうだ。

左手にある長方形のセクションには、倉庫が四つある。壁とドアは木製で、ドアの鍵は大きさがまちまちだ。ひとつのドアには補強鍵も付いていた。おそらくそこに何かを置いて盗まれた人がいるのだろう。

いちばん奥の木の壁に、誰かがマジックで〝KISS〟と書いていた。ふたつの〝S〟は、Zを裏返しにして長く引き伸ばしたように見える。

でも、ここでいちばん興味深いのは、倉庫の向かい側のいちばん奥、リサイクル用のごみと粗大ごみが置いてあるところだ。オスカルはここで、まだちゃんとした地球儀を見つけたこともあった。それはいま、やはりここで見つけた何巻かの『ハルク』やほかのものと一緒に彼の部屋にある。

でも、今日はほとんど何もなかった。回収トラックが来たばかりらしく。新聞が少し、

〝英語〟と〝スウェーデン語〟というラベルがついたフォルダーがいくつかあるだけだ。フォルダーは必要ない。何年かまえ、印刷屋の外にあるごみ容器からひと抱えも回収したから。

彼はこの部屋を通り抜け、建物のなかの次の吹き抜け階段に出た。トンミのアパートがある階段だ。そこの地下室のドアへとおりて鍵を開け、なかに入った。ここはさっきとは違うにおいだ。かすかなペンキかシンナーのにおい。この地下には、団地の全員を収容できる核シェルターもあった。オスカルは一度だけそこに入ったことがある。三年まえ、年上の少年たちがつくったボクシング・クラブがそこにあったときに。ある日の午後、彼はトンミと一緒に試合を見ることを許された。うめき声や飛び散る汗、緊張し、はりつめた身体、厚いコンクリートの壁に響くくぐもったパンチの音……ボクシングのグローブをはめ、殴りあう少年たちを見ているのは少し怖かった。そのうち誰かがけがをしたか何かで、ぐるっと回してドアを開閉するハンドルが鎖と錠で固定され、ボクシング・クラブはおしまいになった。

オスカルは明かりをつけ、シェルターへと歩いていった。ロシア人が来るとしたら、ここの鍵を開ける必要がある。

もしもまだ、ちゃんと鍵があればだけど。

オスカルは大きな鋼鉄の扉の前に立ち、ふと思った。誰かが……ここに閉じこめられてる。だからこのハンドルは鎖と錠で固定されてるんだ。怪物をここに閉じこめておくために。

彼は耳をそばだてた。通りのかすかな音、上のアパートにいる人々の音がする。彼は地下室が大好きだった。ここはまるで別世界のようだ。外の、この上には、いつでも戻れるもうひとつの世界がちゃんと存在している。でも、ここは静かで、誰も来ない。ひどいことをいわれたり、されたりすることもない。しなければならないことも何ひとつない。

シェルターの向かいは、〝クラブハウス〟。オスカルにとっては禁じられた場所だ。

もちろん、鍵はかかっていないが、だからって誰でも入れるわけじゃない。彼は深く息を吸いこんでドアを開けた。

この倉庫にはたいしたものはなかった。ひどくたわんだソファがひとつ、同じくらいたわんだ肘掛け椅子がひとつ。敷物がひとつ。ペンキがはがれたチェストがひとつ。廊下の明かりから内緒で引いてきたコードに裸電球をつけて天井からたらしているのが、この部屋の照明だった。それは消えていた。

何回かここに入ったことがあるオスカルは、電球をひとひねりすれば明かりがつくことを知っていたが、あれをつけるなんてとんでもない。なかの様子がわかる程度の光は、ベニヤ板の隙間から入ってくる。オスカルは鼓動が速くなるのを感じた。もしも彼らに見つかったら……。

何をされる？　わからない。だからよけいに恐ろしかった。痛めつけられることはないだろうが……。

彼は敷物に膝をついてソファのクッションを持ちあげた。接着剤のチューブが二、三本、ビニール袋がひと巻き、ライターの液が入った缶。ソファのもうひとつの隅のクッションの下には、ポルノ雑誌があった。よれよれの《レクティル》と《フィブ・アクテュエルト》が何冊か。

彼は《レクティル》の一冊を手に取り、ほかよりも明るいドアの近くに移った。まだ膝をついたまま、前に置いた雑誌を広げ、ページをめくる。口のなかが乾いた。写真の女性はハイヒールだけでデッキチェアに寝そべり、両手で胸を両側から押しつけ、口を尖らせている。広げた脚のあいだ、もじゃもじゃの縮れ毛の真ん中には、ピンク色の肉とその中央の溝が見えた。

どうやってそこに入るんだ？

これまで聞いた話や読んだ落書きで、そこがなんと呼ばれるかはオスカルも知っていた。女陰、穴、陰唇。でも、これは穴じゃない。ただの溝だ。学校の性教育の授業では、外陰部からなかへ入る……トンネルがあると習ったが、どっちの方向にあるんだろう？　まっすぐ上か、なかか、それとも……この写真からはちっともわからない。

彼はページをめくりつづけた。読者自身の体験談が載っている。スイミングプール。女の子の更衣室にある仕切り。水着の下で乳首を尖らせた少女。水着のなかでぼくのペニスはどくどく脈打っていた。彼女は洋服掛けをつかんで、かわいいお尻をこっちに向け、うめくようにいった。「して、いますぐして」

閉まったドアのなか、誰の目にも触れない場所では、こんなことがしょっちゅう起こってるのか？

べつの体験談、家族の再会が思いがけない展開になったエピソードを読みはじめたとき、地下室に入るドアが開く音がした。オスカルは雑誌を閉じ、いそいでソファのクッションの下に戻したが、倉庫のなかには、隠れる場所はない。彼は喉がはりつくのを感じた。息をすることさえはばかられた。通路に足音がする。

どうか神様、彼らではありませんように。彼らではありませんように。

オスカルは両手で膝小僧をつかみ、あごが痛くなるほど食いしばった。ドアが開き、トンミがそこに立ってまばたきした。

「いったい？」

オスカルは何かいいたかったが、ぎゅっと食いしばったあごが動いてくれなかった。彼はドアの下から漏れてくる光のそばで敷物にひざまずいたまま、鼻から息を吸いこんだ。

「ここで何をしてるんだ？　どういうつもりだ？」

ほとんどあごを動かさずに、オスカルはようやく言葉を押しだした。「……べつに」

トンミは倉庫のなかに一歩入り、オスカルの上にそびえ立った。

「そのほっぺたは？　どうしたんだ？」

「な……なんでもないよ」

トンミは首を振りながら電球をひねって明かりをつけ、ドアを閉めた。オスカルは立ちあがったものの、どうすればいいかわからず、両手を脇にたらして部屋の真ん中に立った。彼は一歩ドアに近づいた。トンミが肘掛け椅子に沈みこんでソファを示す。

「座れよ」

オスカルはクッションの真ん中に座った。下に何も押しこまれていない場所に。トンミは少しのあいだ黙ってオスカルを見つめてから、こういった。「よし。わけを聞こうじゃないか」

「なんの？」

「そのほっぺたはどうしたんだ？」

「……これは……べつに……」

「誰かにやられたんだな？」

「……うん……」

「どうして？」

「わかんない」

「なんだって？　なんの理由もないのにやられたのか？」

「うん」

トンミは肘掛け椅子からたれている糸を引っ張りながらうなずき、嚙み煙草のかたまりを取りだしてそれを唇のなかに入れ、オスカルにも瓶を差しだした。

「いるか？」

オスカルは首を振った。トンミは瓶をもとの場所に戻すと、煙草のかたまりを舌で動かし、肘掛け椅子に背をあずけ、両手を腹の上で組んだ。

「なるほど。で、ここで何をしていたんだ？」

「あの、ぼくはただ……」

「かわいこちゃんを見てたのか？　まだシンナーはやってないからな。そうだろ？　こっちに来い」

オスカルは立ちあがって、トンミの前に行った。

「もっと近くに来い。おれに息を吹きかけろ」

オスカルがいわれたとおりにすると、トンミはうなずいてソファを指さし、また座れといった。

「シンナーはやめとけよ、わかったか？」

「やってないよ……」

「ああ、やってない。これからもやるな。わかったか？　あれはだめだ。煙草は大丈夫だ。試してもいい」トンミは口をつぐんだ。「やれやれ、ひと晩中ここにいて、そうやっておれを見てるつもりか？」トンミはオスカルの横のクッションを示した。「もっと読みたいか？」

オスカルは首を振った。

「よし。だったら失せろ。もうすぐほかの連中が来る。お前がここにいるのを見たら、機嫌をそこねるぞ。家に帰れ。さあ、行け」

オスカルは立ちあがった。

「オスカル……」トンミはオスカルを見て、首を振り、ため息をついた。「いや、なんでもない。家に帰れ。ああ、もうひとつ。ここにはもう来るなよ」

オスカルはうなずいて、ドアを開け、戸口で足を止めた。

「ごめん」

「いいんだ。だが、もう来るな。そうだ――金はまだか？」

「明日入る」

「よし。『地獄の軍団』と『仮面の正体』のテープをつくってやったよ。あとでそれを取りにこい」

オスカルはうなずいた。彼は喉の塊が大きくなるのを感じた。このままここにいたら、泣きだしてしまいそうだ。だから「ありがとう」とささやくようにいって部屋を出た。


トンミは肘掛け椅子に座り、葉っぱのかたまりを吸いながらソファの下に積もった埃を見つめた。

望みなしだ。

オスカルは九年生が終わるまでいじめられるだろう。あいつはそういうタイプだ。何かしてやりたいが、いじめはいったん始まったら手の打ちようがない。止めるのはとても無理だ。

彼はポケットからライターを取りだし、それを口のなかに入れてガスのタブを押し、口のなかが冷たくなりはじめると、ライターを取りだして火をつけ、それに息を吹きかけた。

顔の前にぱっと炎があがる。だが、ちっとも気が晴れなかった。彼はじっと座っていられず、立ちあがって、歩きまわった。足もとで埃が舞いあがる。

おまえに何ができる？

まるで刑務所の独房だと思いながら、彼は狭いスペースをぐるぐるまわった。ここから逃れることはできない、この状況で最善を尽くすしかない、べらべら。ブラッケベリ。おれはここから出ていく。そうさ。船乗りか何かになって……なんだってかまわない。下っ端船員になって、雑用にこきつかわれ、キューバにでも行くか？　ちぇっ。

ほとんど使われたことのない箒が壁に立てかけてある。彼はそれをつかんで部屋を掃きはじめた。埃が鼻へと舞いあがる。しばらく掃いたあと、ちりとりがないのに気づき、集めた埃をソファの下に掃き入れた。

清潔な独房より、隅っこに少しはくそがあるほうがいい。

トンミはポルノ雑誌のページをめくり、雑誌をもとの場所に戻した。首に巻いたスカーフを頭が爆発しそうになるまでぎゅっと締め、ほどいた。立ちあがって、敷物の上を二、三歩歩き、ひざまずいて神に祈った。

ロッバンとラッセは五時半ごろ来た。ふたりが入ってきたとき、トンミはなんの心配もないような顔で、肘掛け椅子にゆったり座っていた。ラッセは唇を舐めている。ぴりぴりしているようだ。ロッバンはにやっと笑い、ラッセの背中をポンとたたいた。

「ラッセのやつ、またカセットデッキが必要なんだとさ」

トンミは眉を上げた。

「どうして?」

「話せよ、ラッセ」

ラッセは鼻を鳴らしたものの、トンミの目を見ようとはしなかった。

「あの……仕事場の仲間が……」

「買いたいって?」

「うん」

トンミは肩をすくめ、立ちあがって、詰め物のなかからシェルターの鍵をつかんだ。ロッバンががっかりしたような顔になる。たぶん、もっと面白い展開になるのを期待していたのだろうが、こいつの思惑なんか気にしていられるか。ラッセがそうしたければ、仕事先の屋上で「盗品を安く売るぞ!」と大声で叫んだって、おれはちっともかまわない。

トンミはロッバンを横に押しやり、廊下に出ていくと、鍵を入れてまわし、重い鎖をハンドルからはずして、それをロッバンへと投げた。鎖ががらがらと音をたててロッバンの手から、床に落ちる。

「なんだよ? ハイになってるのか?」

トンミは首を振り、ハンドルをまわしてドアを押し開けた。なかの蛍光灯は壊れているが、廊下の明かりで壁沿いに積みあげた箱が見える。トンミはカセットデッキが入った段ボールの箱をひとつそっくりラッセに渡した。

「はいよ」

ラッセは戸惑った顔でロッバンを見た。トンミのこの行動をどう解釈すればいいかを尋ねるように。ロッバンはどんな意味にもとれるような顔をしただけだった。ふたりは錠に鍵をかけているトンミを見た。

「スタファンから新しい情報が入ったかい？」

「いや」トンミはカチリと音をたてて鍵をかけ、ため息をついた。「明日、彼のとこに夕食に行くんだ。そのとき話がでるかも」

「夕食に？」

「ああ――どうしてだ？」

「いや、べつに。ただ、おまわりは……ガソリンか何かで動いてるのかと思ってさ」

緊張がほぐれたことにほっとして、ラッセが笑った。

「ガソリンか……」

オスカルは母に嘘をついた。そして母はそれを信じた。いま彼はすっかりうんざりしてベッドに横になっていた。

オスカル。トイレの鏡のなかにいた少年。あれは誰だ？　彼にはたくさんのことが起こった。悪いこと。いいこと。奇妙なこと。でも、彼は誰だ？　ヨンニは豚だと思い、憂さ晴らしをする。母さんは大切なかわいい息子だと思い、何ひとつ悪いことが起こらないでほしいと願う。

エリはぼくを見て……どう思ってるんだろう?

オスカルは寝返りを打って壁に向かい合った。エリに。壁紙の二本の木のあいだから、ふたつの顔がのぞく。傷の上にかさぶたができはじめているが、オスカルの頬はまだ腫れて、痛かった。エリが今夜出てきたら、なんといおう。

すべてが関連しているんだ。彼女に何というか、それはエリがぼくをどう思っているかによる。エリは新しい知り合いだから、ぼくはこれまでとは違う人間になるチャンスがある。ほかの人々にいったこととは違うことをいえるチャンスが。

どうすればいいんだろ? ほかの人に好きになってもらうには?

机の時計が七時十五分になった。新しい形を見つけようと葉っぱのなかを見つめ、とんがり帽子の小鬼と、逆さになった小人を見つけたとき、壁をたたく音がした。

タン、タン、タン。

注意深い音だ。彼はたたき返した。

タン、タン、タン。

待っていると、すぐに新しい音がした。

タン、タンタンタン、タン。

彼はふたつの欠けていた音を満たした。タン、タン。

また少し待ったが、それ以上は何も聞こえてこない。

オスカルはモールス信号を書いた紙を棚からつかみ、ジャケットを着て、母に声をかけ、遊び場へと出ていった。二、三歩そちらに向かったとき、エリのアパートのドアが開き、彼女が出てきた。テニスシューズにブルーのジーンズ、銀色の文字で〝スター・ウォーズ〟と書かれた黒いトレーナーを着ている。

ぼくのトレーナーだ。オスカルは一瞬そう思った。二、三日まえに、これとそっくりのトレーナーを着ていたからだ。いまは汚れ物のかごに入っている。エリはぼくとお揃いのを買ってきたんだろうか？

「こんばんは」

〝やあ〟というつもりで口を開けていたオスカルは、口を閉じ、ふたたび開けて〝こんばんは〟といおうとして、結局「やあ」といった。

エリが顔をしかめた。

「どうしたの、そのほっぺた」

「あの……転んだんだ」

オスカルは遊び場へと歩きつづけた。エリが従ってくる。オスカルはジャングルジムを通りすぎ、ブランコに腰をおろした。エリが隣のブランコに座る。彼らは少しのあいだ、黙ってブランコを漕いでいた。

「誰かがやったんだ。そうでしょ？」

オスカルはブランコを漕ぎつづけた。

「うん」

「誰が？」

「あの……友達が」

「友達が？」

「同じクラスの子が」

オスカルはブランコをどんどん速く漕いだ。

「いったいどんな学校なの？　オスカル」

「うん？」

「少し速度を落として」

オスカルは自分の前の地面を見つめ、足でブレーキをかけた。

「うん。なんだい？」

「わかってるくせに」

エリは片手を伸ばし、オスカルの手をつかんだ。オスカルは完全にブランコを止めて、エリを見た。エリの顔は後ろの窓の明かりでほとんど翳っている。もちろん、これはただの想像に決まっているが、エリの目は光っているように見えた。まあ、それはともかく、彼女の顔で見えるのはその目だけだ。

エリはもうひとつの手で傷に触れた。すると奇妙なことが起こった。ほかの誰かが、ずっと年上の、非情な誰かが、エリの皮膚の下に見えたのだ。アイスキャンディーにがぶりと噛みついたときみたいに、オスカルの背中に悪寒が走った。

「オスカル、こんなことやらせちゃだめだよ。聞こえてる？　やらせちゃだめ」

「……うん」

「やりかえさなきゃ。一度もやり返したことがないんでしょ？」

「うん」

「だったら、いまから始めなきゃ。やり返すの。思いきり」

「でも、向こうは三人いるんだ」

「だったら、それだけひどくやり返せばいい。武器を使って」

「うん」

「石でも、棒でも。とにかく思いきってやり返す。そしたらやめるよ」

「向こうもやり返してきたら？」

「ナイフがあるでしょ」

オスカルはごくりとつばを呑んだ。エリがこうして手をつかみ、すぐそばで見つめているいまは、どんなことでも簡単に思える。でも、へたに抵抗して、あの三人がもっとひどいことをやり始めたら……。

「うん。でも、もしもあいつらがもっと……」

「そのときは手伝うよ」

「きみが？　でも、きみは……」

「大丈夫。闘うのは……得意だもん」

エリがオスカルの手をぎゅっと握る。オスカルはうなずいて握り返した。するとエリの手に力がこもった。痛いくらいに。

ほんとだ、すごい力だ。

エリは手を緩めた。オスカルは学校で写したモールス信号の紙を取りだし、折り目を伸ばして、エリに渡した。彼女は額にしわを寄せた。

「なんなの？」

「明るい場所に行こう」

「いいよ。ちゃんと見える。でも、なんなの？」

「モールス信号だ」

「ああ、そうか。わかった。すごい」

オスカルはくすくす笑った。エリが〝すごい〟というと、なんだか……不自然に聞こえる。まるでこの言葉がエリの口に合わないみたいに。

「これを使えば……壁越しに話せると思って」

エリはうなずいた。そして何かいうことを探しているような顔になり、それからこういった。「きっと愉快だね」

「面白い、だろ」

「うん、面白い。面白いね」

「きみは少しへんだよ。わかってる？」

「そう？」

「うん。べつにかまわないけど」

「だったら、教えてよ。へんじゃないように」

「いいよ。いいもの見せてあげようか？」

エリはうなずいた。

オスカルは自分の得意技を披露した。足で地面を思いきり蹴り、力いっぱいブランコを漕ぐ。空に描く弧が少しずつ高くなるたびに、胸のなかで何かが膨らんでいった。自由が。アパートの明るい窓が多彩色にきらめく綱のように通りすぎる。彼はどんどん高く漕いだ。この技はいつも成功するわけではないが、今夜はきっとできる。身体が羽根のように軽く、その気になれば飛べそうなくらいだ。

ブランコが最高点に達すると、鎖が緩んで、戻るときに激しく引っぱられた。オスカルは身体をこわばらせた。ブランコが完全に戻り、ふたたび前に飛びだす。その弧の頂点で、彼は鎖を離し、両脚をできるだけ高く、前に押しだした。くるりと半回転しながら、ブランコが頭にぶつからないように上半身を深く折って見事に着地すると、タイヤが頭の上を通過するのを待ってぱっと身体を起こし、体操の選手みたいに両手を横に伸ばした。十点満点だ。

エリが拍手して、叫んだ。「ブラボー！」

オスカルはブランコをつかみ、それを正常な位置に戻して腰をおろした。頰の傷が引きつれたが、抑えようとしても顔がほころび、彼はそれを隠してくれる暗がりに感謝した。エリは拍手をやめたが、まだほほえんでいる。

これからは、すべてが変わる。オスカルはそう思った。もちろん、木を刺しても人は死なない。そんなことぐらい、ぼくだってちゃんとわかってるさ。

十月二十九日　木曜日

ホーカンは細い廊下の床に座り、バスルームの水音を聞いていた。かかとが尻に触れるほど膝を寄せ、あごをのせて。胸のなかには、白い大蛇のような嫉妬がとぐろを巻いている。それは子供のように混じりけのないあからさまな嫉妬に身をくねらせていた。

取り替えがきくんだ。わたしは……取り替えがきくんだ。

昨夜、彼は窓をわずかに開けてベッドに横たわり、エリがあのオスカルという少年にさようならをいうのを聞いていた。彼らの楽しそうな話し声、笑い声を。そこには、彼には決して真似のできない……軽やかさがあった。彼は重苦しいほど真剣で、要求に満ち、欲望に満ちている。

ホーカンは恋人と自分は似た者どうしだと思っていた。エリの目をのぞきこみ、そこに長い年月を生きてきた者の知識と無関心を読みとったからだ。最初はそれが恐ろしかった。オードリー・ヘップバーンの顔にサミュエル・ベケットの目。なんという組み合わせだ。それから彼は、その目に慰められた。

これはおよそ考えうるかぎりの最高の組み合わせだった。若いしなやかな身体が彼の人生に美を与えてくれる一方で、なんの責任も負わずにすむのだ。彼は指示にしたがうだけ。しかも自分の欲望に罪悪感をもたずにすむ。恋人は彼よりも年上なのだから。もう子供ではないのだから。少なくとも、彼はこれまでそう思っていた。

だが、オスカルと話すようになってから、エリの何かが変わりはじめた。一種の……退化が起こっている。エリはどんどん外見と同じ子供のように振る舞いはじめ、しなやかに、無頓着に身体を動かしはじめ、子供の表情になり、言葉を使いはじめている。そして遊びたがる。二、三日まえ、ふたりは鍵を隠して遊んだ。エリはホーカンがこのゲームに身を入れないといって怒り、それから笑わせようとして彼をくすぐった。ホーカンはエリの手にくすぐられ、快感にもだえた。

これは、当然ながら魅力的だった。この明るさ、この……活気は。だが、同時に恐ろしくもある。ホーカンにとってはあまりに異質なものだったからだ。彼はエリと会って以来、これほど興奮したことも、これほど怖いと思ったこともなかった。

昨夜、ホーカンの恋人は、彼の寝室に入ってドアに鍵をかけ、三十分もベッドに横たわり壁をたたいていた。なかに入ることを許されると、ホーカンはベッドの上の壁にテープで留めてある一枚の紙に気づいた。モールス信号だ。

そのあと、ベッドに横たわり、眠ろうとしながら、彼はこの信号を使って、エリの正体をオスカルに知らせたい衝動にかられた。だがその代わりに、ふたりがこれから壁越しに交わす信号を解読できるように、紙の切れ端に信号を書き写した。

ホーカンはうつむいて、額を膝に休めた。バスルームの水音が止まった。もうこんな毎日にはがまんできない。彼は爆発寸前だった。欲望と、嫉妬で。

バスルームの鍵が回り、ドアが開く。エリが彼の前に立っていた。全裸で。生まれたままの姿で。

「なんだ、そこにいたの」

「そうだよ。きみは美しい」

「ありがとう」

「わたしのために後ろを向いてくれるかい？」

「どうして？」

「わたしが……そうしてほしいからだ」

「そうじゃなくて、どうしてそこをどかないの？」

「頼みをきいてくれたら……話すことがあるかもしれない」

エリはけげんそうにホーカンを見て、くるりと後ろを向いた。

口のなかにつばが湧き、それをごくりと呑みくだして、ホーカンは見つめた。彼の目がすぐ前にあるものをむさぼり、興奮をもたらす。世界で最も美しいもの。それが伸ばした腕のすぐ先にある。永遠に届かないところに。

「腹が……へったかい？」

エリはふたたびこちらを向いた。

「うん」

「きみのためにやるよ。だが、そのお返しがほしい」

「何がほしいの？」

「ひと晩だけ。わたしが望むのはそれだけだ」

「わかった」

「ひと晩？」

「うん」

「一緒に横になって、触らせてくれるかい？」

「いいよ」

「そして……」

「だめ。それ以上はいや。でも、それだけならいいよ」

「だったら、やる。今夜」

エリは彼のすぐ横にしゃがみこんだ。ホーカンの手のひらは燃えていた。エリをなでまわしたかった。いまはできない。

でも、今夜は。エリが顔を上げた。「ありがとう。でも、もしも誰かが……新聞に載った似顔絵で……あんたがここに住んでることを、知ってる人々がいるんだから」

「わたしもそれは考えた」

「昼間……休んでるときに、誰かがここに来たら？」

「考えたといったはずだぞ」

「どうするの?」

ホーカンはエリの手を取って立ちあがり、キッチンへ行くと、食料品を置く戸棚を開け、ひねって開けるガラスの蓋がついた、古いジャムの容器を取りだした。そのなかには透明の液体が半分入っている。彼は自分の計画をエリに説明した。エリは激しく反対した。

「そんなのだめだよ」

「いざとなったらやれる。これでわかったかい? わたしがどれくらい……きみのことを思っているか」


出かける支度が整うと、ホーカンはジャムの瓶を残りの道具と一緒にバッグに入れた。部屋を出ていくと、服を着て玄関で待っていたエリが、身を寄せ、頬にキスした。ホーカンはまばたきし、長いことエリの顔を見つめた。

わたしはこの子の虜だ。

それから彼は仕事に出かけた。


モルガンは脇にあるライスの小さな器にはほとんど手をつけようとせずに、四品料理をひとつずつうまそうにたいらげていく。ラッケは身を乗りだし、低い声でいった。「そのライスをもらってもいいかな?」

「ああ、いいとも。ソースもいるか？」

「いや、醤油が少しあればいい」

ラリーは読んでいた《エクスプレッセン》から目を上げ、ラッケがライスの器を取り、そこに醤油をかけてぐるぐるかきまわし、生まれて初めて食べ物にありついたみたいにがつがつ食べはじめるのを見て、顔をしかめた。ラリーはモルガンの皿に山盛りになったから揚げのえびを指さした。

「少し分けてもいいんだぞ」

「ああ、いいとも。悪い。えびがほしいのか？」

「いや。おれの胃には重すぎる。だが、ラッケが食べるさ」

「ラッケ、えびを食べるか？」

ラッケがうなずいて、ライスの器を差しだす。モルガンはもったいぶってえびをふたつその器に入れ、もう少しどうかと申しでた。ラッケは感謝し、がつがつ食べた。

モルガンはうなり、首を振った。ヨッケが姿を消して以来、ラッケはどうかしてしまった。金に困っているのはいつものことだが、飲む量が増えたせいで、食べるものに払う金がない。ヨッケが急に姿を見せなくなったのは、たしかに奇妙なことだ。でも、絶望する理由はまったくない。ヨッケはもう四日もこの店に姿を見せないが、それがどうした？　女に出会い、タヒチに出かけたのかもしれないじゃないか。とにかく、そのうちやってくるさ。

ラリーは新聞を置いて眼鏡を頭の上に押しやり、目をこすった。「いちばん近い核シェルターがどこにあるか知ってるか？」

モルガンはげらげら笑った。「なんだって？　冬眠でもするつもりか？」

「いや。だが、この潜水艦は。かりにだな、全面的な侵略があったら——」

「おれたちのを使ってもいいぞ。何年かまえ、地下におりて、ちゃんと点検したんだ。防局だかどこだかから、係員が目録どおりのものがそろってるかどうか確認にきたときに。ガス・マスク、缶詰、卓球台、避難に必要なものすべて。全部ちゃんと揃ってる」

「卓球台？」

「ああ。ロシア人が上陸してきたら、こういうのさ。〝止まれ、物陰に隠れろ。カラシニコフを置け。勝敗は卓球の試合で決めることにしよう〟ってな。そして将軍どうしが、スクリューボールをサーブして攻撃を開始する」

「ロシア人に卓球ができるのか？」

「いや。だからおれたちが一方的な勝利をおさめる。あんがい、バルト海沿岸の領土も取り返せるかもな」

ラッケがナプキンで念入りに口を拭いた。「とにかく、何もかもすごく奇妙だ」

モルガンはジョン・シルヴァーに火をつけた。「何が？」

「ヨッケの件さ。どこかへ出かけるときは、いつもそういってただろ？　ヴェッデ島の兄貴のところに行くだけだって大騒ぎで、一週間もまえから、何を持って行くか、兄貴と何をするか話していたじゃないか」

ラリーはラッケの肩に片手を置いた。

「彼のことを過去形で話してるぞ」

「なんだって？　ああ、そうだな。とにかく、何かあったにちがいない。ああ、おれはそう思うね」

モルガンはビールをごくりと飲んで、げっぷをした。「彼が死んだと思ってるんだな」

ラッケは肩をすくめ、紙ナプキンの模様に目を凝らしているラリーに訴えるような目を向けた。

モルガンは首を振った。「まさか。だったら、何か耳に入るはずだ。何かわかったら知らせる、警察はそういったろ。警官を信用するわけじゃないが……死んでいれば、何かいってくるはずだ」

「とっくに電話をかけてきそうなもんじゃないか」

「おいおい、あいつと結婚でもしてるのか？　心配するなって。もうすぐ現われるさ。薔薇とチョコレートを持って、もう決してこんなことはしないといいながらな」

お返しは金回りのいいときでいいからと、ラリーがおごってくれたビールを飲みながら、ラッケは暗い顔でうなずいた。あと二日。それだけ待ってもヨッケが姿を現わさなければ、自分で探しはじめよう。病院や死体置き場や、そういう場所に問い合わせる。親友を放っておけるもんか。ヨッケは病気か、死んでいるかもしれないのだ。このままにしてはおけない。

七時半になると、ホーカンは心配になりはじめた。彼は新体育館と若者たちがたむろすヴェリングビュー・モールの周囲をあてもなくぶらついていた。体育館では、さまざまなスポーツの練習が行なわれている最中だった。プールも遅くまで開いているから、犠牲者候補には事欠かない。問題は、そのほとんどがひとりではなくグループで来て、グループで帰ることだった。三人の娘たちのひとりが、「森で起こった殺人事件以来、母がすっかり心配性になっちゃって」とこぼすのがホーカンの耳に入ってきた。

もちろん、もっと遠くまで物色しにいくことはできる。このまえの犯行がそれほど大きな影響を与えていない地域まで。だが、そうなると、帰りの時間がその分、長くかかり、血の鮮度が落ちる危険をおかさねばならない。せっかく苦労するのだから、恋人にはできるだけおいしい血を持ち帰りたかった。新鮮なほどいいのだ。したがって、家に近いほどいい。彼はそういわれていた。

昨夜から天候が変わり、今夜はめっきり寒くなって氷点下に落ちた。おかげで彼がかぶっているスキーマスク、目と口に穴が開いているだけのスキーマスクも、さほど人目を引かずにすむ。

だが、いつまでもここをうろついているわけにはいかない。そのうち誰かがあやしみはじめる。

犠牲者が見つからなければどうなる？　から手で戻ったら？　恋人が死ぬことはない。それはたしかだ。これは最初のときとは違う。だが、今夜の成功はもうひとつのすばらしい報酬を約束していた。ひと晩。あのすばらしい身体のそばにひと晩中横たわり、柔らかい華奢な手足を、たいらなお腹を、この手で愛撫できるのだ。寝室に灯したキャンドルの光が、シルクのような肌の上でちらつくのを、ひと晩中見ていられるのだ。

ホーカンは解放を求めて脈打ち、うずくものを片手でこすった。

落ち着け、落ち着いて……。

よし、こうしよう。狂気の沙汰だが、きっとそれをやり遂げてみせる。

ヴェリングビュー・プールに入っていき、そこで犠牲者を見つけるのだ。この時間なら、おそらくがらがらだろう。そう心が決まると、どうすべきかも正確にわかった。もちろん危険だが、うまくいくはずだ。

もしも失敗しても、最後の手段がある。だが、まずいことが起こるはずはない。きびきびした足取りで正面入り口へと向かいながら、彼にはあらゆる詳細がはっきりと見えた。まるで酔っているようないい気分だ。おのずと息が荒くなり、吐く息でスキーマスクの鼻の部分が濡れた。

これは今夜、恋人に話してやるとしよう。震える手であのひきしまったヒップの曲線をなで、永遠に忘れぬようにすべてをしっかりと記憶しながら。

正面入り口から入っていくと、おなじみの塩素のにおいがした。昔はこういうプールで、いったいどれほどの時間を過ごしたことか。ほかの人々と。あるいはひとりで。触ることはできなくても、プールには汗と水で濡れた若い肢体がすぐそこにあった。彼はその姿を頭に刻みつけ、トイレットペーパーを片手にベッドに横たわりながら、それを呼び起こしたものだった。塩素のにおいが心地よく小鼻をくすぐる。まるで我が家に戻ったようだ。彼は受付に歩み寄った。

「一枚頼む」

レジの女性は雑誌から目を上げ、驚いたように目をみひらいた。彼は自分がかぶっているマスクを示した。

「寒いからね」

レジ係は半信半疑でうなずいた。マスクを取ったほうがいいか？　いや、どうすれば疑惑を招かずに取れるかわからない。

「ロッカーを使いますか？」

「個室の更衣室を頼む」

女性はキーを差しだし、ホーカンは料金を払った。彼はレジ係から離れて歩きだしながらマスクを取った。これであの女性は彼がマスクを取るところを見たが、彼の顔は見ていない。すばらしい思いつきだ。彼は誰かに出くわしたときの用心に、うつむいて足早に更衣室へと向かった。

「質素な我が家にようこそ。どうぞ」

トンミはスタファンの前を通りすぎて廊下に入った。後ろで母とスタファンがキスする音がした。スタファンが低い声でいう。「もう話した?……」

「いいえ、今夜……」

「そうだね。一緒に……」

もう一度同じ音がした。トンミはアパートのなかを見まわした。警官の家に入るのはこれが初めてとあって、意志に反して少しばかり好奇心にかられた。どんなふうだ?

だが、玄関を見ただけで、スタファンは警察全体を代表できる典型的な警官とはいえないことがわかった。トンミが想像していたのは、もっと……そう、探偵小説で描写されているような部屋だった。少しばかりみすぼらしい、殺風景な部屋。悪いやつを追いかけていないとき、眠るためだけに戻る部屋だ。

おれみたいなワルを追いかけてないときに。

だが、スタファンのアパートは……飾りだらけだった。この玄関は、何から何まで通信カタログから買う人間が飾ったように見える。

アルプスの小さなコテッジと、杖をついて戸口から身を乗りだしている老婆と夕陽を描いたベルベット画（画布にベルベットを使った絵画）が掛かっているかと思えば、電話台にはレースのドイリーが敷かれ、電話器のすぐ横には、〝黙ってないで話しなよ〟というキャプションが入った犬と子供の陶器の置き物がある。

スタファンはその置き物を手にとった。

「気がきいてるだろ?　お天気によって色が変わるんだよ」

トンミはうなずいた。この男はおれが来るからこのアパートを年寄りの母親から借りたか、そうじゃなければ、完全に頭がぶっ壊れてるにちがいない。スタファンは人形を注意深くもとの場所に戻した。

「こういうものを集めてるんだ。天気を教えてくれるものを。ほら、これもそうだよ」

彼はアルプスのコテッジから外をのぞいている老婆の鼻を突いた。老婆がぱっとコテッジのなかに戻り、代わりに爺さんが現われる。

「婆さんが外を見てるときは、天気がよくない。でも、爺さんが外を見てるときは――」

「もっとひどい」

スタファンの笑い声は少し無理しているように聞こえた。

「まあ、そううまくはいかないが」

トンミは後ろにいる母を振り向き、母の様子にびびりそうになった。母のイヴォンヌはまだコートを着たまま両手をぎゅっと握りしめ、馬がパニックにかられて全速力で逃げだしかねないほどぴりぴりした笑みを浮かべている。トンミは母のために調子を合わせることにした。

「つまり、気圧計みたいなもの？」

「ああ、そのとおり。最初はそのつもりだった。つまり、気圧計を集めはじめたんだ」

トンミは銀のキリストが磔《はりつけ》にされている、壁の小さな木の十字架を指さした。

「あれも気圧計？」

スタファンはトンミを見て、十字架を見て、急にまじめくさった顔でトンミに目を戻した。

「いや、あれは違う。キリストだ」

「聖書にある？」

「ああ、そうだよ」

トンミは両手をポケットに突っこんで、リビングに入っていった。たしかにそこには気圧計があった。二十個ばかり。さまざまな形や大きさの気圧計が、部屋の長いほうの壁一面に掛かっている。前にガラスのテーブルがある、グレーのソファの後ろに。

それぞれが表わしている数値はみな同じとはいえなかった。多くの針が違う数字を指している。世界のさまざまな場所の時間を表わした時計みたいに。そのひとつのガラスをコツコツたたくと、針が少しはねた。なぜだかトンミにはさっぱりわからないが、誰でもなぜか気圧計をたたく。

部屋の隅にあるガラスの扉付きの戸棚には、小さなトロフィーがたくさん入っていた。その戸棚の横に置かれたピアノの上にも、大きなトロフィーが四つ並んでいる。ピアノの上の壁からは、聖母マリアが赤ん坊のキリストを抱いて彼らを見ていた。〝こんな目に遭うなんて、わたしが何をしたの？〟大きなその絵の聖母は、まるでこういいたそうなうつろな目で、幼子に母乳を飲ませている。

スタファンが咳払いして部屋に入ってきた。

「訊きたいことがあるかい、トンミ？」

この男がどんな質問を期待しているか、トンミはよくわかっていた。

「このトロフィーは何でもらったの？」

スタファンは片方の腕で、ピアノの上にある聖杯を示した。

「これのことかな？」

違うよ、この間抜け。もちろん、ドッジボール場のクラブハウスにあるトロフィーのことさ。

「うん」

スタファンはふたつのトロフィーにはさまれている、銀色の彫像を示した。石の台座がついた約二十センチの高さの像だ。トンミはただの彫刻だと思ったが、よく見るとそれもトロフィーだった。大きく脚を広げ、腕をまっすぐ伸ばして拳銃を構えている男だ。

「射撃競技会でもらったんだ。これは地域で優勝したとき。そっちは所定の位置から撃つ、四五口径の全国大会で三位になったときのトロフィーだ」

トンミの母が入ってきて、ふたりに加わった。

「スタファンはスウェーデンで五本の指に入る射撃の名手なのよ」

「それは役に立つの？」

「どういう意味かな？」

「ほら、人を撃つときに、さ」

スタファンはトロフィーの台座に指を走らせ、それを見た。

「警察官の仕事は、人々をできるだけ撃たないようにすることだよ」

「撃たなきゃならなかったことがある？」

「いや」

「でも、撃ちたいだろ？」

スタファンはわざとらしく息を吸いこんで、長いため息にして吐きだした。

「料理を見てこよう」

ガソリンを？　それが燃えてるかどうか？

スタファンは部屋を出てキッチンへ行った。母がトンミの肘をつかみ、ささやいた。「どうしてあんなことをいうの？」

「ただそう思ったからさ」

「彼はいい人なのよ、トンミ」

「ああ、いい人にきまってるさ。そうだろ？　射撃大会のトロフィーと聖母マリアの絵を飾ってるなんて、それ以上すばらしいやつがいる？」


建物のなかを歩いていくあいだ、ホーカンはただのひとりもほかの人間に出くわさなかった。思ったとおり、この時間までいる人々はそれほど多くない。更衣室では、彼と同年代の男がふたり、着替えていた。太りすぎの体形の崩れた男たちだ。突きでた腹の下にしなびた性器が垂れている。醜いことこのうえない。

ホーカンは自分に割り当てられた個室を見つけ、なかに入って鍵をかけた。よし。最初の準備はこれで完了だ。念のためにスキーマスクを顔に戻し、ポケットからハロタンガスの缶を取りだして、コートをフックに掛けた。バッグを開け、必要な道具を取りだす。ナイフ、ロープ、じょうご、血を入れる容器。くそっ、レインコートを持ってくるのを忘れた。服を脱ぐしかあるまい。血を浴びる危険がかなり高いが、事が終わったあと、服を着てしまえば、その下に隠せる。そうとも。それにここはプールだ。まっ裸でも、ちっともおかしくない。

彼はもうひとつのフックを両手でつかんで床から足を浮かせ、強度を確かめた。それはびくともしなかった。わたしより三十キロばかり軽い身体なら、らくに支えられるはずだ。ただし、高さが問題になるかもしれない。これだけしかないと、逆さに吊るしたときに頭が床に触れる可能性がある。足首ではなく、膝を縛る必要がありそうだ。フックから更衣室の壁のてっぺんまでの高さはじゅうぶんにあるから、そこから足が突きだす心配はない。そんないい、いい、ことになったら疑いを招く。

ふたりの男は立ち去ろうとしているようだった。彼らの声が聞こえてくる。

「仕事はどうだい？」

「いつもと同じ。マルムベリエト出身の男にチャンスは与えられないのさ」

「このジョークを聞いたことがあるかい？　それはフィンランドの石油なの、って訊くより、その石油はそもそもフィンランドのものなのかを疑え、ってね」

「ああ、面白いジョークだ」

「フィンランド人はこすからいからな」

ホーカンはくすくす笑った。頭のなかで何かが加速している。これでは興奮のしすぎだ。呼吸も速すぎる。身体が同時にばらばらの方向に飛びたがっている無数の蝶でできているかのようだった。

落ち着け。落ち着くんだ。

頭がくらくらしてくるまで深呼吸を繰り返し、それから服を脱いだ。きちんとたたみ、バッグに入れる。ふたりの男が更衣室から出ていき、静寂が訪れた。ホーカンはベンチに上がって、仕切り壁の上から更衣室をのぞいた。いいぞ、ちょうど目がのぞく高さだ。十三か十四歳ぐらいの少年が三人、入ってきた。ひとりが自分のタオルでもうひとりの尻をぴしりとたたく。

「やめろよ、ばか！」

ホーカンは首を曲げ、下を見た。勃起したものが、ふたつの大きく開いた固い尻のあいだに入りこむかのように、個室の角を突く。

落ち着け。

彼はふたたび壁の上端からのぞいた。三人のうちふたりはすでにスピード社の水着を脱ぎ、ロッカーから服を取りだそうと前にかがんでいる。股間が万力につかまれたように収縮したかと思うと、個室の角に精液がほとばしり、彼が立っているベンチにこぼれた。

落ち着けといったはずだぞ。

気分はよくなったが、精液はまずい。跡が残る。

彼はバッグから靴下を取りだし、部屋の角とベンチをできるだけきれいに拭いた。少年たちの会話に耳を傾けながら、靴下をバッグに戻し、スキーマスクを調整する。

「……アタリの新しいゲーム、エンデューロだよ。うちに寄ってやってく？」

「いや。今日は用事があるんだ……」

「きみはどう？」

「いいよ。コントローラーはふたり分ある？」

「ないけど……」

「まずうちへ寄ってぼくのを持っていこうよ。そしたらふたりでできる」

「わかった。それじゃな、マティアス」

「バイバイ」

ふたりの少年は先に立ち去るようだ。いいぞ。ふたりは待たずに帰り、ひとりだけ残る。ホーカンは危険をおかして、ふたたび仕切りの上端からのぞいた。ふたりは出ていくところだった。もうひとりは靴下をはいている。ホーカンは自分がスキーマスクをしていることを思い出し、頭を引っこめた。あの少年たちに見られなくて運がよかった。

彼はハロタンガスの缶をつかみ、トリガーに指を置いた。マスクをつけたままにしておくべきだろうか？　もしもあの少年に逃げられたら、それに誰かが更衣室に入ってきたら？　もしも……。

くそ、服を脱いだのは間違いだった。急いで逃げるはめになっても、これではどこへも行けない。しかし、考えている時間はなかった。少年がロッカーを閉め、歩きだした。五秒もすれば、あの子はこの個室のドアを通りすぎてしまう。いまから服を着ている時間はない。ドアと壁の隙間から、近づいてくる影が見えた。ホーカンはあらゆる思いを閉めだし、ドアの鍵をはずして、ぱっと開け、飛びだした。

マティアスは振り向き、スキーマスクで顔を覆った大きな白い身体が突進してくるのを見た。反射的に身を引くまえに、彼の頭をよぎったのはたったひとつの思い、たったひとつの言葉だった。

殺される。

彼は自分を連れさろうとする死を前にしてあとずさりした。死は片手に黒いものを持っていた。その黒いものが彼の顔に飛んでくる。マティアスは悲鳴をあげようと息を吸いこんだ。だが、その悲鳴が口からもれるまえに、黒いものを口と鼻に押しつけられた。死が片手でマティアスの頭の後ろをつかみ、黒い、柔らかいものに彼の顔を押しつける。悲鳴が喉を詰まらせたささやきになり、彼が必死にかすかな声をもらすあいだも煙を出す機械から聞こえるようなシュウシュウという音がした。

マティアスはもう一度叫ぼうとしたが、息を吸いこんだとたん、身体に何かが起こった。手足にしびれが広がり、次の悲鳴はひっかくような音になった。もう一度息を吸いこむと、脚から力が抜け、目の前で多彩色のベールがちらついた。

彼はもう叫びたくなかった。そんな力はない。ベールが視界を占領し、彼には身体がなくなった。色彩が躍り、彼は虹のなかに溶けた。

オスカルは片手でモールス信号の紙をつかみ、もう片方の手で壁にその文字をたたいていた。ふたりで取り決めたように、点は指の関節でたたき、線は手のひらでぴしゃりと打つ。指の関節。休み。指の関節。てのひら。関節。関節。休み。関節。関節。（エリ）
そ・と・に・い・く
数秒後、答えが返ってきた。
う・ん・こ・つ・ち・も
彼らはエリの建物の入り口で会った。一日のあいだに、エリは……変わっていた。一カ月まえユダヤ人の女性がオスカルの学校に来て、ホロコーストについて話し、スライドを見せてくれた。エリはそのスライドのなかの人々に少し似ている。
ドアの上にある蛍光灯の光がエリの顔に黒い影を落とし、骨が皮膚を破って突きだしそうに見える。まるで皮膚が薄くなったみたいに。それに……。
「その髪、どうしたの？」
光の加減でそう見えるのかと思ったが、近づくと、エリの髪には白髪が束になって混じっていた。まるで歳をとった女性みたいに。エリは頭に手をやり、彼に向かってほほえんだ。
「またもと通りになるよ。何をして遊ぶ？」

オスカルはポケットのなかのコインをじゃらつかせた。

「ショーレンに行く？」

「どこ？」

「キオスクだよ。新聞を売ってるとこ」

「うん。ビリッケツは腐った卵だよ」

オスカルの頭にひとつの光景がひらめいた。

白黒の写真の子供たち。

それからエリが走りだし、オスカルは彼女に追いつこうとした。エリはとても具合が悪そうなのに、彼よりはるかに速い。敷石の歩道をまるでガゼルのように疾走して、あっというまに通りを横切った。オスカルは全速力で走りながらこう思った。

白黒の写真の子供たち？

そうか。彼は丘を下り、グミベア・チョコレートの工場を通りすぎながら気づいた。土曜日の昼間は古い映画が上映される。『アンダーソンスカンス・カッレ』大昔の映画には、〝ビリッケツは腐った卵〟みたいな言葉が出てくる。

エリはキオスクの二十メートルぐらい手前の道路のそばで彼を待っていた。オスカルは呼吸を整えようとしながら、速度をゆるめてそこに近づいた。エリと一緒にキオスクに来るのは初めてだ。あの話をしたほうがいいかな？　うん。

「知ってる？　ここは〝恋人のキオスク〟って呼ばれてるんだ」

「どうして？」

「そのわけは……父母会で聞いたんだけど……誰かが——もちろん、ぼくじゃないよ——こういったからだって。キオスクのおじさんが、彼が……」

オスカルはこの話を持ちだしたことを悔やんだ。ばかな話だ。恥ずかしくて説明できない。

エリが両手をくるんと振った。

「何？」

「その、おじさんが……女の人をなかに招くんだって。ほら……店を閉めたあとでさ」

「ほんと？」エリはキオスクを見た。「あのなかにそんなスペースがあるの？」

「いやだね」

「うん」

オスカルはキオスクのほうに歩いていった。エリがすばやく二、三歩進み、彼の横に並んでささやく。「ふたりとも痩せてるんだね、きっと！」

彼らはくすくす笑いながら、キオスクから射している四角い光のなかに入った。エリはなかでテレビを見ているキオスクの主人に向かって、意味ありげに目玉をくるっと回した。

「あのおじさん？」

オスカルはうなずいた。

「猿みたい」

オスカルは両手で囲ってエリの耳もとでささやいた。「そうさ、五年まえに動物園から逃げてきたんだもん。動物園の人たちは、まだ探してるんだよ」

エリがくすくす笑い、両手で囲ってオスカルの耳もとにささやき返す。温かい息が彼の頭のなかに流れこんできた。「違うよ。ここに閉じこめてるんだってば！」

彼らはキオスクの主人を見上げ、こらえきれずに吹きだした。このしかめ面の男がキャンディーに囲まれた檻の猿だって？　この笑い声に主人がふたりに顔を向けて太い眉をぐっとひそめると、猿というよりもゴリラに近くなった。オスカルとエリは笑いすぎて倒れそうになり、両手を口に押しつけて、笑いを抑えようとした。

キオスクの主人が窓から顔をだす。

「何がほしいんだね？」

エリはすぐに笑いを消して口から手を離すと、窓のところに歩いていった。「バナナをちょうだい」

オスカルはくすくす笑いながら、もっと強く口を押さえた。エリが振り向き、唇に人差し指をおいて、落ち着いた顔で彼に黙れと合図する。キオスクの主人はまだ窓の外に顔をだしていた。

「バナナはないよ」

エリは驚いたような顔をした。

「バナナがないの？」

「ない。ほかには？」

オスカルは笑いを押し殺すためにあごを食いしばり、キオスクから離れて近くの郵便ポストへと走り、それに寄りかかって身体を震わせながら笑った。エリが首を振りながら近づいてきた。

「バナナはないって」

オスカルはようやくこういった。「きっと……全部……自分で食べちゃったんだ」

それからどうにか笑いをこらえて口を閉じ、四クローナ取りだして窓のところに行った。

「いろんなキャンディーをひと袋ちょうだい」

キオスクの主人は非難するように彼を見たものの、長いはさみでいろいろなキャンディーをつまみ、それをひとつずつ紙の小袋のなかに落としていった。オスカルはエリがちゃんと聞いているのを横目で確かめてからいった。「バナナも忘れないで」

店主は手を止めた。

「バナナはないといっただろ」

オスカルはプラスチックの器のひとつを示した。

「バナナの形をしたキャンディーだよ」

エリが後ろでくすくす笑う。オスカルはさきほど彼女がしたように、人差し指を口にあてて制した。店主は鼻を鳴らし、バナナの形をしたキャンディーを二、三個入れて、袋をオスカルに渡した。

彼らは歩いて戻っていった。オスカルはひとつも食べないうちにエリに袋を差しだしたが、エリは首を振った。

「ありがと。でも、いらない」

「キャンディーを食べないの？」

「食べられないの」

「ひとつも？」

「うん」

「かわいそう」

「そうでもないよ。どういう味か知らないもん」

「ひとつも食べたことないの？」

「うん」

「だったら、どうしてわかるのさ……」

「ただわかるの。それだけ」

これはときどき起こった。何かを話しているときに、オスカルが彼女に質問する。すると、エリは「ただそういうことなんだもん」か「ただわかるの、それだけ」というだけで、それ以上説明しようとしない。これはエリの少し変わっている点のひとつだった。

エリにキャンディーをあげられないなんて、がっかりだ。それが彼の計画だったのに。気前よく好きなだけ食べさせてあげるのが。ところがエリはキャンディーをひとつも食べないという。オスカルはバナナのキャンディーを口に放りこみ、横目でこっそりエリを見た。

ひどく具合が悪そうだ。それにこの白髪は……オスカルが読んだ本のなかには、とても恐ろしい目に遭った人の髪が白くなったと書いてあった。エリにも同じことが起こったんだろうか？

エリがちらっと横を見ながら自分の身体を抱きしめた。その姿がとても頼りなげで、オスカルは腕をまわしたかったが、その勇気がなかった。

屋根のある団地の入り口のところで、エリは足を止め、自分の部屋の窓を見た。そこは暗かった。彼女は身体を抱きしめたまま地面を見た。

「オスカル？……」

彼はそうした。エリの全身がそれを求めているのを見て、オスカルはなんとか勇気をふるい、エリを抱きしめた。エリの身体が硬直し、一瞬、間違ったことをしたかと恐怖にかられたが、急いで離れようとすると、エリが身体の力を抜き、自分の腕を外に出して彼の背中にまわし、震えながらオスカルにもたれた。

エリがオスカルの肩に頭をのせ、ふたりはそうやってじっと立っていた。エリの息が肩にかかる。彼らは黙って抱きあっていた。

オスカルは目を閉じた。すごい。外のランプの明かりが、閉じたまぶたを染みとおり、彼の目の前に赤い膜をつくる。最高だ。

エリが彼の首に顔をすり寄せ、熱い息を吐きかけながら、ふたたび身体をこわばらせて、オスカルの喉にそっと唇を押しつける。オスカルの身体に震えが走った。

突然、エリが身を震わせ、彼から離れて一歩さがった。オスカルは両腕をおろした。エリが悪夢からさめようとするように激しく首を振り、向きを変えてアパートのドアへと歩きだす。オスカルはその場に留まり、ドアを開けたエリに呼びかけた。

「エリ？」彼女は振り向いた。「お父さんはどこ？」

「食べるものを……持ってくるの」

エリはちゃんと食べさせてもらってないんだ。だから、あんなに痩せてるんだ。

「よかったら、うちで食べてもいいよ」

エリはドアを離し、彼のところに戻ってきた。オスカルはすばやく頭のなかで計画を練りはじめた。母さんにエリを会わせたくない。母さんのこともエリに会わせたくない。サンドイッチをいくつかつくって、それをエリの家に持っていこうか？　うん、それがいちばんいい。

エリは彼の前で足を止め、じっと彼を見た。

「オスカル、好き？」

「うん、とっても」

「もしも女の子じゃないってわかっても……それでもまだ好き？」

「どういう意味？」

「いまいったとおり。女の子じゃなかったとしても、まだ好き？」

「うん……たぶん」

「ほんと？」

「うん。どうして訊くのさ？」

どこかの家の窓がつかえて開かないのかガタつく音がした。それからその窓が開き、エリの頭の向こうに、母がオスカルの部屋の窓から顔をだすのが見えた。

「オスカル！」

エリがすばやく壁へと退く。オスカルは両手をぎゅっと握りしめ、斜面を駆けあがって、自分の窓のすぐそばで止まった。小さな子供みたいに。

「何だよ？」

「あら！　そこにいたの？　もしかしたら――」

「なんだよ」

「もうすぐ始まるわ」

「わかってる、わかってるよ」

母は何か付け加えようとしたが、口をつぐみ、まだ両手をこぶしにして身体をこわばらせ、窓の下に立っているオスカルを見た。

「何をしてるの？」

「ちゃんと帰るったら」

「だって……」

オスカルは怒りの涙をにじませ、叫んだ。「なかに戻っててよ！　窓を閉めて！　戻ってて！」

母はつかのまオスカルを見つめ、顔をこわばらせると、大きな音をたてて窓を閉め、歩み去った。それができれば……母に戻ってきてと叫ぶのではなく……思いを送りたかった。静かに、落ち着いて、説明したかった。母があんなふうに窓から呼ぶのは許されないことを。なぜって、ぼくは……。

オスカルは斜面を駆けおりた。

「エリ？」

彼女はそこにはいなかった。なかに入れば気づいたはずだから、きっと地下鉄の駅へでも向かったんだ。放課後いつも行く、街なかに住むおばさんの家へ行くために。それはありそうなことだった。

オスカルは母が窓から自分を呼んだとき、エリが隠れた暗がりにたたずみ、壁に顔を向けた。少しのあいだそこにいて、それから家のなかに入った。

ホーカンは少年を個室に引きずりこみ、自分の後ろでドアに鍵をかけた。少年はほとんど音をたてなかった。いま誰かの注意を引く可能性があるのは、ガスが噴きだす音だけだ。急いで片づけねばならない。

まずナイフで殺してから血を取るほうがはるかにらくだったろう。だが、それではだめなのだ。持ち帰る血は生きた身体から採取したものでなくてはならない。これも彼が説明されたもうひとつの条件だった。死んだ者の血は価値がない。有害ですらある。

まあ、この少年は生きている。胸を上下させて、麻酔ガスを吸いこんでいる。

ホーカンは少年の脚のまわり、膝のすぐ上にロープをきつく巻きつけ、両端をフックにかけて、引っ張りはじめた。少年の脚が床から持ちあがった。

ドアが開き、声が響き渡った。

ホーカンは片手でロープをつかみ、もう片方の手でガスを止め、少年の顔からマスクをはずした。麻酔薬は何分か持つはずだ。更衣室に人がいても、できるだけ音をたてぬように仕事をつづけねばならない。

個室の外では、男たちが何人か着替えていた。ふたり？　三人？　それとも四人か？　彼らはスウェーデンとデンマークについて話していた。何らかのトーナメント試合のことを。ハンドボールだ。彼らが話しているあいだに、ホーカンは少年の身体を持ちあげた。彼がさきほど試しにぶらさがったときとは違う角度で重みがかかり、フックがきしむ。男たちの話し声がやんだ。彼らに聞こえたのか？　ホーカンは凍りつき、息を止めて、頭が床すれすれの状態で少年の身体を支えて待った。

いや、ただ会話が途切れただけだった。男たちはまた話しだした。

その調子でつづけろ。話しつづけろ。

「シェーグレンのペナルティはまったく……」

「腕の力が不足なら、せめて頭だけは働かせなきゃな」

「だが、シュートはうまいぞ。それはたしかだ」

「あのスピン。どうやったらあんなすごいスピンをかけられるのかな」

少年の頭が数センチ床から離れた。お次は……。

ロープの先端をどうやって固定する？　壁板の隙間はロープをくぐらせるには細すぎる。かといって、片手でロープを引っ張ったまま、片方の手だけで作業はできない。そんな力はない。彼は汗をかきながら、ロープをきつくつかみ、立っていた。スキーマスクは暑い。はずすべきだ。

あとで、これが終わったら。

もうひとつのフックに掛けよう。それには、先端に輪をつくる必要がある。汗が目に入る。彼はロープの先端を輪にする緩みをつくるために、少年の体をさげた。それからふたたび引きあげ、輪をフックに引っ掛けようとした。短すぎる。彼は少年をもう一度下ろした。男たちの話し声がやんだ。

行け！　さっさと立ち去れ！

沈黙のなかで、彼はロープの先のほうにもうひとつ輪をつくり、待った。男たちがまた話しはじめた。ボウリングのことを。スウェーデンの女性たちがニューヨークで優勝したこと、ストライクやブロックのことを。汗が目にしみた。

暑い。どうしてこんなに暖めなくてはならないんだ。

彼はようやくフックに輪をかけ、息を吐きだした。あいつらはさっさと立ち去れないのか？
少年の身体を正しい位置に吊ることができた。あとは目を覚ますまえに仕事をすればいいだけだ。それにしても、あの男たちがさっさと出ていってくれれば。だが、男たちはボウリングにまつわる思い出話に花を咲かせている。昔はみんながしょっちゅうボウリングを楽しんだもんだ、誰々はボールから親指が抜けなくなって病院に運ばれるはめになった……。

仕方がない。ホーカンはプラスチックの容器にじょうろをさし、それを少年の首のすぐ横に置き、ナイフを取りだした。だが、彼が少年から血を取ろうと向きを変えると、またしても会話が途切れた。そして少年が目を開いた。ぱっちりと。ここがどこで、自分が何をしているのか思い出そうと、逆さに吊られたまま、瞳が落ち着きなく動く。それからナイフを手に裸でそこに立っているホーカンの姿に目を留めた。一瞬、ふたりは見つめあった。

それから少年が口を開き、悲鳴をあげた。

ホーカンは後ろによろめき、湿った音をさせて個室の壁にぶつかった。汗ばんだ背中が壁をすべり、もう少しで転倒しそうになった。少年は悲鳴をあげつづけている。その声が更衣室の壁にこだまし、何倍にもなってほかには何も聞こえなくなった。ナイフをつかんだ手に力がこもる。なんとしてもこの悲鳴を止めなくては。叫ばないように頭を切り落とせ。彼は少年にかがみ込んだ。

誰かがドアをたたいた。

「おい！　開けろ！」

ホーカンはナイフを落とした。それはがらんと音をたてて床に落ちたが、男たちがドアをたたく音と、悲鳴と怒声でほとんど聞こえなかった。激しくたたかれ、蝶番ががたついている。

「開けろ！　さもないと、このドアを蹴り破るぞ！」

おしまいだ。すべてが終わった。残された道はひとつしかない。彼はバッグのところに戻った。周囲の騒音が消え、視界がトンネルのように狭まる。そのトンネルを通して、自分の手がバッグのなかからジャムの瓶を取りだすのが見えた。

彼はその瓶を手にして床に尻をつき、蓋を開けた。

男たちがドアを開けたら、スキーマスクを引き剝がされるまえに、この顔を。

悲鳴と怒声とドアをたたく音のなかで、彼は恋人のことを思った。ふたりで過ごした時間のことを。天使の姿をしたエリを思い浮かべる。天国からこの地上へ降りてくる少年の天使、翼を広げ、彼を抱きあげ、運び去ってくれる。ふたりが永遠に一緒にいられる場所に連れていってくれる。

ドアが勢いよく開き、壁にぶつかった。少年は悲鳴をあげつづけている。外には多少とも服を着た三人の男が立っていた。彼らは自分たちの目の前の光景を呆然と見つめた。

ホーカンはゆっくりうなずいて運命を受け入れ、叫んだ。「エリ！　エリ！」そして瓶のなかの塩酸を顔にかけた。

「喜べ！　喜べ！
主なる神にあって喜べ！
喜べ！　喜べ！
王なる神を敬え！」

スタファンはピアノを弾きながらトンミの母と歌っていた。ふたりはときどき顔を見合わせ、ほほえんで、顔を輝かせる。トンミは革のソファに座り、それに耐えていた。そしてスタファンと母が歌っているあいだ、肘掛けに見つけた小さな穴を、広げることに専念した。人差し指で詰め物をかき回しながら、彼は思った。スタファンと母はこのソファでしたことがあるのか？　たくさんの気圧計の下で？

夕食はまあまあだった。チキンのマリネとライスだ。食事のあと、スタファンはトンミに銃がしまってある金庫を見せてくれた。彼はそれをベッドの下に置いていた。トンミはそこでも同じことを思った。ふたりはこのベッドで寝たことがあるのか？　母さんはスタファンに触られているときに、親父のことを思っただろうか？

スタファンはベッドの下にある銃のことを思って興奮したのか？　母さんは？

スタファンは最後のコードを弾き、その音が自然に消えるのを待った。トンミはいまではかなり大きくなったソファの穴から指を引き抜いた。母がスタファンにうなずき、彼の手を取って、ピアノのベンチに並んで座る。トンミがいるところからは、聖母マリアの絵がふたりの真上に見える。まるでふたりが前もってこのシーンをリハーサルしたかのように。

母がスタファンを見てほほえみ、トンミに顔を向けた。

「トンミ。わたしたち、あなたに話したいことがあるのよ」

「結婚するの？」

母はためらった。もしもふたりがこの場所も何もかもリハーサルしていたのだとしても、トンミのセリフは台本には含まれていなかったようだ。

「ええ。どう思う？」

トンミは肩をすくめた。

「いいよ、すれば？」

「あの……来年の夏はどうかと思っていたの」

母はトンミにはもっといい考えがあるかのように彼を見た。

「うん、そうすれば」

トンミはまた穴に指を突っこみ、そのままにした。スタファンが身を乗りだした。

「きみの……お父さんの代わりになれないことはわかってる。どんな形でも。だが、お互いに……知りあって、その、仲良くなりたいと思っているんだ」

「あんたたちはどこに住むの？」

母は急に悲しそうな顔になった。

「わたしたち、よ。これはあなたのことでもあるんだもの。まだわからないわ。でも、エングビューに家を買おうかと思っているの。できれば」

「エングビューに」

「ええ。どう思う？」

トンミは母とスタファンが幽霊のように半分透けて映っているガラスのテーブルを見た。穴のなかで指を動かし、詰め物を少し引っ張りだす。

「高いよ」

「何が？」

「エングビューの家がさ。高い。たくさんお金がいる。そんなにたくさん持ってるの？」

スタファンが答えようとすると、電話が鳴った。彼はトンミの母の頬をなで、電話が置いてある廊下へ出ていった。母がソファに来てトンミの隣に座った。「いやなの？」

「とんでもない」

廊下からスタファンの声が聞こえてきた。彼は苛立っているようだった。

「それは……わかった。急いでそっちへ行く。ひょっとして……いや、まっすぐそっちへ行く。わかった」

彼はリビングに戻ってきた。

「例の人殺しがヴェリングビュー・プールにいるんだ。署の人手が足りないから、わたしも行かなくてはならない……」

スタファンは寝室に姿を消した。金庫が開く音、閉まる音がした。スタファンはそこで着替え、まもなく警官の制服を着て出てきた。彼の目は少しぎらついていた。彼はイヴォンヌにキスをして、トンミの膝をポンとたたいた。

「もう行かないと。いつ戻れるかわからない。あとで話そう」

彼は急いで廊下に出た。母がそのあとにしたがう。

「気をつけて」、「愛してる」、「ここにいるかい？」みたいな言葉を聞きながら、トンミはピアノのところへ行き、自分でもなぜだかはっきりわからぬまま、片手を伸ばして射撃のトロフィーをつかんでいた。それは重かった。少なくとも二キロはある。母とスタファンが別れを告げているあいだに、彼はバルコニーに出た。ふたりとも、これに興奮してるんだ。男は戦いに赴き、彼を愛する女は不安にかられる。ふん。トンミは冷たい夜気を肺いっぱいに吸いこみ、何時間かぶりに初めて息をしたような気がした。

手すりから身を乗りだすと、バルコニーの下にはびっしり茂る灌木が見えた。彼はトロフィーを手すりの向こうに突きだし、手を離した。トロフィーは灌木のなかに落ちて葉をかさつかせた。

母が戻り、バルコニーに出てきて、隣に立った。数秒後、彼らの下で建物のドアが開き、スタファンが小走りに出てきて、駐車場に向かう。母は手を振ったが、スタファンは上を見なかった。トンミは彼がバルコニーの前を通り過ぎるのを見ながらくすくす笑った。

「何がおかしいの？」母が尋ねた。

「べつに」

銃を持った子供が灌木に隠れて、スタファンに狙いをつけてる。それだけさ。こんな状況にしては、彼の気分はかなりよくなった。

カールソンを加え、彼らの意気は大いにあがっていた。カールソンは本人いわく、常連のなかでただひとり〝本物〟の仕事を持っている男だ。ラリーは早めに引退し、モルガンは廃車置き場で仕事があるときに働くだけ、ラッケにいたってはいったい何をして食べているのやら誰にもわからない。ときどき彼は紙幣を何枚か持って現われる。

カールソンはヴェリングビューにあるおもちゃ屋の正社員だった。その昔、この店は彼のものだったのだが、〝財政的な困難〟のために手離さざるをえなかったのだ。新しい所有者は、最後にはカールソンを雇った。本人のいうことには、「三十年以上もこの仕事をしてくれば、ある程度の経験を積んでいる」事実を否定できなかったからだ。

モルガンはゆったりと椅子に座り、脚を両側に広げて、手を組んで頭の後ろにあて、カールソンをじっと見ている。ラッケとラリーは目を見交わした。そろそろいつものやりとりが始まるぞ。

「それで、カールソン、商売のほうはどうだ？　子供たちをだまして小遣いを巻きあげる新しい手口を思いついたか？」

カールソンは鼻を鳴らした。

「冗談じゃない。だまされている者がいるとすれば、あたしのほうさ。万引きがどれほど横行しているか、あんたには想像もつかないだろうよ。子供たちときたら……」

「わかった、わかった、たしかにな。だが、韓国からプラスチックの小物を二クローナで買って、それを百クローナで売れば、損は補塡できるだろ」

「うちの店には、そういう品物は置いてない」

「ああ、そうだな。このまえショーウインドーにあったのは、あれはなんだったっけ？　スマーフの絵が入ってたか？　あれはなんだった？　ベングトフォースでつくられた、上等の――？」

「驚いたな。馬をつけなきゃ動かんような車を売ってる男が、そういうことをいうとは」

ふたりのやりとりは、こんなふうにえんえんとつづく。ラリーとラッケは耳を傾け、ときどき笑い、ごくたまに口をはさむ。ヴィルギニアがここにいるときは、全員がもう少し活気づき、モルガンはカールソンがかんかんになるまで引きさがらない。

だが、ヴィルギニアはいないし、ヨッケもいなかった。今夜はどちらもあまりやる気がでないとみえて、八時半にドアがのろのろと開いたときには、すでに言い争いは下火になりかけていた。

ラリーが顔を上げると、まさかこの店に入ってくるとは思いもしなかった人物、イェースタが見えた。モルガンが〝臭気爆弾〟と呼ぶ男だ。ラリーはアパートの外のベンチで彼と話したことがあるが、この店のなかで見たことは一度もない。

イェースタは打ちひしがれているようだった。少しでも間違った動きをしようものなら、ばらばらになりかねない、いいかげんに糊付けされた部品でできているかのように、ぎこちなく歩いてくる。彼は目を細め、頭を左右に振っていた。すっかり酔っているか、とうとうイカれたか、具合が悪いにちがいない。

ラリーは彼に手を振った。「イェースタ！　こっちに来て座れよ！」

モルガンが振り向き、イェースタを見てつぶやく。「ああ、くそ」

イェースタは地雷原を横切ってくるように、おっかなびっくり歩いて彼らのテーブルへと近づいてきた。ラリーは隣の椅子を引きだし、招くように手を振った。

「クラブにようこそ」

これは聞こえなかったようだが、イェースタは足を引きずってその椅子へとやってきた。擦り切れたスーツにベスト、蝶ネクタイをして、水で髪をなでつけてある。おまけに鼻がひん曲がるほど臭い。猫の小便がたっぷりとしみついているのだ。外で一緒に座ってもにおうが、外ならなんとか耐えられる。温かい室内では、古い小便の臭気がわっと押し寄せ、どうにかがまんするためには口から呼吸しなくてはならない。

彼らはみな、モルガンですら、このにおいに顔をしかめないように努力した。テーブルに近づいてきたウェイターが、イェースタのにおいを嗅いで足を止めた。「いら……っしゃい。何か飲みますか？」

イェースタは首を振ったが、振り向こうとはしなかった。ウェイターが顔をしかめるのを見て、ラリーはいいから行けというように手を振った。ウェイターが立ち去り、ラリーはイェースタの肩に手を置いた。

「それで、どういうわけで、わざわざここに出向いてきたんだね？」

イェースタは咳払いをひとつし、床を見つめたまま言った。「ヨッケだ」

「彼がどうした？」

「死んだよ」

ラッケが息を呑む。ラリーは励ますようにイェースタの肩に手を置きつづけた。この男がそれを必要としている気がしたのだ。

「どうして知ってるんだい？」

「見たんだ。それが起こったときに。彼が殺されたときに」

「いつ？」

「先週の土曜日。夜だ」

ラリーは手をおろした。「先週の土曜日？　だが……警察に話したのかい？」

イェースタは首を振った。

「警察にはどうしても……行けなくて。それに……正確にはこの目で見たわけじゃない。だが、わかってる」

ラッケが両手で顔を覆ってささやいた。「やっぱりな。そうだと思った」

イェースタは知っていることを話した。子供が石を投げてガード下の通路にいちばん近い街灯の電球を割り、通路のなかで待っていたこと。ヨッケはそこに入っていったきり出てこなかったこと。翌朝、枯葉のなかにかすかに身体の跡が残っていたことを。

この話が終わるころには、ウェイターが何度も怒ったようにラリーに向かってイェースタを指さし、それからドアを指さしていた。ラリーは片手をイェースタの腕に置いた。「どうだい、現場に行って見てみようか？」

イェースタはうなずき、彼らは立ちあがった。モルガンがビールの残りを飲みほし、カールソンに向かってにやっと笑う。カールソンはいつものように新聞をつかみ、折りたたんで、コートのポケットに入れた。ケチなげす野郎だ。

まだテーブルに座っているのはラッケだけだった。彼は折れた楊枝をもてあそんでいた。ラリーはかがみ込んだ。

「来るか？」

「おれにはわかってた。感じていたんだ」

「ああ。一緒に来ないのか？」

「もちろん行くさ。さきに行っててくれ。すぐ行くよ」

冷たい夜気のなかに出ると、イェースタは気持ちが落ち着いたようだった。彼があまりにも早足で歩きはじめたので、ラリーは心臓に負担がかかるから、速度を落としてくれと頼まねばならなかった。カールソンとモルガンは彼らの後ろを並んで歩いてくる。モルガンはカールソンがばかげた言葉を口にしたら、くってかかろうと待ち構えていた。彼をやりこめるのはさぞいい気分だろうが、今夜ばかりはさすがのカールソンも物思いに沈んでいるようだ。

街灯の電球はすでに取り替えられ、通路のなかは驚くほど明るかった。彼らは積もった枯葉を指すイェースタを取り囲み、身体が冷えないように足踏みしながら説明を聞いた。冷えると血液の循環が悪くなるのだ。足踏みする音が、まるで軍隊の行進のように橋の下に響く。イェースタが話しおえると、カールソンがいった。「だが、証拠はひとつもないんだろう？」

これこそ、モルガンが待っていた類の愚かしいコメントだった。

「イェースタがいったことを聞いただろ、いまの話が全部でっちあげだっていうのか？」

「いや」カールソンはまるで子供にいうように答えた。「だが、裏付ける証拠がなければ、警察はイェースタの話をあたしたちのように信じてはくれんだろうよ」

「イェースタは目撃者だぞ」

「それだけでじゅうぶんだと思うかい？」

ラリーは枯葉に向かって片手を振った。

「イェースタがいうとおりのことが起こったとすれば、問題はいま彼の死体がどこにあるか、だな」

ラッケが歩道を近づいてきて、イェースタに歩み寄り、地面を指さした。

「そこかい？」

イェースタはうなずいた。ラッケは両手をポケットに突っこみ、まるで解かねばならない巨大なパズルでも見るように、脇に吹き寄せられた枯葉を長いこと見つめていた。彼はあごを噛みしめ、緩め、また噛みしめた。

「で、どうする?」

ラリーは二、三歩、彼に近づいた。

「残念だったな、ラッケ」

ラッケは身を守るように片手を振り、ラリーが近づくのを止めた。

「どうする? おれたちはヨッケを殺したやつを捕まえるのか? どうなんだ?」

ほかの男たちは、みなラッケから目をそむけた。ラリーは何かいおうとした。犯人を見つけるのはむずかしい、おそらく不可能だ、と。だが、彼はその言葉を呑みこんだ。やがてモルガンが咳払いしてラッケに近づき、片手でその肩を抱いた。

「ああ、ラッケ。そいつを捕まえるとも。もちろん、おれたちで捕まえるさ」


手すり越しに下をのぞくと、つややかな金属がちらっと見えたような気がした。ドナルド・ダックの甥っ子たち、ヒューイ、デューイ、ルーイが競技会から家に持ち帰ったものみたいに見える。

「何を考えてるの?」母が尋ねた。

「ドナルド・ダック」

「スタファンのことがあまり好きじゃないのね。そうなんでしょう?」

「そうでもないよ」

「ほんと?」

トンミは街の中心へと目をやった。大きな赤いVのネオンが、ほかのすべての上でゆっくり回っている。ヴェリングビューのV。ヴィクトリーのVだ。

「拳銃を見せてもらったことある?」

「どうしてそんなことを知りたいの?」

「ただ、そう思っただけさ。あるの?」

「あなたの気持ちがさっぱりわからないわ」

「そんなにむずかしい質問じゃないだろ? 彼はあの金庫を開けて、銃を取りだし、母さんに見せたことがあるの?」

「ええ。どうして?」

「いつ見せたんだい?」

母はブラウスから何かを払い、それから腕をこすった。

「寒いわ」

「父さんのことを考える?」

「もちろん、考えるわ。いつも考えてるわ」

「いつも?」

母はため息をつき、トンミの目をのぞきこめるように少し身をかがめた。

「何がいいたいの?」

「母さんこそ、何がいいたいのさ」

母は手すりにおいたトンミの手に自分の手を重ねた。「明日父さんに会いに、一緒に来てくれる？」

「明日？」

「ええ。万聖節か何かだから」

「万聖節は明後日だよ。でも、いいよ。一緒に行く」

「トンミ」

母はトンミの手を手すりから剝がすようにして、彼を自分に向け、抱きしめた。トンミはつかのま身体をこわばらせて立ちつくしたあと、母から離れてなかに入った。

コートを着ているときに、ふいに気づいた。下の灌木のところであの彫像を探すには、母をなかに呼び戻す必要がある。彼が呼ぶと、彼の言葉が聞きたくて母はいそいそと入ってきた。

「あの……スタファンによろしく」

母の顔がぱっと明るくなった。

「伝えるわ。あなたは残らないの？」

「うん……ひと晩中かかるかもしれないだろ」

「ええ。少し心配してるの」

「大丈夫だよ。撃ち方はわかってるんだから。じゃあね」

「さようなら……」

トンミはかまわず玄関のドアを閉めた。

「……ハニー」

スタファンがスピードを出したまま縁石に乗り上げると、ボルボのどこかでくぐもったバンという音が聞こえた。上の歯と下の歯が激しくぶつかって、頭のなかで鐘のような音がする。一瞬、目の前が真っ白になり、正面入り口のそばの人だかりへと急いでいた年配の男を、轢きそうになった。

入口のそばに駐まっているパトカーでは、新米警官のラーソンが無線で話していた。応援を頼んでいるか、救急車を要請しているのだろう。スタファンはここに向かう途中かもしれないほかの車に駐める場所を残すため、ボルボをパトカーの後ろにつけて飛び降りると、車をロックした。彼はつねに自分の車をロックする。たとえ一分しか車を離れないときでも。盗まれる心配をしているわけではなく、この習慣を保つためだ。パトカーをロックし忘れたら、とんでもないことになりかねない。

彼は見物人の目に落ち着いた警官だと映るように気を配りながら、正面入り口へと階段を上がっていった。自分が確信に満ちているように見えることはわかっている。少なくとも、ほとんどの人々にそう見えることは。「おお、この厄介な事態をなんとかしてくれる男が着いたぞ」パトカーの周囲に集まっている人々の大半が、おそらく彼を見て、そう思うはずだ。

正面のドアを入って少し進むと、水着姿の四人の男がタオルを肩に巻いて立っていた。スタファンが彼らを通りすぎ、更衣室へと向かおうとすると、男のひとりが「失礼」と声をかけ、裸足で駆け寄ってきた。

「あの、すまない……ぼくらの服だが」

「ええ、なんです？」

「いつ取りにいける？」

「服を？」

「そう。まだ更衣室にあるんだが、なかに入れてもらえないんだ」

スタファンが口を開き、きみたちの服などこの際どうでもいい、と鋭くいい返そうとすると、ちょうど白いTシャツ姿の女性が、白いローブを何枚か腕にかけて男たちのほうに歩いてきた。スタファンは男に彼女を示し、歩きだした。

彼は廊下でもうひとり、十二、三歳の少年を入り口に連れていく途中の白いTシャツ姿の女性に会った。白いローブを着たその少年の顔は真っ赤で、目はうつろだった。女性はなじるような表情でスタファンを見た。

「お母さんが来るんです」

スタファンはうなずいた。この少年が……犠牲者だったのか？　彼はそれを確認したかったが、気が急いて、少年を脅えさせずに聞く方法を思いつけなかった。ホルムベリが少年の名前やほかの情報を引きだしたあと、危機に介入してもらうために母親を呼び、救急車に付き添ってもらってセラピーを受けにいかせるのがベストだと判断したと思うしかない。

あなた方のなかの最も小さき者たちを守りなさい。

スタファンは廊下を進みつづけ、階段を駆けあがった。頭のなかでは、主の恵みと、行く手に待ちかまえている難問に直面する強さを与えてくれる神に感謝の祈りを唱えていた。

殺人犯はほんとうにまだこの建物の中にいるのか？

更衣室の外、ちょうど〝MEN〟という表示の下で、三人の男たちがホルムベリ巡査と話していた。すっかり服を着ているのはそのうちのひとりだけ。ほかのふたりは一部が欠けている。ひとりはズボンが、もうひとりはシャツが。

「ありがたい。ずいぶん早く来てくれたんだな」

「犯人はまだここにいるのか？」

ホルムベリは更衣室のドアを指さした。

「そのなかだ」

スタファンは三人の男を示した。

「彼らは？……」

ホルムベリが答えるより早く、ズボンなしの男が半歩前にでて少しばかり誇らしげにいった。「ぼくらは目撃者だ」

スタファンはうなずき、問いかけるようにホルムベリを見た。

「彼らはもう？……」

「ああ。でも、きみが到着するまで待ったほうがいいと思ったんだ。明らかに犯人は狂暴ではないが」ホルムベリは感謝を浮かべて男たちを見た。「のちほど連絡します。いまはお引きとりいただくのがいちばんでしょう。ああ、もうひとつ。これは簡単ではないかもしれませんが、この件をおたがいのあいだで話さないようにしてください」

男は半笑いを浮かべ、うなずいた。

「誰かに聞かれるからだね？」

「いいえ。ただ、ほかの誰かが見た、自分は実際に見ていないことを、見たと想像しはじめる可能性があるからです」

「ぼくはそんなことはない。自分が見たものはちゃんとわかってる。世にも恐ろしい……」

「信じてください。どんなにしっかりした人々でもそうなるんです。では、これで。ご協力を感謝します」

三人の男たちは低い声で話しながら廊下を歩み去った。ホルムベリはこういうことがうまい。人々に話すのが。彼がするのはほとんどがそれだった。学校をまわり、ドラッグや警察の仕事を話す。近頃はこの種の事件に駆りだされることはほとんどない。

更衣室のなかから金属板でも床に落ちたような音が聞こえた。スタファンはたじろぎ、じっと耳をすませた。

「狂暴じゃないって？」

「どうやらひどいけがをしているようだ。酸を顔にそそいだらしくて」

「どうしてそんなことをしたんだ？」

ホルムベリは見当もつかないという顔で更衣室のドアを見た。

「なかに入って、本人に訊くしかないだろうな」

「武器を持っているのか？」

「持っていないと思う」

ホルムベリは近くの窓台の上に置かれた、木の柄がついた大きなキッチンナイフを示した。

「証拠品を入れるビニール袋を持ってなかったんでね。どのみち、おれが到着するまえに、ズボンなしの男が、そこに立って、しばらく持っていたからな。だが、それにはあとで対処しよう」

「あのままにしておくのか？」

「ほかにいい手立てがあるかい？」

スタファンは首を振り、そのあとにつづく沈黙のなかで、ふたつの異なった出来事を認識した。更衣室のなかから聞こえる、不規則な、低い、吹きつけるような音。煙突を風が吹きぬけるような音だ。ひびが入った煙突を。それと臭気。最初はこの建物全体に満ちている塩素のにおいだと、とくに注意を払わなかったが、これは塩素ではない。鼻を刺すようなきつい臭気だ。スタファンは顔をしかめた。

「行くか？……」

ホルムベリはうなずいたものの、先に動こうとはしなかった。結婚して、子供もいるからな。いいとも。スタファンはホルスターから銃を引き抜き、ドアの取っ手にもうひとつの手を置いた。警察官になってから十二年の歳月で、彼が銃を手に部屋に入るのはこれで三度目だ。正しい行動かどうかわからないが、批判される心配はまずない。相手は子供を殺そうとした男だ。どれほど重傷を負っているにせよ、追いつめられて、おそらく自暴自棄になっているにちがいない。

彼はホルムベリに合図して、ドアを開けた。

とたんにガスが顔を打った。

たちまち目がうるみ、喉がやられた。彼は咳きこんだ。ポケットからハンカチを取りだし、鼻と口を覆う。何度か火災で消火の手伝いをしたときに、同じような経験をしたことがある。が、ここには煙はなかった。薄っすらと霧がかかっているだけだ。

くそ、これはなんだ？

彼らの前に並んでいる更衣室のロッカーの列の反対側から、まだ何かを叩くような音が聞こえてくる。スタファンは左右から近づけるように、反対側からロッカーをまわりこめとホルムベリに合図して、列の端へと近づき、銃を脇におろしてその角からのぞきこんだ。

蹴られて倒れた金属のごみ箱のすぐ横に、うつぶせになった白い身体が見えた。

ホルムベリが反対側から現われ、スタファンにあせるなと合図する。差し迫った危険はなさそうだ。それを見てとったとたんにホルムベリが指図しはじめたことに、スタファンはかすかな苛立ちを感じた。彼はハンカチを通して呼吸し、それを口から離して大きな声でいった。「警察だ。聞こえるか？」

床の男はこの言葉を理解した様子もなく、顔を床に押しつけ、同じ声をもらしている。スタファンは二、三歩前にでた。「両手を見えるところにおけ」

男は動かない。さらに近づくと、男の全身がひくついているのが見えた。両手に関する指示は必要なかった。片腕は抱えるようにごみ箱にかかり、もう片方の腕は床に伸びている。手のひらは腫れあがってひび割れていた。

酸のせいだ……こいつの顔がどうなっているか……。

スタファンはふたたびハンカチで口を覆い、銃をホルスターに戻しながら男に歩み寄った。何かが起これればホルムベリが援護してくれるはずだ。

男は痙攣するように身体をひくつかせていた。むきだしの皮膚がタイルから離れては落ち、そのたびにくぐもった音をたてる。床に伸びている手も岩に打ちあげられたカレイのようにぱたついていた。そのあいだも男の口からもれる音が床にあたる。「……エェェェイィィ……」

スタファンはその場に留まれとホルムベリに合図し、男のそばにしゃがみこんだ。

「聞こえるか？」

男の声が止まった。だしぬけに全身を激しくよじり、男は寝返りを打った。

その顔。

スタファンは思わず飛びのき、バランスを崩してしりもちをついた。尾骨で痛みが炸裂し、背中の下部に広がる。彼は歯をくいしばってうめき声を押し殺し、ぎゅっと目を閉じて、それからまた開けた。

その男には顔がなかった。

スタファンは幻覚に悩まされたヤク中が、自分の顔を繰り返し壁にたたきつけるのを見たことがある。ガスタンクの近くで溶接作業を行なうまえに、タンクをからにする手間をはぶいたために、爆発で顔をやられた男を見たこともあった。だが、どちらの被害もこれとは比べものにならない。

男の鼻は完全に酸に溶かされ、ふたつの穴が残っているだけだった。口も一緒に溶け、片隅の一ヵ所がわずかに開いているほかは、唇がくっついていた。片目は頰だったものへと溶け落ち、もうひとつの目は……大きく開いている。

スタファンは赤くそまったその目を見つめた。この不定形の肉の塊がまだ人間だと認識できる唯一のしるしを。男がまばたきするたびに、糸のように細く残っている皮膚がひらついて落ち、また上がる。

顔の残りがあったはずの箇所には、何本かの軟骨と骨しかなく、それが不規則な肉の断片と黒ずんだ細い布切れのあいだに突きだしていた。顔全体が切り刻まれたばかりのうなぎのようにねじ曲がり、むきだしの濡れた筋肉が縮んではゆるむ。

男の顔は、顔だったものは、それ自体の命を持っていた。

スタファンは喉に胆汁がこみあげるのを感じた。背中にこれほどの痛みを感じていなければば、おそらく嘔吐していたにちがいない。彼はのろのろと両脚を身体の下へと引き戻し、ロッカーにつかまって立ちあがった。そのあいだも赤い目はじっと彼を見つめている。

「こいつは……」

ホルムベリは両腕をたらし、床の上の変形した裸体を凝視した。顔だけではない。酸は胸にも流れ落ちて、片側の鎖骨の上の皮膚がなくなり、肉入りシチューのなかのチョークのかけらよろしく、骨が突きだしている。

ホルムベリが首を振り、片手を上げかけてまたおろした、上げかけてまたおろす。彼は咳きこんだ。

「こいつは……」

午後十一時。オスカルはベッドに横たわって、ゆっくり壁をたたき、文字を綴っていた。

エ……リ……。

エ……リ……。

答えはなかった。

十月三十日　金曜日

六年B組の男子生徒は、校舎の外で一列にならんで、体育の教師アヴィラ先生が、前進、と号令をかけるのを待っていた。ひとり残らず体操服を入れたバッグを持っている。なぜなら、体操服を忘れた者や、体育を見学するちゃんとした理由のない者には、厳しい罰が待っているからだ。

彼らは四年生になった最初の日、担任に代わって身体を鍛える体育の授業を受け持つことになったアヴィラ先生に説明をされたとおりに、腕の長さの距離をあけて整列していた。

「整列！　前に、倣え！」

アヴィラ先生は、戦争中、戦闘機のパイロットだった。空中戦や小麦畑に緊急着陸したときの経験談を何度か話してくれたことがある。生徒たちは感銘を受けた。彼らはアヴィラ先生を尊敬していた。

ほかの教師たちには、手に負えないむずかしいクラスだとみなされているB組の生徒たちだが、アヴィラ先生の姿が見えなくても、たがいに腕の長さの距離を取り、きちんと整列していた。この整列がアヴィラ先生の基準に合格しないと、さらに十分そこに立たされるか、約束したバレーボールの試合を取りやめにされ、代わりに腕立て伏せと腹筋運動をさせられるのだ。

ほかの生徒と同じように、オスカルはアヴィラ先生を心から尊敬していた。極端に短い白髪混じりの髪や、鷲鼻、まだ逞しい身体、万力のような握力のアヴィラ先生は、少しぽっちゃりした気弱でおとなしい少年に、特別肩入れしたり同情するタイプの教師ではない。でも、体育の時間は規則が支配していた。ヨンニもミッケも、トーマスですら、アヴィラ先生がいるときに何かを仕掛けてくる勇気はない。

ヨハンが列から一歩出て、校舎にすばやい一瞥をくれ、ナチ将校の敬礼を真似て、スペイン語なまりでこういった。「整列！　今日は防火訓練だ！　ロープを使う！」

何人かが神経質に笑った。アヴィラ先生は防火訓練が好きなのだ。一学期に一度はロープを使って窓から脱出する訓練を行ない、ストップウォッチでタイムを測る。前回の記録を上回った生徒は、次の授業で〝イス取りゲーム〟をして遊ぶことができる。彼らが規則を守り、真面目にやれば、だが。

ヨハンは急いで列に戻った。これはよい判断だった。数秒後、アヴィラ先生が校舎の正面から出てきて、きびきびした足取りで体育館に向かいはじめたからだ。先生はまっすぐ前を見てB組のほうを見ようともせず、校庭を半分横切ってから、背中を向けたまま歩きながら片手で〝ついてこい！〟という合図をした。

前の生徒と腕の長さの距離を保とうと努めながら、列が動きだす。オスカルは後ろにいるトーマスにかかとを踏まれて靴の後ろが脱げたが、そのまま歩きつづけた。

一昨日、ハシバミの枝で鞭打ってから、彼らはオスカルに手出しをしていなかった。謝ったわけでもなんでもないが、オスカルの頬の傷があまりにもはっきりと見えるので、おそらく、いまのところはそれでじゅうぶんだと感じているのだろう。

エリ。

オスカルは靴が脱げないように足の指をそらして体育館へと行進しつづけた。エリはどこにいるんだ？　オスカルは昨夜エリの父親が戻ったことを確かめたくて、窓からずっと見ていた。だが、父親は戻らず、エリが十時ごろ静かに出ていくのが見えた。それから彼は母と熱いココアを飲みロールパンを食べたから、そのあいだに彼女が戻るのを見逃したかもしれない。だが、壁の向こうに送ったメッセージのどれにも、エリは返事をくれなかった。

B組はのろのろと更衣室へ入り、列が崩れた。アヴィラ先生は腕組みして待っている。

「よし、今日の授業は身体の鍛錬だ。バーと、跳び箱と、縄跳びを行なう」

生徒たちがうめく。アヴィラ先生はうなずいた。

「一生懸命やって、みんながよくできれば、次はドッジボールをしてもいいぞ。だが、今日は身体の鍛錬だ。急いで着替えろ！」

話しあう余地はなかった。口約束のドッジボールでがまんするしかない。B組の生徒は急いで着替えた。いつものようにオスカルはズボンを短パンに換えるとき、ほかの生徒に背中を向けた。ピスボールのせいで、下着の前が少しばかり変な形に見えるからだ。

体育館に上がると、ほかの生徒たちはせっせとあん馬を運びだし、バーを下げていた。ヨハンとオスカルはマットを運んだ。アヴィラ先生の気に入るように準備がすっかり整うと、先生は笛を吹き、生徒を二人一組にして、五つのグループに分けた。

オスカルはスタッフェと同じ組になった。クラスでオスカルより体育が苦手なのはスタッフェだけだったから、これはありがたい。スタッフェは力があるが不器用だった。オスカルより太っているが、彼をからかったりいじめたりする者はひとりもいない。スタッフェの物腰の何かが、手をだしたりすればまずいことが起こる、と告げているからだ。

アヴィラ先生がふたたび笛を吹き、B組の生徒たちは動きだした。

まず懸垂だ。バーの上まであごを持ちあげ、それからおろし、また上げる。オスカルはなんとか二回できた。スタッフェは五回やってあきらめた。笛が鳴る。今度は腹筋運動。スタッフェはマットの上に仰向けに寝て、じっと天井を見ている。オスカルは次の笛が鳴るまで腹筋もどきをつづけた。お次は縄跳び。これはオスカルの得意科目だ。スタッフェはロープに足をとられたが、オスカルは跳びつづけた。つづいてふつうの腕立て伏せ。スタッフェはカラスが巣に帰るまでこれを続けられる。それからあん馬。くそいまいましいあん馬だ。

スタッフェが相棒なのはありがたかった。オスカルはこっそりミッケとヨンニとオーロフのほうを見た。彼らは跳躍台を使って、やすやすとあん馬を飛び越えている。スタッフェは勢いよく走りだし、跳躍台がきしむほど強く踏んだが、あん馬に乗ることすらできなかった。

彼が戻ろうときびすを返すと、アヴィラ先生が近づいてきた。

「あん馬に乗るんだ」

「乗れません」

「だったら、もう一度やりなさい」

「はい？」

「もう一度。やるんだ。さあ、跳んで！　跳んで！」

スタッフェはあん馬をつかんで、それによじのぼり、なめくじのようにその上をずるずる滑って反対側におりた。アヴィラ先生が〝行け！〟と合図し、オスカルは走りだした。

そしてその途中で、彼は心を決めた。

思いきり跳んでみよう。

アヴィラ先生には、あん馬を怖がるな、といわれたことがある。跳べるか跳べないかは、気持ちの問題なのだ、と。いつものオスカルは、バランスを失うか何かにぶつかるのが怖くて、跳躍台で思いきって踏みきることができない。でも、今日は全力で踏みきるつもりだった。跳びこえられるふりをするんだ。アヴィラ先生が見守るなか、オスカルは全速力で跳躍台へと走っていった。

彼は跳躍台で跳ぶことはほとんど考えず、あん馬を跳び越えるという目的に気持ちを集中した。そして初めて全力で跳躍台を踏みきり、その勢いを抑えようとはしなかった。すると身体が勝手に前に飛び、伸ばした両手が彼を支えて、さらに前へと移動させた。すごい勢いで跳び越えたせいで、着地のときにバランスを崩して頭から突っこんだものの、目標は達成できた！

彼は振り向いて、アヴィラ先生を見た。にこにこしているとはいえないが、先生は励ますようにうなずいた。

「よくやった、オスカル。だが、もう少しバランスが必要だぞ」

それからアヴィラ先生は笛を吹き、彼らは一分間の休憩を許された。そのあと、オスカルはまた跳び越えただけでなく、着地にも成功した。

アヴィラ先生はその日の授業をおしまいにして、職員室に戻っていった。B組の生徒は用具を片付けた。オスカルはあん馬の下の滑車を取りだし、それを倉庫へと運んで、ようやく手なづけることができた馬にするように、それを軽くたたいた。彼はそれを壁に押しつけ、更衣室に向かった。アヴィラ先生に話したいことがある。

更衣室に行く途中で、縄跳び用のロープを使った首縄が頭の上を越えて、腹のまわりで止まり、誰かがオスカルをその場に釘付けにした。彼の後ろでヨンニの声が聞こえた。「はいどう、ピギー！」

オスカルが振り向くと、ロープがお腹の上を滑り、背中にあたった。ヨンニがロープの両端を手にして前に立っていた。彼はロープを上下に揺すった。

「はいどう、はいどう」

オスカルは両手でロープをつかみ、その端をヨンニの手からひったくった。縄跳びのロープが音をたててオスカルの後ろの床に落ちる。ヨンニはそのロープを指さした。

「おまえが落としたんだぞ、拾えよ」

オスカルはロープの真ん中をつかんで拾い、それを頭の上で回しはじめた。ロープの柄が触れあってカチャカチャ音をたてる。彼は「行くぞ！」と叫び、ロープを離した。ロープが飛び、ヨンニがとっさに両手で顔をかばう。ロープは彼の頭の上を通りすぎて、後ろの壁にあるバーにぶつかった。

オスカルは体育館を出て、階段を駆けおりた。耳のなかで血がどくどく打っていた。ついにやり返したぞ。彼は三段ずつ飛びおり、両脚で着地すると、更衣室を通過して職員室に入った。

アヴィラ先生は体操服のまま座って、受話器を手に外国語で話していた。たぶん、スペイン語だ。オスカルにわかるのは、「ペッロ」、〝犬〟という言葉だけだった。アヴィラ先生は机の向かいにある椅子に座れと合図し、話しつづけた。それから二、三度〝ペッロ〟と繰り返した。ヨンニが更衣室に入っていき、大きな声で話しはじめるのが聞こえた。

アヴィラ先生が飼い犬の話をしおえるまえに、更衣室は空っぽになっていた。先生はオスカルに顔を向けた。

「それで、オスカル、なんの用だね？」

「ええ。あの……木曜日のトレーニングクラスのことで」

「なんだね？」

「ぼくも行っていいですか？」

「プールで行なう強化訓練に？」

「はい。申し込みか何かが……」

「その必要はない。来ればいいだけだ。木曜日の七時に。そうしたいのかね？」

「はい。あの……はい」

「それはいい。鍛えれば、懸垂が……五十回できるようになる」

アヴィラ先生は懸垂の真似をしてみせた。オスカルは首を振った。

「それは無理だけど……ええ、木曜日に行きます」

「では、木曜日に会おう。よかった」

オスカルはうなずいて立ちあがり、ふと思いついて尋ねた。「犬は元気ですか？」

「犬？」

「ええ。いま電話でペッロといってたでしょう？　ペッロは犬ですよね？」

アヴィラ先生は少し考えていた。

「いや、ペッロではなくペロだ。スペイン語で〝しかし〟という意味なんだよ。しかし、ぼくは違う、みたいな。それがペロ・ノ・ヨだ。わかったかい？　スペイン語のクラスにも加わりたいかね？」

オスカルは笑って首を振り、いまのところは身体を鍛えるクラスだけでじゅうぶんだ、と答えた。

更衣室は空っぽで、オスカルの服しか残っていなかった。彼は体操服を脱ぎはじめ、急に手を止めた。ズボンがない。まったく、どうしてこれを事前に考えておかなかったのか。

彼は更衣室のあらゆる場所を探し、トイレも探した。ズボンはどこにもなかった。

体操用の短パンで帰る途中、寒さで脚がかじかんだ。体育の授業の途中で雪が降りはじめていたのだ。落ちてくる雪が、彼の脚で溶ける。オスカルは中庭でエリのアパートの窓の下に立った。ブラインドはおりたまま。人がいる気配はまったくない。大きな雪片が窓を見上げる彼の顔をなでた。彼は舌でそのいくつかを受けた。おいしかった。


「見ろよ、ラグナーだ」

ホルムベリがヴェリングビュー広場の方角を指さした。降りしきる雪が薄っすらと敷石を覆っている広場で、町のアルコール依存症のひとりが大きなコートにくるまって身じろぎもせずにベンチに座っている。彼がしだいに貧弱な雪だるまに変わっていくのを見て、ホルムベリはため息をついた。

「少したっても動かなければ、見にいく必要があるだろうな。痛みのほうはどんな具合だい？」

「まあまあだ」

スタファンは尾骨の痛みを少しでもやわらげようと、椅子に余分のクッションを置いて座っていた。できれば、立っていたいところだ。いや、自宅のベッドで横になれればそれがいちばんだが、昨夜の事件の報告書を、週末になるまえに殺人課に提出する必要があった。

ホルムベリは自分の便箋を見下ろし、ペンでそれをたたいた。

「更衣室にいた三人だが、彼らの話だと、あの男、殺人犯は、顔に酸をかけるまえに〝エリ、エリ〟と叫んだらしい。いったいどういう……」

スタファンは心臓が胸のなかで跳ねるのを感じながら、机越しに身を乗りだした。

「やつはそういったのか？」

「ああ、どういう意味だか……」

「わかる」

スタファンは背筋を伸ばした。とたんに髪の付け根まで激痛が走り、彼は机の端をつかんで立ちあがり、両手で顔を覆った。ホルムベリがじっと彼を見た。

「おい、医者に行ったのか？」

「いや、ただの……すぐにおさまるさ。エリ、エリ、だって？」

「誰かの名前かな？」

スタファンはのろのろうなずいた。「ああ……エリとは……神のことだ」

「なるほど、彼は神を呼んでいたのか。聞こえたと思うかい？」

「なんだって？」

「神に、さ。神はあいつの声を聞いたと思うか？　あの状況を考えると、そうは……思えないな。まあ、神に関してはきみのほうがくわしいが」

「エリというのは、キリストが十字架の上で口にした最後の言葉だ。わが神、わが神、なぜわれを見捨てたもうや？　エリ、エリ、レマ・サバクタニ？」

ホルムベリは目をしばたたき、自分のメモを見下ろした。

「ほんとに？」

「マタイとマルコの福音書によればね」

ホルムベリはうなずき、ペンの頭を嚙んだ。

「それも報告書に入れるべきかな？」


オスカルは家に戻ってズボンにはきかえ、〝恋人のキオスク〟へと丘をおりて新聞を買った。ヴェリングビューの殺人犯が捕まったと聞いてその詳細が知りたかったのだ。スクラップブックに貼るために切り抜く必要もある。

キオスクに行くときに、何かがいつもと違う気がした。雪が降っていることを考慮に入れても、どこかが違う。

新聞を買って戻る途中、突然、何が違うかわかった。ぼくはまわりを警戒していない。ただ歩いている。キオスクまで丘をくだるあいだ、一度もぼくは警戒せずに歩いてきた。

オスカルは走りだした。新聞を手にして雪を顔に受けながら、家までずっと走っていった。玄関のドアになかから鍵をかけ、ベッドに腹ばいに横になると、壁をたたいた。返事はない。エリと話したかったのに。この発見を教えたかったのに。

彼は新聞を開いた。ヴェリングビュー・プール。パトカー。救急車。殺人未遂。犯人の負ったけがのせいで、身元の確認はむずかしい。犯人が治療を受けているダンデリド病院の写真。最初の殺人のあらましも載っている。コメントはまったくない。

あとは潜水艦のことだらけだ。軍は厳重な警戒態勢に入った。

ドアの呼び鈴が鳴った。

オスカルはベッドから飛びおり、急いで玄関に向かった。

エリ、エリ、エリ。

彼は取っ手に手を置いてためらった。もしもヨンニたちだったらどうする？　いや、あいつらがこんなふうに家に来ることはない。オスカルはドアを開けた。ヨハンが立っていた。

「やあ」

「うん……やあ」

「何かして遊ぶ？」

「いいよ……何がしたい？」

「さあ。何かさ」

「うん」

オスカルは靴をはき、コートを着た。ヨハンは階段で待っていた。

「ヨンニのしたことはひどいよ。体育館でさ」

「ぼくのズボンを隠したんだろ？」

「うん。どこにあるか知ってるよ」

「どこだい？」

「学校さ。プールの裏。教えてやるよ」

だったら、ここに来るとき、それを持ってきてくれればよかったのに。オスカルはそう思ったが、口にはださなかった。ヨハンの寛大さは、そこまではおよばないのだ。オスカルはうなずいた。「ありがとう」

ふたりはプールへ行き、オスカルのズボンを見つけた。それは灌木にかけてあった。ついでにぐるりと見てまわり、雪の玉をつくって、木の特定の場所に向かって投げた。物入れのひとつで、古い電線を見つけた。それを切ればパチンコがつくれる。彼らは殺人犯のことや、潜水艦のこと、ヨンニとミッケとトーマスのことを話した。ヨハンは三人ともばかだといった。

「完全なアホだ」

「でも、きみには何もしないだろ」

「しないけどさ」

彼らは地下鉄の駅のそばにあるホットドッグ・スタンドに歩いていき、一クローナのルファレをふたつずつ買った。これはマスタードとケチャップとハンバーガーのドレッシングと生タマネギだけの、網焼きしたホットドッグ用のパンだ。町はたそがれはじめていた。ヨハンはホットドッグ・スタンドの女の子に話しかけている。オスカルは駅を出入りする地下鉄の電車を見ながら、線路の上を走っている電線のことを考えた。

彼らはタマネギの臭いをぷんぷんさせ、学校のほうに歩きだした。そこからべつべつの道に別れるのだ。オスカルがいった。「線路の上にある電線に跳びのって、自殺する人がいるかな？」

「さあ。たぶん。兄貴の知り合いにホームからおりて、線路に小便をした人がいたよ」

「どうなったの？」

「死んだ。電気が小便を伝って身体に通ったんだ」

「ほんとに？　その人は死にたかったの？」

「ううん。酔っ払ってたんだ。ひどいよな。こうだよ……」

ヨハンはペニスを取りだし、小便する格好をして、それから激しく身体を痙攣させた。オスカルは笑った。

学校のそばで、ふたりは別れを告げた。オスカルは取り戻したズボンを腰に巻いて、『ダラス』のテーマソングを口笛で吹きながら我が家へと歩きだした。雪はいつのまにかやんでいたが、あらゆるものを薄っすらと覆っている。プールの曇りガラスの大きな窓は煌々と明るかった。ぼくも木曜日の夜はあそこにいくんだ。鍛錬を始めに。強くなるために。


金曜日の夜の中華料理店。薄い上質紙の笠がかかったスタンドや金色のドラゴンに囲まれ、ひどく場違いに見えるスチール縁の丸時計は、九時五分まえを示している。常連客はビールのグラスを前にして、紙マットに描かれた景色をじっと見ていた。外では雪が降りつづけている。

ヴィルギニアが自分のまえのサンフランシスコを少しかきまわし、小さなジョニー・ウォーカー・フィギュア付きのマドラーの先を吸った。

ジョニー・ウォーカーって誰？　彼女は思った。こんなにきっぱりした足取りでどこへ行くところなの？

ヴィルギニアはマドラーでグラスをたたいた。モルガンが顔を上げる。

「乾杯するのかい？」

「誰かがしなきゃ」

彼らはヴィルギニアに話したのだった。イェースタがヨッケについていったことを何もかも。ガード下の通路や子供のことを。それから黙りこんだ。ヴィルギニアはグラスのなかで氷がぶつかり、半分解けた氷が弱く絞った天井の光を反射するのを見つめた。

「ひとつだけわからないことがあるの。イェースタがいったことが実際に起こったとしたら、彼はどこ？　ヨッケは？」

これこそ待ちかねていたチャンスとばかりに、カールソンが顔を輝かせた。

「あたしもさっきからそういおうとしているんだよ。死体はどこにある？　もしも……」

モルガンはカールソンの前に指を一本立てた。

「ヨッケのことを〝死体〟なんていうのはやめろ、わかったか？」

「だったら、なんと呼ぶんだ？　死者か？」

「そういう呼び方はしないんだ。確実なことがわかるまではな」

「あたしもそれをいおうとしているんだよ。彼らが死――彼を見つけるまでは……あたしらには何もできない」

「〝彼ら〟って誰だ？」

「誰だと思う？　ベリア基地のヘリコプター部隊か？　警察に決まってるだろ」

ラリーは小さく舌を鳴らしながら片目をこすった。「それが問題だな。彼らは彼を見つけないかぎり関心を持たないだろうし、関心をもたなければ、彼を見つけようとはしない」

ヴィルギニアは首を振った。「警察に行って、知っていることを話さなくちゃだめよ」

「もちろんだ。でも、いったい何を話すんだ？」モルガンはくすくす笑った。「子供を殺した犯人や、潜水艦のことや、ほかの事件をちょっと脇に置いてくれないか。おれたちは陽気な三人のアルコール依存症なんだが、飲み仲間のひとりが姿を消してしまったんだ。そしてべつの飲み仲間が、ある晩すっかりできあがってるときに、こういうことを見たといってる……警察がこんな話に乗ると思うか？」

「でも、イェースタはどうなの？　見たのは彼でしょう？　彼が……」

「そうだよ。だが、彼はひどく臆病で情緒不安定だからな。制服の警官が目の前に立っただけで、しどろもどろになっちまう。ベッキスにぶちこまれるはめになりかねん。イェースタはだめだ。警察の尋問にはとても耐えられないね」モルガンは肩をすくめた。「あいつがちゃんとした話をできる可能性はまったくない」

「でも、このまま何もしないつもり？」

「だが、どうすればいいと思う？」

この会話が行なわれているあいだにビールを飲みおえたラッケが、彼らには低すぎてよく聞こえない声で何かいった。ヴィルギニアは彼にもたれ、肩に頭をあずけた。

「なんていったの？」

ラッケは自分の前にあるぼやけた水彩画の景色を見つめ、ささやいた。「おれたちで犯人を捕まえるといったじゃないか」

モルガンはビールのグラスが跳ねるほど強くテーブルをたたき、鉤爪のようにして片手を差しだした。

「ああ、捕まえるさ。だが、まず手がかりが必要だ」

ラッケは夢遊病者のようにうなずき、立ちあがろうとした。

「ちょっと……」

脚がへなへなと折れ、彼は頭からテーブルに倒れこんだ。グラスが落ちて大きな音をたて、店にいる八人の客全員が振り向く。ヴィルギニアはラッケの肩をつかみ、彼が椅子に座るのに手を貸した。ラッケの目は遠くを見ていた。

「すまん。おれは……」

エプロンで手を拭き拭きウェイターが飛んできて、ラッケとヴィルギニアにかがみ込み、怒ってささやいた。「ここはレストランで、豚小屋じゃないんですよ！」

ヴィルギニアはとっておきの笑顔を浮かべながらラッケを立たせた。「さあ、ラッケ。わたしのところに行きましょう」

ウェイターはほかの男たちに非難の目を向け、急いでラッケとヴィルギニアをまわりこみ、この騒ぎのもとが店を引き払うことに、自分も同じくらい関心があることをほかの客に示すために、ラッケを反対側から支えた。

ヴィルギニアはラッケが重いコートを着るのを手伝った。昔風のエレガントなコートだ。何年かまえに父親が亡くなったときに彼に遺されたものだった。彼女は彼を支えてドアに向かった。

後ろでモルガンとカールソンが意味ありげな口笛を吹く。彼女はラッケの腕を肩にかけ、振り向いて顔をしかめ、店のドアを開けて外に出た。

次々に落ちてくる大きな雪片が、ふたりのまわりに静かな冷たい空間をつくりだす。ラッケを連れて公園の道を歩くうちヴィルギニアの頬はピンク色になった。ええ、このほうがいいわ。

こんばんは。父さんと待ちあわせてるんだけど、来なかったの……なかに入って電話を使ってもいい？

「ええ、どうぞ」

「なかに入ってもいい？」

「電話はそっちよ」

ドアを開けてくれた女性は、玄関ホールの奥のほうを指さした。灰色の電話器が小さな台に置いてある。エリはドアの外に立っていた。まだなかに招かれていない。ドアのすぐ前には、ヤシの一種であるピアサバの繊維でできた棘付きの、鋳鉄製の靴拭きがあった。エリは自分が入れないという事実を隠すために、それで靴の底を拭いた。

「ほんとにいいの？」

「もちろん。さあ、お入んなさい」

女性は疲れたように手を振った。エリは招かれた。女性は興味を失ったようにリビングに入った。そこからは空電混じりのテレビの音が漏れてくる。白髪の多い髪に結んだ黄色いシルクのリボンが、ペットの蛇のように背中に垂れている。

エリは玄関に入って靴とジャケットを脱ぎ、受話器を取りあげた。でたらめの番号にかけ、誰かと話すふりをしてもとに戻す。

鼻から息を吸いこんだ。料理のにおい、家具磨き、土、靴磨き、冬のりんごのにおい、湿った布、電気、埃、汗、壁紙の糊、それと……猫のおしっこのにおいがする。

やっぱり。煤のように黒い猫がキッチンの戸口でうなっていた。耳を後ろにはりつけ、毛を逆立てて、背中を丸め、エリを威嚇している。赤い首輪には、飼い主の名前と住所を書いた紙を入れる金属製の小さな筒がついていた。

エリが一歩踏みだすと、猫は歯をむきだし、シュッという音を発して、エリに飛びかかろうと身体をこわばらせた。もう一歩近づく。

小さな体から発する敵意で金属の筒を震わせ、エリにひたと目を据えたまま、猫がうなりながら後退する。エリと猫はたがいに相手を測った。エリはゆっくり前に進みつづけ、猫をキッチンのなかへと後退させて、ドアを閉めた。猫はそのドアの向こうで怒って鳴き、うなりつづけている。エリはリビングに入った。

女性はテレビの光を反射するほどよく磨かれた革のソファに座っていた。背筋をまっすぐにして青くちらつく画面を食い入るように見つめている。ソファの前のコーヒーテーブルには、クラッカーを入れた器と、チーズを三切れ載せた小さなまな板。まだ開けられていないワインのボトルが一本に、グラスがふたつ。

女性はテレビにすっかり夢中で、エリが入ってきたことにも気づかないようだった。自然を紹介する番組で、南極のペンギンが映っている。

〝卵が氷にじかに触れないように、雄はそれを足の上にのせて運びます〟

ペンギンの一隊が身体を左右に振りながら氷原を横切っていく。エリは女性のすぐ横に腰をおろし、テレビがさっさと帰れと自分を非難しているかのように身体を固くした。

〝雌が三カ月後に戻ったときには、雄がためていた脂肪はすっかり使い果たされています〟

二匹のペンギンが口ばしをこすりつけ、挨拶をかわしている。

「誰かが来るの？」

女性はびくっとして、少しのあいだぽかんとエリの目を見た。黄色いリボンのせいで、顔のやつれが目立つ。女性は急いで首を振った。

「いいえ、よかったら食べて」

エリは動かなかった。テレビの画面が変わり、ソヴィエト連邦グルジア南部の美しい光景が次々に映しだされ、音楽が流れはじめた。キッチンにいる猫の鳴き方が変わり……必死に飼い主に訴えるような声になる。部屋のなかには化学薬品のにおいが漂っていた。この女性は病院のにおいがする。

「誰かが来るの？」

またしても女性は眠りをさまたげられたようにびくっとしてエリに顔を向け、今度は苛立ったように眉間に深いしわを寄せた。

「いいえ。誰も来ませんよ。食べたければどうぞ」彼女はつっけんどんにチーズを指さした。

「カマンベール、ゴルゴンゾーラ、ロックフォールよ。どうぞ食べて」

女性はにこりともせずにエリを見た。エリはクラッカーをひとつ取り、口に入れてゆっくり噛みはじめた。女性がうなずいてテレビの画面に目を戻す。エリは歯にくっつくクラッカーを手のひらに吐きだし、肘掛けの後ろの床に落とした。

「いつ帰るの？」女性が尋ねた。

「もうすぐ」

「よかったら好きなだけいるといいわ」

そのほうがテレビがよく見えるかのように、エリは少し近づき、腕に触った。すると女性はぶるっと身を震わせ、穴のあいたコーヒーの包みみたいに柔らかくなり、ソファに沈みこんだ。そして穏やかなぼんやりした目でエリを見た。

「あなたは誰なの？」

エリの目は女性からほんの数ミリしか離れていなかった。女性の口からは病院のにおいが漂ってくる。

「さあ」

〝春になると、南グルジアの荒涼たる大地には、いっせいに花が咲き乱れ……〟

女性はうなずき、コーヒーテーブルの上にあるリモコンに手を伸ばして、音を消した。猫の訴えるような鳴き声がはっきりと聞こえるが、女性は気にしていないようだった。彼女はエリの膝を指さした。「いい……」

「うん」

エリがわずかに身体を離し、年配の女性は両脚をソファに引きあげてエリの膝に頭をのせた。エリはゆっくりと髪をなでた。ふたりは少しのあいだそうやって座っていた。鯨のきらめく背中が水面から盛りあがり、水を噴きだして、水面に消える。

「何か話して」女性がいった。

「何を聞きたいの？」

「美しい話」

エリは後れ毛を女性の耳にかけた。女性は完全に身体の力を抜き、ゆっくり呼吸している。

エリは低い声で話しはじめた。

「昔……ずっと昔、貧しい農夫とその奥さんがいました。彼らには三人の子供がいました。大人に混じって働ける歳の男の子と女の子と、まだ十一歳の男の子です。みんなが末の男の子を見るたびに、なんて美しい子供だろう、こんなに美しい子は見たことがないといいました。

父親はご領主様の農奴で、ご領主様のために何日も働かねばなりません。家と菜園の世話は母親と上のふたりの役目でした。末っ子はあまり役には立ちません。

ある日、ご領主様がコンテストを催す、領地で働く家族の八歳から十二歳までの男の子はみな参加せよ、というお触れをだしました。なんの報酬も、賞品も約束されていませんでしたが、それはコンテストと呼ばれていました。

コンテストの日、母親は末の息子を領主のお城へ連れていきました。お城にいったのは彼らだけではありません。ほかにも母親か父親、さもなければ両親に連れられた七人の少年が一緒でした。さらにべつの場所からもう三人がやってきました。貧しい家族ばかりでしたが、子供たちはいちばんよい服を着ていました。

一日中、前庭で待たされたあと、暗くなりはじめると、お城から召使いが出てきてなかに入れと告げました」

エリは女性の深い、規則正しい呼吸に耳をすましました。女性は眠っていた。エリの膝にかかるその息は温かかった。耳のすぐ後ろ、たるんだしわだらけの皮膚の下で、脈打つ血管が見える。

猫は静かになっていた。

テレビの画面には、番組の終わりを告げる文字がせり上がっていく。エリは女性の喉の動脈に指をおいた。それは指の下で鳥の鼓動のように打っている。

エリはソファの背に背中を押しつけ、膝の上で傾くように注意深く女性の頭を前に押した。ロックフォールチーズのきついにおいが、ほかのにおいを呑みこむ。ソファの背にかかっている毛布を引っぱり、チーズの上にかけた。

やわらかい、きしむような音。女性の息遣いだ。エリはかがみ込んで、女性の動脈に鼻を近づけた。石鹸と汗と年老いた肌のにおい……病院のにおい……女性自身のにおい、ほかにも何かがにおう。そしてそのすべての下に、血がある。

エリが喉に鼻をすり寄せると、女性がうめき、頭をまわそうとした。だが、エリは女性の両腕と胸を片手でつかみ、もう片方の手で頭をしっかりとつかんで大きく口を開け、舌を動脈に押しつけて喉に嚙みついた。そのままあごを固定する。

女性が感電したように身体を痙攣させた。手足が跳ね、足が肘掛けをものすごい力で蹴とばす。女性の体がずり上がり、エリの膝には背中がのった。

鼓動に合わせて喉の動脈から血が噴きだし、ソファの茶色い革に飛び散る。女性は悲鳴をあげながら腕を振りまわし、毛布をテーブルから引きおろした。女性に覆いかぶさるエリの鼻孔を、ブルーチーズのにおいが満たす。エリは喉に口を押しつけ、ごくごく飲んだ。女性の悲鳴が耳をつんざき、エリは女性の口をふさぐために片腕を離さなくてはならなかった。悲鳴はくぐもったが、自由になった女性の手が、コーヒーテーブルへ伸び、リモコンをつかんで、それでエリの頭を殴った。プラスチックが壊れる音と一緒に、テレビの音が戻る。『ダラス』のテーマソングが部屋に流れた。エリは女性の喉からもぎ取るように顔を離した。

この血は薬の味がする。モルヒネの味が。

女性は大きな目でエリを見上げていた。エリはもうひとつの味にも気づいた。ブルーチーズのにおいに混じって、腐った味がする。

癌だ。この女性は癌に蝕まれている。

嫌悪に胃がよじれた。エリは身体を起こし、嘔吐をこらえながら女性を離した。

音楽がクライマックスに達し、カメラがサウスフォークを上空から映していく。女性はもう悲鳴をあげようとはせず、ただ仰向けに横たわっていた。しだいに噴きだす力が弱くなっていく血が、ソファのクッションの下へと流れていく。女性は涙を浮かべ、どこか遠くを見るような目でエリを見つめた。「どうか……お願い……」

エリは吐き気をこらえ、かがみ込んだ。

「なんていったの？」

「お願い……」

「うん、何をしてほしいの？」

「……お願い……どうか」

まもなく女性の目に変化が訪れた。それはうつろになり、もう何も見ていなかった。エリはそれを閉じた。女性の目がふたたび開く。エリは床に落ちた毛布を拾い、女性の顔を覆ってソファの上で身体を起こした。

ひどい味だが、血は力を与えてくれた。でも、モルヒネが……。

テレビには、鏡のような摩天楼が映っていた。スーツにカウボーイハット姿の男が車から降りて、その摩天楼へと歩いていく。エリはソファから立ちあがろうとしたが、立てなかった。摩天楼が傾き、まわりはじめる。鏡のような外壁が空をゆっくり漂う雲を映し、その雲が次々に動物や植物の形を取っていく。

カウボーイハットの男が机につき、英語を話しはじめると、エリは笑いだした。彼が何をいっているか理解できるが、無意味な言葉だ。エリはまわりを見た。リビング全体が奇妙な角度に傾いていく。テレビが転がりださないのが不思議なくらいだ。カウボーイの男の言葉が頭のなかで大きくこだまする。リモコンを探すと、壊れてテーブルと床に散らばっていた。

あのカウボーイがしゃべるのをやめさせなきゃ。

エリは床に滑りおり、テレビへと這っていった。モルヒネが身体を走り、テレビの人物がさまざまな色に分解するのを見て、笑いがこみあげてくる。だめ、音を消すだけの力がない。エリはテレビの前でうつぶせになった。目の前で色が躍っていた。

何人かの子供たちが、まだスノーレーサーに乗って、ビョルソンスガタンと、公園の道に接した小さな野原のあいだにある丘を滑っていた。死の丘、そこはなぜかそう呼ばれている。三つの影が同時に丘のてっぺんから滑りはじめたが、毒づく声とともに影のひとつが森のなかへとコースをはずれた。残ったふたつは笑いながら斜面を滑っていく。その笑いがくぐもって丘の麓の溝から跳ねあがってくる。

ラッケが足を止め、地面に目を落とす。ヴィルギニアは注意深く彼を押しながら自分と一緒に歩かせようとした。「いらっしゃい、ラッケ」

「ただ、とてもつらすぎて」

「あたしの力じゃ、あなたを運べないわ」

ふんと鼻を鳴らす音、本人は笑ったつもりかもしれない。それが咳になった。ラッケは彼女の肩から腕を落とし、子供たちが滑っている丘に顔を向けた。

「くそ、ここじゃ子供たちがそりで滑ってるってのに、あそこじゃ……」彼は丘のはずれからはじまるガード下の通路を指さした。「……ヨッケはあそこで殺されたんだ」

「そのことはもう考えないで」

「どうしてやめられる？　殺したのは、あそこで遊んでる子供たちのひとりかもしれないんだぞ」

「そんなことはないと思うわ」

ヴィルギニアは肩にまわそうと彼の腕を取ったが、ラッケはその手を振り払った。「やめてくれ。自分で歩ける」

ラッケはふらつきながら丘をくだりはじめた。雪が彼の足の下で砕ける。ヴィルギニアはその場にたたずんで彼を見つめた。彼女が愛している男、でも一緒に暮らすことには耐えられない男を。

暮らそうとしたことはある。

八年まえ、ヴィルギニアの娘が家を出ていったすぐあとで、ラッケは彼女のところに移ってきた。ヴィルギニアはそのときも、いまと同じようにチャイナ・パークの上、アルヴィド・メルネス・ロードにあるスーパーマーケット〈ICA〉で働き、その店から歩いて三分の、ワンベッドルームのアパートに住んでいた。

彼らが一緒に暮らした四カ月のあいだ、ヴィルギニアはラッケが何をして暮らしているのか、結局わからずじまいだった。彼は電気の配線に関してかなり詳しくて、リビングのスタンドに明かりの強度を調節できる装置を取りつけた。料理に関する知識もあり、何度かとてもよく出来た魚の料理をつくって彼女を驚かせた。でも、彼の職業は？

ラッケはアパートに座り、散歩に出かけ、人々と話し、たくさんの本と新聞を読む。それだけ。学校を卒業してからずっとフルタイムで働いてきたヴィルギニアにとっては、これはとうてい理解できない生き方だった。彼女はラッケに尋ねた。

「ねえ、ラッケ、こんなことは訊きたくないんだけど……あなたは何をしてるの？　どこからお金を持ってくるの？」

「金なんかないさ」

「でも、少しはあるわ」

「ここはスウェーデンだからな。歩道に椅子をもちだして、そこに座って待ってれば、そのうち誰かが来て金をくれる。さもなければ何かと面倒を見てくれる」

「わたしもその誰かのひとり？　あなたはわたしのことをそう思ってるの？」

「ヴィルギニア、きみが〝ラッケ、お願い、出ていって〟といえば、おれは出ていくよ」

一カ月後、とうとうヴィルギニアはその言葉を口にした。すると彼は自分の服を紙袋に入れ、本をべつの紙袋に入れて出ていった。彼女は六カ月のあいだ一度も彼を見なかった。そのあいだに、ひとりで深酒をするようになった。

ふたたびラッケに会ったとき、彼は変わっていた。以前よりも悲しそうに見えた。六カ月のあいだ、癌でしだいに弱っていく父親と、スモランドのどこかにある家で暮らしていたのだった。父親が死ぬと、ラッケと妹はその家を相続し、売却したお金を分けた。ラッケの取り分は、ブラッケベリにある管理費の安い分譲団地に小さな住まいを買うにはじゅうぶんだった。彼はブラッケベリに戻った。

ふたりはその後、どんどん頻繁に中華料理屋で会うようになり、ヴィルギニアがそこに行く夜もそれまでより増えた。ラッケはときどき一緒に帰り、穏やかに愛しあって——暗黙の了解のもと——翌日ヴィルギニアが仕事から戻るまえに姿を消す。彼らはとても広い意味のカップルだといえよう。ときにはベッドを分かちあわずに何カ月も過ぎる。この取り決めはどちらにも都合がよかった。

ふたりは安い牛のひき肉を宣伝し、〝おおいに食べ、飲んで、人生を楽しもう〟と勧めている〈ＩＣＡ〉の前を通りすぎた。ラッケが足を止め、ヴィルギニアを待つ。彼女がそばにいくと、彼は腕を差しだした。ヴィルギニアはその腕を取った。ラッケは店にあごをしゃくった。

「古きよき仕事だな」

「ええ、いつもと同じ。あれはわたしが書いたのよ」

〝ダイストマト。三缶五クローナ〟の表示だ。

「よくできてる」

「ほんとにそう思う？」

「ああ、ダイストマトが買いたくてたまらなくなる」

ヴィルギニアは注意深く彼の脇をこづき、自分の肘があばらにあたるのを感じた。「本物の食べ物がどんな味がするか、それさえ思い出せないくせに」

「そんな気づかいは……」

「わかってる。でも、つくるわ」

「エェェエリ……エェェエリィィィ」

テレビからよく知っている声が聞こえた。エリはそれからあとずさろうとしたが、身体が動いてくれなかった。両手だけがのろのろと動いてまわりの床を探り、何かつかむものを探し、コードを見つけた。エリは、このトンネルから抜けだす命綱をつかむように、片手でそれをつかんだ。その端から、テレビが彼女に語りかけてくる。

「エリ……どこにいるんだ？」

頭が重すぎて、床から上がらない。どうにか画面に目を上げると、もちろん、それは……彼だった。

人間の毛を使ったブロンドのかつらの細い毛が、シルクのローブの上に広がり、女のような顔が実際より小さく見える。白い粉を塗ったその顔のなかで、紅をさし、ぴたりとつぐんで笑うように端を持ちあげた薄い唇が、ナイフの傷口のようだ。

エリはやっとのことで顔を少しだけ上げ、彼の顔全体を見た。子供のような大きな青い目、そしてその目の上には……エリの肺からきれぎれに息が漏れ、頭ががっくりと床に落ちて、鼻の骨が折れる音がした。へんなの。彼はカウボーイハットをかぶってる。

「エェエリィィ……」

ほかの声。子供たちの声がした。エリは赤ん坊のように震えながら、ふたたび顔を上げた。鼻から口へとモルヒネのまじった濃い血が滴る。彼が歓迎するように両手を広げた。ローブの赤い裏が風にはためいて広がり、赤い唇になる。何百という子供たちの唇が痛々しくうごめいて、自分たちの物語をささやく。エリの物語を。

「エリ……帰っておいで……」

エリは目を閉じて泣いた。冷たい手が首をつかむのを待った。だが、何も起こらなかった。

ふたたび目を開けると、画面の映像が変わっていた。貧しい服を着た子供たちが長い列をつくり、雪の降るなかを、地平線にそびえる氷の城のほうへとふらふらと進んでいく。

これは嘘だ。

エリはテレビに向かって血の混じったつばを吐いた。赤い点が白い雪に飛び散り、氷の城を流れていく。

これは本物じゃない。

エリは命綱を頼りに、トンネルから抜けだそうとした。カチッという音がしてソケットからプラグが抜け、テレビが消えた。赤い唾液が暗くなった画面を流れ、床に滴る。エリは両手に頭を休め、暗赤色の渦のなかに消えた。

ラッケがシャワーを浴びているあいだに、ヴィルギニアはビーフとタマネギとトマトのシチューを火にかけた。彼はなかなかでてこない。シチューができて、バスルームに様子を見にいくと、彼は浴槽に座りこみ、頭を膝のあいだに落として、はずしたシャワーヘッドを肩に置いていた。皮膚の下の脊椎骨が、ひと続きのピンポン玉のように突きだしている。

「ラッケ？　シチューができたわ」

「そいつはすごい。おれはここに長いこといたのかい？」

「そうでもないわ。でも、たったいま水道局から電話があって、井戸が涸れかけてる、って」

「なんだって？」

「ほら、立って」ヴィルギニアは自分のバスローブをフックからはずし、それを彼に向かって広げた。ラッケは浴槽の両側の縁に手を置いて身体を支えながら立ちあがり、ヴィルギニアががりがりに痩せた身体を見てたじろぐのを見ていった。「このように、彼は浴槽から立ちあがる、神のように、見目麗しく」

それからふたりは夕食をとり、ワインのボトルを分けあった。ラッケはあまりたくさん食べられなかったが、少なくとも少しは胃のなかに入れた。彼らはリビングでもう一本ワインをあけ、それからベッドに入り、少しのあいだ見つめあっていた。

「ピルを飲むのをやめたの」

「そうか。べつに何もしなくても……」

「そういう意味じゃないのよ。もうピルが必要なくなったってこと。生理がなくなったから」

ラッケはうなずき、そのことを考え、ヴィルギニアの頰をなでた。

「悲しいかい？」

ヴィルギニアはほほえんだ。

「そんなことを訊いてくれる男は、わたしの知り合いにはあなたぐらいしかいないわね。ええ、ほんとのことをいうと少し悲しい。まるで……もう女じゃなくなったみたいだもの」

「そうか。だが、おれにはじゅうぶんだ」

「ほんと？」

「ああ」

「こっちにきて」

彼はこの言葉にしたがった。

グンナー・ホルムベリは、足跡を残して鑑識の連中の仕事をふやさないように、足を引きずって雪のなかを歩いていき、振り向いて、家から離れていく足跡を確認した。火事の炎で雪がオレンジ色にきらめいている。額の生え際に汗の玉が浮くほど熱い。

子供は基本的に善だと信じているホルムベリは、この素朴な信念をよく同僚にからかわれる。彼が頻繁に学校を訪れ、間違った選択をした子供たちと時間が許すかぎり話をするのは、この信念を持ちつづけたいからだ。いま見ていることにこれほど衝撃を受けているのも、ひとつにはそのためだった。

雪のなかの足跡は、〝若者〟というカテゴリーにすら入らない、小さな靴がつくったものだ。そう、この足跡は子供のものだった。しかも、くっきりと残った跡のあいだは、驚くほど開いている。誰かがここを走ったのだ。それもとても速く。

見習い期間中の警官、ラーソンが横から近づいてきた。

「おい、足を引きずらないか」

「おっと、すみません」

ラーソンは水のなかを歩くように雪のなかを進んできて、ホルムベリの隣で立ちどまった。

この男は大きなどんぐり眼《まなこ》の持ち主で、そのせいで常に驚嘆しているように見える。彼はその目を雪のなかに残っている足跡に向けた。

「くそ」

「まったく同感だな。たぶん子供だ」

「でも……これはとても……」ラーソンは少しのあいだ目で足跡を追った。「まるで三段跳びだ」

「たしかにずいぶん広くあいてるな」

「〝広い〟なんてもんじゃない……信じられないほどあいてます。途方もない幅です」

「どういう意味だい？」

「自分はよく走るんです。それでも、こんなふうには走れません。これは……少なくともおれの二歩以上はある。それも全部の間隔が、です」

スタファンが小走りに家々の前を通りすぎ、敷地のまわりに集まっている野次馬のあいだを縫うようにして、シーツをかけた女性の死体を積みこむ救急隊員のそばでそれを見守っている、中央の小さなグループに近づいてきた。

「どうだった？」ホルムベリが尋ねた。

「ああ……ベルスタヴェーゲンに出ていたよ……そこから先はたどれなかった……何台も車が……走ったにちがいないからな……犬に追跡させるしかない――」

ホルムベリは近くの会話を聞きながらうなずいた。この事件の一部を目撃した隣人が質問を受けているのだ。

「最初は、花火か何かだと思った。それから両手が見えた。手が空中を泳いで、それから……彼女が……窓から出てきた」

「すると窓が開いていたんですね？」

「そう、開いていた。そして彼女がそこから出てきた……それから家が焼け落ちた。もちろん。そのとき、それが見えたんだ。家が後ろで燃えてて……彼女が出てきた……ああ、くそ。燃えていたよ。全身が。彼女は家から離れて歩きだし——」

「失礼。歩いたんですか？　走ったのではなく？」

「いや。信じられないことに……歩いていた。こんなふうに手を振りまわし、まるで……いや、なんのつもりだったかわからない。それから立ち止まった。わかるかい？　止まったんだ。炎に包まれてるのに。じっと立って、見まわした。落ち着き払ってるみたいに。そしてまた歩きだした。それから……もうおしまい、って感じだった。わかるかい？　パニックも何もなし。彼女は……ああ、まったく……悲鳴をあげてもいなかった。なんの声もあげずに、ただこんなふうに倒れた。膝をついて、そして……バタン。雪の上に。

　なんというか……すべてがとても奇妙だった。わたしは家に駆けこんで毛布をつかみ、二枚持って駆け戻ると……彼女の火を消した。くそ……彼女はそこに横たわっていた……ひどい状態で……」

　男は煤だらけの両手で顔を覆い、泣きだした。警官が肩に手を置いた。

「明日、もう一度いまの話を聞かせてください。でも、ほかの誰かがあの家を立ち去るところは見なかったんですね？」

男がうなずき、尋ねている警官がメモを取る。

「いまいったように、明日あらためてご連絡します。救急隊員が立ち去るまえに、何か気持ちが落ち着くものをもらってあげましょうか？　眠る助けになるものでも？」

男は涙をこすり、濡れた顔に両手の煤の跡を残した。

「いや……必要なら、家にあるから」

グンナー・ホルムベリはふたたび燃えている家に目をやった。消防士たちの働きでもう炎はほとんど見えない。夜空に上がっていくのは巨大な煙の柱だけだ。


ヴィルギニアが両手を広げてラッケを迎え、鑑識チームが雪のなかに残った足跡の型を取っているころ、オスカルは窓辺に立って外を見ていた。窓の下の灌木に雪が積もり、白い表面は滑りおりることもできそうなほど厚く見える。

今夜エリは来なかった。

七時半から九時まで、オスカルは遊び場に立ち、歩き、ブランコに乗って、凍えながら待っていたが、エリは来なかった。九時に母が窓のところに立っているのを見て、彼は心配でたまらなかったがなかに入った。『ダラス』を観ながら熱いココアを飲み、シナモンロールを食べた。母の質問にうっかりすべてを打ち明けそうになったものの、危うく思いとどまった。

いまは真夜中少し過ぎ、窓をほんの少し開けて冷たい夜気を吸いこみながら、彼は胃のなかにぽっかり穴があいたような気持ちで窓辺に立っていた。ヨンニたちにやり返そうと決めたのは、エリのためだったのか？　これは自分の問題じゃないのか？

もちろんそうさ。

でも、彼女のためだ。

残念ながら。これが真実だ。月曜日にヨンニたちがまた何かしてきたら、もう跳ね返すだけの気力はない。彼らに立ち向かいたいという気持ちを持てそうもない。きっと木曜日のトレーニングにも行かないだろう。強くなる理由がなくなったのだから。

ひょっとして夜中に彼女が戻るんじゃないか？　ぼくの名前を呼ぶんじゃないか？　彼はかすかな望みを抱いて、窓を少しあけたままにしておいた。真夜中に外に出ていけるとすれば、真夜中に帰ってくることもできるはずだ。

オスカルは服を脱ぎ、ベッドに入って、壁をたたいた。答えはなかった。彼は毛布を頭までかぶり、ベッドでひざまずいて組んだ手を額に押しつけながらささやいた。「どうか、神様、エリが戻ってきますように。なんでも好きなものをあげます。雑誌も本も、ぼくのものは全部。なんでも好きなものを。ただ、どうか彼女が戻るようにしてください。ぼくのところに。どうか、神様、お願いです」

彼は毛布の下に身体を丸めていたが、暑くなりすぎて汗をかきはじめた。頭をだして枕にのせ、胎児のように丸くなり、目を閉じて、エリの顔を思い浮かべた。ヨンニとミッケとトーマスの顔を。母さんと父さんの顔を。長いこと自分が見たい顔を思い浮かべたあとうとうとしはじめると、その顔が自分たちの命を持ちはじめた。

エリと彼は同じブランコに乗ってどんどん高く漕いでいた。やがて鎖がゆるみ、ブランコが空に飛びあがった。彼らはたがいの膝を押しつけ、ブランコの端にしがみついた。エリがささやく。「オスカル。オスカル……」

彼は目を開けた。地球儀のなかの光が消え、月の光がすべてを青くそめていた。ジーン・シモンズが長い舌を突きだし、向かいの壁から彼を見ている。

オスカルは身体を丸め、目を閉じた。すると、またささやきが聞こえた。

「オスカル……」

窓から聞こえてくる。目を開けてそちらを見ると、ガラスの向こうに小さな頭の輪郭が見えた。オスカルはカバーをめくった。彼がベッドを出るまえにエリがささやいた。「そこで待ってて。ベッドにいて。入ってもいい？」

オスカルはささやいた。「うん……」

「入ってもいい、っていって」

「入っていいよ」

「目を閉じてて」

オスカルはぎゅっと目を閉じた。窓が開き、冷たい風が吹きこんでくる。窓がそっと閉まった。オスカルはエリの息遣いを聞きながらささやいた。「もう見てもいい？」

「待って」

もうひとつの部屋でソファベッドがきしんだ。母が起きあがったのだ。オスカルがまだ目を閉じていると、毛布がめくられ、冷たい裸の身体が彼の横に入りこんできて、毛布をふたりの上にかけ、彼の背中でボールのように丸くなった。

オスカルの部屋のドアが開いた。

「オスカル？」

「むむむ」

「誰かと話してるの？」

「ううん」

母は戸口に立って耳をすましている。エリはオスカルの後ろで肩甲骨のあいだに額を押しつけ、じっとしていた。彼女の息が背中のくぼみを温めていく。

母が首を振った。

「きっとあのお隣さんね」母はもう少し耳をそばだて、それから「おやすみ、ぼうや」とつぶやいてドアを閉めた。

オスカルはエリとふたりだけになった。背中でエリがささやく。

「あのお隣さん？」

「しいっ！」

　母がソファベッドに戻り、スプリングのきしむ音がした。オスカルは窓を見た。ちゃんと閉まっている。

　冷たい手がオスカルのお腹の上を胸へと這ってきて、心臓の上に置かれた。オスカルは自分の両手をそれに重ね、エリの手を温めた。エリのもうひとつの手がオスカルのわきの下に入りこみ、それから胸へと上がって、彼の手のあいだにおさまる。エリは横を向き、オスカルの肩甲骨のあいだに頰をあずけた。

　新しいにおいが部屋に入ってきた。燃料を満タンにしたときの父のモペットのにおい。ガソリンのにおいだ。オスカルは頭をさげ、エリの手のにおいを嗅いだ。うん、エリの手はガソリンのにおいがする。

　彼らは長いこと、そうやって横たわっていた。母の息遣いからふたたび眠ったことがわかり、ふたりの手がすっかり温まって汗ばんでくると、オスカルはささやいた。

「どこにいたんだい？」

「食べに行ってたの」

　エリの唇がオスカルの肩をくすぐった。彼女は手を離し、仰向けになった。オスカルは少しのあいだ同じ姿勢でジーン・シモンズの目を見つめ、それからうつぶせになった。エリの頭の後ろでは、きっと壁紙のなかの小鬼や小人たちが好奇心を浮かべているにちがいない。大きくみひらかれたエリの目が、月の光に青みをおびてきらめいている。オスカルの腕に鳥肌が立った。

「お父さんはどうしたの？」

「行っちゃった」

「しいっ。でも、大丈夫」つい声が高くなった。

「だけど……いったい……お父さんは——？」

「大丈夫だったら」

オスカルはうなずき、もう何も訊かないことを示した。エリは両手を頭の下で組み、天井を見上げた。

「寂しくて。だから来たの。かまわなかった？」

「うん。でも……服を着てないよ」

「ごめん。いや？」

「ううん。でも、凍えないの？」

「うん、平気」

白い髪はすっかりなくなっていた。うん、エリは昨日会ったときより、ずっと健康そうだ。頬が丸くなり、えくぼもはっきり見える。オスカルは冗談でこう尋ねた。「〝恋人たちのキオスク〟の前を通りすぎたりしなかったよね？」

エリは笑い声をあげ、それからひどく陰気な幽霊みたいな声でこういった。「通りすぎたよ。そしたら、何が起こったと思う？　あのおじさんが顔をだしてこういったの。〝おいでぇ……おいでぇ……バナナのキャンディーがあるよぉ……〟って」

オスカルは枕に顔をうずめた。エリは彼のほうに顔を向け、耳のなかにささやいた。「おいでぇ……ジェリービーンズが……」

オスカルは枕のなかに叫んだ。「やめろよ！　やめろったら！」彼らは少しのあいだ、これをつづけた。それからエリは本棚にある本を見た。オスカルは自分の好きなジェイムズ・ハーバートの『霧』の内容を話してやった。うつぶせになって本箱を見ているエリの背中が、暗がりで白い紙のように光っている。

すぐ近くに手を置くと、オスカルはそれが放つ熱を感じた。彼は指を縮め、ささやきながら背中を歩かせた。「ブレリブレリボック。角はいくつ突きでてる？」

「ええと、八本？」

「当たり、八本だ。ブレリブレリボック」

つづいてエリがオスカルにも同じことをしたが、彼女と違ってオスカルは指の数をちっともあてられなかった。でも、ジャンケンは彼のほうがずっとうまくて、七対三で勝った。もう一度やると、今度は九対一で勝った。エリは少しいらいらしはじめた。

「何を出すかわかるの？」

「うん」

「どうやって？」

「ただわかるのさ。いつもそうなんだ。頭のなかにそれが浮かぶんだよ」

「もう一度やろうよ。今度は考えないでただ選ぶから」

「いいよ」

彼らはもう一度ジャンケンをした。オスカルは八対二で楽勝した。エリは怒ったふりをして、彼に背を向けた。

「もうやらない。インチキするんだもん」

オスカルは白い背中を見た。そんな勇気があるか？　うん、彼女が向こうを向いてるいまならできる。

「エリ、ぼくと付き合ってくれる？」

エリは振り向いて、毛布をあごまでかけた。

「どういう意味？」

オスカルは自分の前にある本の背表紙を見つめ、肩をすくめた。

「つまり、ぼくと一緒にいたいか、ってこと」

「〝一緒にいる〟って？」

冷たい、疑り深い声だ。オスカルは急いでこういった。「もしかして、もう学校に付き合ってる子がいるの？」

「ううん。いないけど……オスカル、付き合えないよ。女の子じゃないもん」

オスカルは鼻を鳴らした。「どういう意味さ。男の子だってこと？」

「ううん、そうじゃないけど」

「だったら、なんだい？」

「なんでもない」

「〝なんでもない〟ってどういう意味さ？」

「なんでもないんだ。子供でもないし、大人でもない。男の子でもないし、女の子でもない。なんでもない」

オスカルは『鼠』の背表紙を指でなで、唇をぎゅっと結んで首を振った。「付き合うのか、付き合わないのか、どっちだよ？」

「オスカル、付き合いたいけど……これまでみたいじゃだめなの？」

「……いいよ」

「悲しい？　そうしたければ、キスしてもいいよ」

「まさか！」

「したくないの？」

「うん、したくないよ！」

エリはけげんな顔をした。

「付き合う子と何か特別なことをするの？」

「べつに？」

「ただふつうにするだけ？」

「うん」

エリはふいに幸せそうな顔になり、腕をお腹の上で組んでオスカルを見つめた。

「だったら、付き合える。一緒にいられる」

「ほんと？」

「うん」

「よかった」

オスカルはお腹に静かな喜びが満ちるのを感じながら、本の背表紙を見つめつづけた。エリはじっと横たわって待っている。しばらくして彼女はこういった。「ほかにも何かある？」

「ううん」

「さっきみたいに一緒に寝られる？」

オスカルは寝返りを打ってエリに背中を向けた。エリは彼に腕をまわし、オスカルはエリの手を握った。ふたりはオスカルが眠くなってくるまでそうやって横になっていた。やがて目がしぶくて、開けているのがつらくなってきた。彼は眠りに落ちる寸前、こういった。

「エリ？」

「なに？」

「きみが来てくれてよかった」

「うん」

「どうして……ガソリンのにおいがするの？」

心臓のところでオスカルの手を握っている小さな手に力がこもり、エリは彼を抱きしめた。オスカルのまわりで部屋が大きくなり、壁と天井がやわらかくなって、床が落ちた。ベッドが空中に浮かんでいるのを感じ、彼は自分が眠ったことを知った。

十月三十一日　土曜日

夜のキャンドルが燃えつき、明るい一日が
霧のかかった山の頂につま先立っている。
わたしはここを去って、生きなくては。留まれば死があるのみ。
――ウイリアム・シェークスピア著『ロミオとジュリエット』三幕五場

灰色。すべてが灰色だ。彼の目は焦点を結ぼうとしない。雨雲のなかに横たわっているようだ。横たわってる？　そう、わたしは横たわっている。背中と尻とかかとに何かが押しつけられ、左手でシュウシュウという音がする。ガスだ。ガスが出ているんだ。いや、止まった。また出てくる。シュウシュウという音に合わせて、胸に何かが起こる。その音に合わせて胸が満たされ、からっぽになる。

まだプールにいるのか？　わたしが口にガスを付けられているのか？　だったら、なぜ目をさましているんだ。わたしは目をさましているのか？

ホーカンは瞬きをしようとした。が、何も起こらなかった。ほとんど何も。何かが片目の前でびくんと動き、さらに視界を曇らせただけだ。もうひとつの目は存在していない。彼は口を開けようとした。が、口もなかった。鏡に映った自分の口を思い浮かべ、開けようとしてみたが、口はなかった。何ひとつ彼の指示にしたがわない。石を動かそうと意識をそそぎこむようなものだった。手ごたえがまったくない。

顔全体がとても熱い。鋭い不安がみぞおちを突き刺した。彼の顔には温かい、固まっていくものが塗られていた。パラフィン・ワックスが。顔がそっくりワックスに覆われているので、機械が彼に呼吸させているのだ。

彼は右手に意識を送った。うむ。右手はある。それを開き、こぶしをつくり、指先を手のひらに感じた。感触がある。彼は安堵のため息をついた、いや、胸は彼の意志にしたがおうとしないから、安堵のため息を想像した。

彼はゆっくり手を上げた。胸と肩に締めつけられるような感覚がある。片手が視界に入ってきた。ぼやけたかたまりだ。彼はそれを顔へ近づけ、止めた。横から低いブザーのような音がする。そっと顔を向けると、何か固いものがあごをこすった。彼はそちらに手を動かした。

喉に金属のソケットが取りつけられ、ビニールの管がそこにはまっている。その管をできるかぎりたどった。溝のついた金属の部品で終わっているところまで。そして理解した。死にたければ、これを引き抜けばいい。彼らはわたしを生かすためにこれを取り付けたのだ。

彼は管の先端に指を置いた。

エリ。プール。少年。酸。

彼の記憶はジャムの瓶の蓋をはずしたところで終わっていた。あの中身を顔にかけたにちがいない。みな計画の一部だった。唯一の誤算は、まだ生きていることだ。昔見た写真が頭に浮かんだ。嫉妬深いボーイフレンドに襲われ、顔に酸をかけられた女性たちの顔が。自分の顔を見るどころか、それに触れるのも怖い。

右手に力をこめたが、管ははずれなかった。ねじりこんであるのだろう。金属の先端を回そうとすると、思ったとおり、それはまわった。彼はそれをまわしつづけた。左手を探したが、手があるところに感じたのはちくちく痛むかたまりだけだった。使える右手の指先に、ひらつくような軽い圧力を感じる。まわした金属シールの周囲から空気がもれていくのだ。シュウシュウという音がほんの少し弱くなった。

周囲の灰色の光に、点滅する赤いものがしみ込んできた。彼は片方の目を閉じようとしながら、ソクラテスと毒の瓶について考えた。ソクラテスはアテネの若者を誘惑したために毒殺された。忘れず雄鶏《コック》を差しだせ。ええと、彼はなんと呼ばれていた？　アーチマンドロス？　いや……。

空気を吸いこむような音とともにドアが開き、白いものを着た誰かが近づいてきた。ホーカンは自分の指がこじあけられ、金属の先端から剝がされるのを感じた。女性の声がいった。

「何をしてるの？」

アスクレピオスだ。忘れずアスクレピオスに雄鶏《ペニス》を差しだせ。

「離しなさい！」

ペニスを。医術の神、アスクレピオスに。

彼の指が離れると、シュウシュウという音がして、それから管がもとのようにねじりこまれた。

「これからは見張りをつけるわ」

彼に差しだせ。忘れるな。


目を覚ましたときには、エリの姿はなかった。彼は壁に顔を向けて横たわっていた。背中が冷たい。オスカルは片肘をついて身体を起こし、部屋を見まわした。窓が細く開いている。あそこから出ていったにちがいない。

裸で。

彼は寝返りを打ち、エリが眠っていた場所に顔を押しつけ、においをかいだ。何もない。鼻をシーツにこすりつけ、エリの存在のほんのかすかな名残でも嗅ぎとろうとしたが、何も残っていなかった。ガソリンのにおいさえしない。

あれは実際に起こったことか？　オスカルはうつぶせになって考えた。

うん。

実際に起こったことだ。エリの指がぼくの背中に触れた。そのときの感触ははっきり思い出せる。ブレリボック。小さいとき母さんがよくしてくれたゲームだけど、この感触は……

母さんのとは違う。そんなにまえのものじゃない。そう思うと興奮に腕とうなじの産毛が逆立った。

ベッドから出て着替えをはじめ、ズボンをはいて窓へ歩いていくと、雪はもうやんでいた。零下四度。よかった。雪が溶けはじめたら、ぬかるんで、チラシを入れた紙袋を外におけなくなる。

外の気温が零下四度のときに裸で外に這いだすところを想像した。雪に覆われた灌木のなかへと分け入り、その下の……。

違う。

オスカルは身を乗りだし、目をしばたたいた。

灌木の上の雪には、なんの跡もない。

昨夜、この窓の下に立っていたときに、オスカルは雪が坂道までずっと覆っているのを見た。いまもまったく同じように見える。彼はもう少し窓をあけ、頭を突きだした。灌木も、雪の覆いも、彼の窓のすぐ下まで達している。乱された跡はまったくない。

オスカルは外壁のざらつく表面沿いに左手を眺めた。エリの窓までは二メートルある。冷たい風がオスカルの裸の胸を吹きすぎていった。エリが自分の部屋に戻ってから、きっとまた雪が降ったんだ。それしか説明がつかない。それはともかく……考えてみると、エリはどうやってこの窓から入ることができたんだ？　灌木をよじ登ったのか？

だとすると、雪がこんなふうに積もっているはずがない。それにぼくがベッドに入ったとき、雪はもうやんでいた。エリの身体も髪も濡れていなかったから、彼女が来たときも雪が降っていたはずはない。エリはいつ帰ったんだ？
エリが帰ったとき、ここにいるあいだに雪がたくさん降って、その跡を消してしまったのか……。
オスカルは窓を閉め、着替えをつづけた。だけど、そんなの信じられない。やっぱりあれは夢だったんだろうか？　そう思いはじめたとき、メモが目に留まった。ふたつに折って机の時計の下にはさんである。オスカルはそれを取りだし、開いた。

それでは窓よ、光を入れ、命を送りだしておくれ。

ハートのマークと、それから、

今夜またね、エリ。

オスカルはそのメモを五回読んだ。それから机のそばに立って、これを書いているエリの姿を想像した。すぐ後ろの壁で、ジーン・シモンズが舌を突きだしている。
彼は机越しに身を乗りだすと、ポスターを壁からはがし、くしゃくしゃに丸めてごみ箱に放りこんだ。

それから短いメモをもう三回読んで、折りたたみ、ポケットに入れて、着替えを終わらせた。今日のチラシはひと組に五枚あるかもしれない。それでも朝飯まえだ。

その部屋は煙のにおいがした。埃の粒子がブラインドを通して差しこむ陽光のなかで躍っている。ラッケは目を覚ましたばかりで、仰向けに横になり咳きこんでいた。目の前の埃の粒子がおかしな具合に躍っている。喫煙者の咳だ。彼は寝返りを打ち、ナイトテーブルに手を伸ばして、吸殻のあふれた灰皿のすぐ横にあるライターと煙草の箱をどうにかつかんだ。

彼は煙草を一本もらった。キャメルのライト。ヴィルギニアは歳を取って健康に気を配るようになったらしい。火をつけて、ふたたび仰向けになり、頭の下に腕を入れ、この状況を考えた。

ヴィルギニアは二、三時間まえに仕事に出かけた。愛しあったあと、長いこと眠らずに煙草を吸いながら話していたから、おそらくかなり疲れていたにちがいない。ヴィルギニアが最後の煙草を置いて、もう眠る時間だといったときには、午前二時近くなっていた。ラッケはしばらくするとベッドを抜けだし、ボトルの底に残っていたワインを口のなかに流しこんで、ベッドに戻るまえに何本か煙草を吸った。そうしたのは、何よりも、たぶん、眠っている温かい身体の隣に這いこむのが、なんともいえず心地よいからだ。

いつも誰かが自分のそばにいる、そんな人生を送れるようにできなかったのは残念なことだ。もしも誰かがいるとしたら、それはヴィルギニアだったろうが……くそ、彼はほかの連中から、彼女がどんな生活を送っているか聞いていた。ジェットコースターのようだ、と。街のパブで飲みすぎると、誰でもかまわず家に引っ張りこむ。ヴィルギニアはそのことを話したがらないが、この何年かで彼女が必要以上に老けたことはたしかだ。

彼女とヴィルギニアが……なんだ？　すべてを売って、郊外に家を買い、自分たちが食べるじゃがいもをつくることができたら。ああ、だが、どうせ長続きしっこない。一カ月もすれば、ふたりとも相手を苛立たせるはめになる。それにヴィルギニアはこっちに母親がいるし、仕事もある。おれは……おれには切手がある。

そのことは誰も知らなかった。妹さえ知らない。だからラッケは少々罪悪感を抱いていた。父親が収集した切手は、遺産のなかに含まれていなかったのだが、鑑定してもらうと、ひと財産の価値があった。彼はそれに手をつけ、金が必要になると何枚か売ってしのいできた。いまは相場がさがっている。それにもう何枚も残っていない。だが、どうせもうすぐ売らなくてはならないのだから。あの特別なやつ、ノルウェーで最初に発行された切手を売って、このところおごってもらうばかりだったみんなに、ビールをおごるか。ああ、そうすべきだ。

郊外に家を二軒。コテッジでいい。すぐ近くに。コテッジはただ同然で買えるからな。だが、ヴィルギニアの母親がいる。コテッジを三軒だ。ヴィルギニアの娘のレーナもいるぞ。四軒か。くそ、ついでに村ごと買っちゃどうだ？

ヴィルギニアが幸せなのは、おれといるときだけだ。彼女自身がそういってる。おれは幸せになれる能力を持っているかどうかわからないが、一緒にいたいと思うのはヴィルギニアだけだ。だったら、どうしてなんとか一緒に過ごせるようにできないんだ？

ラッケは灰皿を腹にのせ、煙草の先の灰を落として深々と煙を吸いこんだ。

最近の彼が一緒にいたいのは、ヴィルギニアだけだ。ヨッケが……消えてからは。ヨッケはいいやつだった。知り合いのなかで、あいつだけは友達だと思えた。死体がどこにあるかわからないなんて、まったくひどい。自然じゃない。少なくとも、葬式ぐらいはしてやるべきだ。遺体があれば、それを見てこういえる。〝ああ、そこにいたか、友よ。おまえは死んだんだな〟と。

ラッケの目がうるんだ。

みんなにはくだらない友達がたくさんいて、ばかげた言葉をやりとりをしている。ラッケにはひとりしかいなかった。たったひとり。その男を冷酷な追いはぎか何かに奪われてしまったのだ。どうしてその子は、ヨッケを殺さなくてはならなかったんだ？

ラッケには、イェースタの話が嘘でもでっちあげでもなく、ヨッケが死んだことがわかっていた。だが、あんな死に方はあまりにも無意味じゃないか……おそらくドラッグが関わっているという以外、納得のいく説明などひとつもない。ヨッケはドラッグ・ディーラーとなんらかの関わりを持ち、間違った相手を裏切ったにちがいない。それにしても、なんだってやつは、何も話してくれなかったんだ？

アパートを出るまえに、ラッケは灰皿をからにして、からっぽのワインボトルをパントリーに運んだ。ほかのボトルのなかに入れるには逆さにしなくてはならなかった。

ああ、くそ。コテッジが二軒。小さなじゃがいも畑。膝に泥をつけて、春にはヒバリが鳴く暮らし。そういう暮らしを、いつかするとしよう。

彼はコートを着て、外に出た。〈ＩＣＡ〉の前を通るときに、レジにいるヴィルギニアにキスを投げた。彼女は微笑して、キスを返すように口をとがらせた。

イブセンガタンに戻る途中で、彼はふたつの大きな紙袋を運んで行く少年を見かけた。同じ団地に住んでいる子供だが、名前はわからない。彼は少年に声をかけた。

「ずいぶん重そうだな」

「そうでもないよ」

ラッケはその少年がどうにか紙袋を持って、近くの建物に向かうのを見送った。とても幸せそうだ。おまえも見倣うべきだぞ。自分の重荷を受け入れ、喜んでそれを運ぶ。

ああ、そうすべきだ。

中庭に入ると、彼はこのまえウイスキーをおごってくれた男に出くわすのを期待して少しぶらついた。あの男はときどきこの時間に起きて外に出てきては、中庭をぐるぐるまわる。だが、この二日ばかりはとんと見かけない。ラッケはその男が住んでいるとおぼしきアパートに目をやり、ブラインドのおりた窓を見上げた。

おそらくあそこで飲んでいるんだろう。ああ、きっとそうだ。行って、呼び鈴を押すか？

そのうちな。

暗くなりはじめるころ、トンミと母は墓地に行った。父の墓地はロクスタ湖の堤防のすぐ内側にある。母はカーナンヴェーゲンに達するまで黙りこんでいた。父の死を悲しんでいるからだと思っていたのだが、湖と並行に走っている小道にあがると、咳払いしてこう切りだした。「あのね、トンミ」

「なんだい？」

「スタファンはアパートからなくなったものがあるというの。このまえわたしたちが訪ねてから」

「へえ」

「そのことを何か知ってる？」

トンミは片手で雪をすくい、それを丸めて木に投げた。命中だ。

「うん。バルコニーの下にあるよ」

「彼にとってはとても大切なものなのよ。なぜかというと……」

「バルコニーの下の茂みにある、っていったろ」

「どうして、そんなところにあるの？」

雪に覆われた墓地の壁の一部が見えてきた。柔らかい赤い光が、下からマツの木を照らしている。トンミの母が手にした墓地のランタンがカチカチと音をたてた。トンミは尋ねた。

「火はあるの？」

「火？　ええ、ライターを持ってるわ。でも、どうしてそれが――」

「ぼくが落としたんだ」

墓地の門のなかに入ると、トンミは立ち止まって地図を見た。異なる区画が異なるアルファベットで記されている。父の墓はD区画だった。

それを考えると、実際、ぞっとする。遺体を焼いて、灰を残し、それを地面に埋め、〝D区画の一〇四番墓地〟と呼ぶなんて。

父が死んでから、もう三年近くになる。葬儀の記憶はぼんやりしていた。棺があって、たくさんの人々が泣いたり歌ったりしていた。

トンミは大きすぎる靴をはいていた。父の靴を。そのせいで帰る途中、靴のなかで足が滑った。棺が怖かったことも覚えている。葬式のあいだずっと座ってそれを見つめていた。父が生き返り、そこから起きあがるにちがいないと思った。それまでとは……変わった人間になって。

葬式から二週間というもの、彼はいつ父のゾンビに出くわすかとびくついて過ごした。とくに暗くなったあとは影のなかをのぞき、病院のベッドにいたしなびた姿がそこにいる、もう父ではなくなったものが、映画のゾンビみたいに両手を突きだして向かってくるような気がしたものだ。

母とふたりで骨壺を埋葬すると、その恐怖は消えた。そのときは彼と母と墓掘りと牧師しかいなかった。母を慰めている牧師の前を、墓掘りがおごそかに壺を運んでいった。そのすべてがとんでもなくばかばかしかった。大工みたいな作業着姿の男が蓋付きの小さな木箱を運んでいく。

これは父とはまったく関係のない儀式、ひどいジョークだ。

だが、とにかく恐怖はなくなり、トンミと父の墓の関係は変わっていった。いまでは、ときどきひとりでここに来て、しばらくのあいだ墓石のそばに座り、そこに彫られた父の名前に指を走らせる。彼が来るのはそのためだった。土のなかに埋まっている箱のためではない。名前のためだ。

病院のベッドにいた変わりはてた男も、箱のなかの灰も父ではなかった。だが、墓石にある名前は、彼が覚えている人物のものだ。だから彼はときどきそこに座って、石のなかに彫られたそれを指でなでる。マルティン・サミュエルソンという名前をつくっているくぼみを。

「なんて美しいの」母がいった。

トンミは墓地を見渡した。

まるで飛行機から見える夜の街の景色みたいに、小さなキャンドルがいたるところで燃え、あちこちの墓石のあいだで黒い姿が動いている。母はランタンをさげて、父の墓地がある方向に歩きだした。トンミはその細い背中を見て、急に悲しくなった。自分のためではなく、母のために。みんなのために。雪のなかでちらつく明かりを手にここにやってくる人々のために。まるで影のように墓石のそばに座り、そこにある文字を見て、それに触れる。何もかもとても……ばかげている。

死んだらおわり。行ってしまうんだ。

それでもトンミは母のところに行き、父の墓にしゃがんで、母がランタンに火をつけるのを待った。母がいるところでは、墓石の名前には触れたくない。

ふたりはしばらくそうやって座り、ちらつく弱い光で大理石の墓石にできる影が這うように動くのを見守った。トンミはばつの悪さ以外、何も感じなかった。この茶番に自分が付き合っていることが恥ずかしかった。一分もすると、彼は立ちあがり、家に向かって歩きだした。

母もしたがってきた。彼にいわせれば、少しばかり早すぎる。ひと晩じゅうそこに座って泣いていてもいいくらいなのに。母は彼に追いついて、おそるおそる腕を取った。トンミは振り払わず、好きなようにさせておいた。ふたりはロクスタ湖を眺めながら並んで歩いた。湖には氷が張りはじめている。この寒さがつづけば、すぐにスケートができるようになるだろう。

ギターのリフレインのようにしつこく、ひとつの思いが彼の頭を占領していた。

死んだらおわり。死んだらおわり。死んだらおわり。

母がぶるっと震え、身を寄せた。

「ひどい話」

「そう思う?」

「ええ。スタファンはとてもひどいことをわたしに話すの」

スタファン。またあいつのことか? しかも、よりによってここで……。

「へえ」

「エングビューで燃えた家の話を聞いた？　女性が……」

「うん」

「スタファンがいうには、警察は遺体を解剖したんですって。ひどいわね。そんなことをするなんて」

「ああ、そうだね」

カモが薄氷の上を、湖に流れこむ排水路の前の凍っていない水のほうへと歩いていく。夏になると釣れる小魚は、下水のにおいがする。

「あの排水路はどこから来るのかな？」トンミは尋ねた。「火葬場からかな？」

「さあね。この話を聞きたくないの？　残酷すぎる？」

「ううん。そんなことないよ」

母は森を抜けて家まで歩きながら、彼に話して聞かせた。しばらくするとトンミは興味を持ち、質問しはじめたが、スタファンが話してくれたことしか知らない母には答えられなかった。実際、トンミがすっかり夢中になってあれこれ訊いてくるので、母のイヴォンヌはこの話を持ちだしたことを悔やんだくらいだった。

その夜遅く、トンミはシェルターの荷箱に座って、手にした彫像をまわし、じっくり眺めていた。彼は三つ重ねてあるカセットデッキ入り段ボール箱の上に、銃を撃っている男の彫像を置いた。トロフィーのように。飾りのチェリーのように。

警官から盗んだんだぞ！

彼は鎖と南京錠で注意深くシェルターを閉め、鍵を隠し場所に戻して、クラブハウスの椅子に座った。そのあいだも、母が話してくれたことを考えていた。しばらくすると、廊下をためらいがちな足跡が近づいてきて、ささやくような声がした。「トンミ？……」

彼は肘掛け椅子から立ちあがり、急いでドアを開けた。オスカルが外に立っていた。びくついているようだ。オスカルは紙幣を一枚差しだした。

「ウォークマンのお金」

トンミは五十クローナ札を受けとり、ポケットに突っこんで機嫌のよい笑みを浮かべた。

「ここの常連になる気か？　入れよ」

「ううん。もう行かなきゃ……」

「入れといったんだぞ。ちょっと聞きたいことがあるんだ」

オスカルはソファに座って手を組んだ。トンミは肘掛け椅子に戻り、オスカルを見た。

「オスカル。おまえは頭がいい」

オスカルは控えめに肩をすくめた。

「エングビューで燃えた家のことを知ってるな？　炎に包まれて庭に走りでてきた婆さんのことを？」

「うん。新聞で読んだ」

「そうだろうな。新聞には解剖のことが書いてあったか？」

「ぼくが読んだ記事にはなかったよ」

「そうか。まあ、彼らはしたんだ。解剖を。すると何がわかったと思う？　婆さんの肺には煙がなかった。それがどういう意味かわかるか？」

オスカルは考えこむ顔になった。

「息をしてなかったんだ」

「そのとおり。そして息を止めるのはいつだ？　死んだときだ。そうだな？」

「うん」オスカルは勢いこんで答えた。「何かで読んだことがある。だから、火事のときはいつも解剖するんだ。おかしなことが何も行われてないのを確認するために。殺しがばれるのを恐れて誰かが火をつけたんじゃないことを確認するためにね。うん、そういう記事を読んだよ。《ホーム・ジャーナル》で。イギリスで奥さんを殺した男は、これを知ってたから、火をつけるまえに喉に管を入れて、煙が――」

「わかった、わかった。つまり知ってるんだな。よかった。だが、この事件では、肺のなかに煙がまったくなかった。それなのに婆さんは庭に出てきて、死ぬ前に少しのあいだ歩きまわったんだ。どうしてそんなことができる？」

「息を止めてたんだよ、きっと。ううん、もちろん、そんなの無理だ。ずっと息を止めとくなんて無理だもん。それも何かで読んだことがある。だからみんないつも……」

「わかった、わかった。こいつを説明してくれ」

オスカルは両手を頭の後ろで組んで、必死に考えた。それからこういった。「解剖した人たちが間違ってるか、さもなければ、そのお婆さんは死んでいたのに歩きまわったか、どっちかだ」

トンミはうなずいた。「そのとおりだ。だが、解剖する連中は、そんな間違いはおかさないと思うな。おまえはどう思う？」

「うん。だけど……」

「死ねばおわりだ」

「うん」

トンミは肘掛け椅子からほつれた糸を引き抜き、人差し指と親指で丸めて弾き飛ばした。

「少なくとも、おれたちはそう思いたがってる」

第三部　雪が、肌に解ける

そしてわたしの手に自分の手を重ね、
喜びに満ちた物腰で、わたしを慰め、
隠れて見えない営みのなかへと導いてくれた。

——ダンテ・アリギエーリ著『神曲、地獄篇、第三の歌』

〝おれはシーツじゃない。本物の幽霊だ。どろん……どろん……おまえたちは怖がるべきだぞ！〟
〝でも、怖くなんかないよ〟

——ナチョナールティオ、『キャベツロールとアンダーウェア』

十一月五日　木曜日

モルガンの足は凍っていた。ロシアの潜水艦が見つかったのとちょうど同じころに寒波が到来し、この一週間はさらに寒くなっていた。彼がこよなく愛する古いカウボーイブーツは、厚い靴下でははけないうえに、片方の靴底に穴があいているのだ。百もだせばメイド・イン・チャイナのブーツを買えるだろうが、そんなものをはくよりは、むしろ寒いのをがまんするほうがいい。

いまは朝の九時半で、彼は地下鉄の駅から家に帰るところだった。手伝いが必要なら、二、三百稼がせてもらおうと、ウルブスンダの廃車置き場に出かけたのだが、あまり景気がよくなかった。今年の冬は、新しいブーツを買えそうもない。仕方なく、ピンナップ・カレンダーを貼った予備の部品やカタログがあふれるオフィスで、みんなとコーヒーを一杯飲んだだけで地下鉄の駅に戻ったのだった。

ラリーが高層アパートのあいだから出てきた。いつものように、ついさっき死刑の宣告を受けたような顔色だ。

「おはよう、ラリー」モルガンは声をかけた。

ラリーは今朝目を覚ましたときからモルガンがこの時間にそこに立つことを知っていたように、こくんとうなずいて近づいてきた。

「やあ。景気はどうだ？」

「足の指が凍ってるし、おれの車は廃車置場にある。仕事にはありつけず、これから家に帰ってインスタントスープで朝飯だ。あんたは？」

ラリーは公園のなかの小道をビョルンソンスガタンのほうへ歩きつづけながらいった。

「ヘルベルトの見舞いにいこうと思ってな。来るか？」

「意識がちゃんと戻ったのか？」

「いや、おそらくこれまでと同じだろう」

「だったら、やめとくよ。ああいうのを見ると気が滅入る。このまえ行ったときは、やつのお袋さんだと間違われて、お話をねだられたんだぜ」

「してやったのか？」

「ああ。『ゴルディロックスと三匹の熊』のひとつをな。だが今日はそういう気分じゃないんだ」

彼らは歩きつづけた。ラリーが分厚い手袋をしているのを見て、モルガンは自分の手が凍っているのに気づき、それを――少々むずかしかったが――デニムのジャケットのちっぽけなポケットに突っこんだ。ヨッケが消えたガード下の通路が見えてきた。

　たぶん、その話題を避けるためにだろう、ラリーがいった。「今朝の新聞を見たか？　フェルディンはロシアの潜水艦には核兵器が搭載されてるといってるぞ」

「彼らが何を持ってると思ったんだ？　ゴムのパチンコか？」

「いや。だが……見つかってからもう一週間になる。あの潜水艦が爆発したらどんなことになる？」

「心配するな。ロシア人は核兵器の扱いを心得てるさ」

「おれは共産主義者じゃないんでな」

「おれがそうだっていうのか？」

「こういおうじゃないか？　あんたはこのまえの選挙でどっちに投票した？　自由党か？」

「だからって、おれがモスクワに忠誠を誓ってることにはならないさ」

　この話題は彼らにとってはおなじみのものだった。そしていま、ふたりはガード下に近づきながら、それを見ず、考えずにすむように、型通りのセリフを口にしていた。それでもさすがに道路の下を歩くときは自然と言葉がきれ、どちらからともなく立ち止まった。積もった枯葉は積もった雪に変わり、その形がふたりを落ち着かない気持ちにさせた。ラリーが首を振った。

「どうすればいいと思う？」

　モルガンは身体を温めておくために足踏みしながら、両手をもっと深くポケットに突っこんだ。

「何かができるのは、イェースタだけさ」

ふたりはイェースタのアパートのほうを見た。カーテンのない窓は、ひどく汚れている。ラリーが煙草を差しだし、モルガンは一本取った。ラリーも一本取り、ふたりの煙草に火をつけた。彼らはそこに立って、煙草をくゆらせながら、雪の吹き溜まりを見つめて考えていた。しばらくすると、子供たちの声が聞こえてきた。

スケートとヘルメットを持った子供たちが、いっせいに学校から出てきた。軍人のような髪型の男が彼らを率いている。子供たちは腕の長さの間隔をあけて、まるで行進するように歩いてくる。彼らはラリーとモルガンを通りすぎた。モルガンは同じ建物の子供を見つけて声をかけた。

「戦争にいくのか？」

その子は首を振り、何かいおうとしたものの、遅れるのを恐れて通り過ぎた。病院のほうへ向かっていく。おそらく野外学習に行くところだろう。モルガンは煙草を踏み消し、両手を口にあてて叫んだ。「空襲だ！　隠れろ！」

ラリーがくすくす笑いながら煙草を消す。

「やれやれ。ああいう教師がまだ存在しているとは思わなかったな。コートにすら気をつけの姿勢をとらせたがるような。一緒に来るか？」

「いや。今日はやめとく。だが、あんたは行ってくれ。急げばあの連中と一緒に行進できるぞ」

「ああ、あとで」

彼らはガード下で別れた。ラリーは子供たちと同じ方向へ、もっとゆっくり歩いていく。モルガンは階段を上がった。すっかり身体が冷えてしまった。インスタントスープもそんなに悪くないぞ。牛乳をたっぷり入れればとくに。

オスカルは担任と一緒に歩いていた。誰かに話さずにはいられない気持ちだった。話し相手になってくれそうなのは、マリー＝ルイーズ先生だけだ。それでも、できればグループを変えていただろう。ヨンニとミッケがこういう野外学習で歩くグループを選ぶことはまずないのに、今日はふたりともこちらを選び、おまけに今朝、オスカルを見ながら何やらささやいていたから。

だからオスカルは先生と歩いた。自分を守るためか、それとも大人と話す必要があるからか、自分でもよくわからなかった。

彼はもう五日間、エリと付き合っている。ふたりは毎晩、外で会った。オスカルはいつもヨハンのところに行くと母にいって家を出た。

昨夜は、またエリが窓から入ってきた。ふたりは長いこと眠らず、面白い話で相手を楽しませた。ひとりが口をつぐむともうひとりが新しい話をはじめる、という具合に。それからおたがいの腕のなかで眠り、朝になるとエリは消えていた。

オスカルのポケットのなかには、すっかりよれよれになった古いメモの隣に、今朝目が覚め、学校に行く用意をしているときに机の上で見つけた、新しいメモがおさまっている。

〝わたしはここを去って、生きなくては。留まれば死があるのみ。きみのエリ〟

エリの説明で、これが『ロミオとジュリエット』の引用だということは、もうわかっている。エリは最初のメモに書いたのもそこから取った文章だ、と教えてくれた。オスカルは学校の図書館で、その本を確かめ、『ロミオとジュリエット』はかなり気に入った。でも、彼には理解できない言葉がたくさん出てくる。「月の与える処女のお仕着せは、青ざめた緑色《ハー・ヴェスタル・リヴァリー・イズ・バット・シック・アンド・グリーン》」エリはこの言葉の意味が全部わかるんだろうか？

ヨンニとミッケは女の子たちと、オスカルと先生の二十メートル後ろを歩いてくる。彼らは保育園《ディ・ケア》の子供たちが空気を切るような声をあげながらそりで遊んでいる、チャイナ・パークを通り過ぎた。オスカルは雪のかたまりを蹴飛ばし、声を落とした。「マリー＝ルイーズ」

「なあに？」

「恋をしてるって、どうしてわかるの？」

「そうね……」

先生は両手をダッフルコートのポケットに突っこんで、ちらっと空を見た。何度か学校に来て、先生を待っていたことがある男の人のことを考えているんだろうか？　オスカルはちらっとそう思った。オスカルはその男の外見が気に入らなかった。なんだかきみの悪い男に見えたのだ。

「それはあなたが誰かによるわ。でも……これだけはいえると思うの。少なくとも……これがいつも一緒にいたい人だと本気で思ったとき」

「つまり、その人がいなければ生きていられないと感じたとき？」

「ええ、そのとおりよ。おたがいがいなければ生きられないふたり……それが愛じゃない？」

「『ロミオとジュリエット』みたいに」

「ええ。そして障害が大きければ大きいほど……その芝居を見たことがあるの？」

「本を読んだんだ」

マリー＝ルイーズはオスカルを見てにっこり笑った。いつもは好きな笑顔だが、いまは少しばかり落ち着かない気持ちになり、急いでこういった。「それが男どうしだったら？」

「友情になるわね。それも愛のひとつの形よ。それとも、あなたが聞きたいのは……まあ、男どうしでもそういう意味で愛しあうことはできるわ」

「どうやって？」

マリー＝ルイーズは声を落とした。

「べつに悪いことじゃないけど……それについてもっと話したければ、ほかのときにしましょう」

彼らは何歩か黙って歩き、クヴァルンヴィーケン湾へとおりていく丘に着いた。〝幽霊の丘〟だ。先生はマツ林のにおいを肺いっぱいに吸いこんでからいった。「誰かと同盟を結ぶとか、誓いを交わすことはできるわ。あなたが男の子でも、女の子でも、何かふたりだけの言葉を口にして誓いを交わすの。あなたとその相手、ふたりだけで」

オスカルはうなずいた。女の子たちの声が近くなってきた。もうすぐみんなでやってきて先生の注意をさらってしまうだろう。たいていはそうなる。彼はコートが触れあうほど先生の近くを歩きながら尋ねた。

「ひとりの人間が、同時に女の子と男の子の両方になることができる？　どちらでもないとか？」

「いいえ、人間はできないわ。動物のなかには……」

ミケルが駆け寄ってきて、かん高い声で叫んだ。「先生！　ヨンニが背中に雪を入れたの！」

彼らは丘の中腹にいた。まもなく女の子たち全員が先生を囲み、ヨンニとミッケがしたことを告げていた。

オスカルは歩みをゆるめ、何歩かさがって振り向いた。ヨンニとミッケは丘の上に立っている。オスカルに手を振ったが、オスカルは振り返さなかった。その代わりに、小道の横にある大きな枝をつかみ、歩きながら小枝を取り払った。

彼はこの丘のあだ名の由来である、幽霊がでるという建物を通りすぎた。波型鉄板の壁の巨大な倉庫は、小さなマツのあいだではまるで場違いに見える。丘に面した壁に、誰かがスプレーを使って大きな文字でこう書いていた。〝そのモペットをくれ〟

女の子たちと先生は、水際沿いの小道で鬼ごっこをはじめた。オスカルはそこに行くつもりはなかった。ヨンニとミッケが後ろから近づいてくるのはわかっている。オスカルは拾った枝をぎゅっと握りしめ、歩きつづけた。

今日はとてもいいお天気だった。数日前に張った氷は、アヴィラ先生が引率してきた生徒たちが滑れるほど厚くなっている。ヨンニとミッケが歩く組に加わりたいといったとき、オスカルは家に走って戻り、スケート靴を取ってきてグループをかえようかと真剣に考えたくらいだ。だが、新しいスケート靴はこの二年買っていない。古い靴はたぶんもうはけないだろう。

それにオスカルは氷が怖かった。

小さいころ父とセーデルスヴィクに出かけたときに、魚のトラップを調べに行った父の足先で氷が割れたことがあった。栈橋に残っていたオスカルは、父がそのなかへ落ちるのを見た。父の頭が水面から消えたときは、どれほど怖かったことか。オスカルは誰もいない栈橋で、声をかぎりに助けを呼んだ。さいわいポケットに氷を割るピックを持っていた父は、それを使って水から身体を引きあげることができた。だが、そのあとオスカルは氷の上に出ていくのが嫌いになった。

誰かが彼の腕をつかんだ。

すばやく振り向くと、先生と女の子たちはいつのまにか小道のカーブをまわり、丘の向こう側に消えていた。ヨンニがいった。「ピギーは風呂に入るんだ」

オスカルは手にした枝をしっかり握った。これが彼の唯一のチャンスだ。彼らはオスカルを持ちあげ、氷のほうへ引っ張りはじめた。

「ピギーは糞みたいに臭いからな。洗う必要がある」

「放せよ」

「あとでな。落ち着け。あとで放してやるよ」

彼らは氷に達した。両足を踏ん張ろうにも、氷の上には何もない。ヨンニとミッケは彼を後ろの、サウナ風呂にみたてた穴のほうへとひきずっていく。オスカルのかかとが、雪の上にふたつの筋をつくり、彼が持っている枝がそのあいだにかかとよりも浅い線を描いていく。

遠くの氷の上に、動いている小さな人影が見えた。オスカルは叫んだ。助けを呼んだ。

「好きなだけ叫べよ。誰かが来て間に合うようにおまえを引きあげてくれるかもな」

わずか二、三歩離れた氷のなかに、黒い水の穴が見えた。オスカルは全身の筋肉をこわばらせ、鋭く身体をひねって横に身を投げた。ミッケの手が彼から離れた。オスカルはヨンニの腕からぶらさがったまま、枝をそのすねに向かって振った。大きな枝は、脚にあたった瞬間もう少しで彼の手から吹っ飛びそうになった。

「いて、くそ！」

ヨンニが手を離し、オスカルは氷の上に落ちた。彼は枝を両手に持って、穴の端で立ちあがった。ヨンニはすねをつかんでいる。

「ちくしょう！　頭にきたぞ……」

走って体当たりをくらわし、自分も穴のなかに落ちるのが怖いのだろう。ヨンニはゆっくり近づきながら、枝を指さした。

「それをおけ。さもないと殺すぞ。わかったか？」

オスカルは歯を食いしばった。ヨンニは腕の長さぐらいしか離れていない。オスカルは彼の肩めがけて枝を振った。ヨンニが腰を落としてそれをよけた拍子に、太いほうの先端がまともに耳にあたり、オスカルは両手に鈍い衝撃を感じた。ヨンニは大声をあげながらボウリングのピンのように横に倒れた。

その二、三歩後ろにいたミッケが、両手を前に差しだし、あとずさりはじめた。

「なんだよ……からかおうとしただけじゃないか……本気で落とすつもりじゃ……」

オスカルはミッケに近づき、低いうなりを発しながら枝を横に振った。ミッケがきびすを返して岸へ逃げだす。オスカルは立ち止まり、枝をおろした。

ヨンニは横向きにちぢこまって、片手を耳に押しつけている。その指のあいだから、血が滴り落ちていた。オスカルは謝りたかった。これほどひどいけがをさせるつもりはなかったのだ。すぐそばにしゃがみこんで枝で身体を支え、「ごめん」といおうとすると、ヨンニが〝見え〟た。

胎児のように身体を丸め、「痛いよ、痛いよ、痛いよ」と泣きべそをかいているヨンニは、とても小さく見えた。大きな血のしずくが、襟のなかへ流れこんでいく。彼はゆっくり頭を前後に振っていた。

オスカルは驚きに打たれてヨンニを見つめた。

氷の上で血を流している小さな子供は、オスカルに何をすることもできない。彼を殴ることも、からかうこともできない。自分を守ることさえできない。

もう二、三度、この枝でたたけば、すっかり終わりになる。

オスカルは枝を突いて立ちあがった。興奮が引いていき、胃の底から吐き気がこみあげてきた。たいへんだ。こんなに血がでるなんて、よほどひどいけがをしたにちがいない。このまま死んじゃったらどうしよう？　オスカルは氷の上に座って靴を脱ぎ、ウールの靴下を脱いでヨンニのそばに這っていくと、耳を押さえている片手をつつき、靴下をそのなかに押しつけた。

「ほら、これをあてて」

ヨンニは靴下をつかみ、けがをした耳にあてた。オスカルは氷の上を見渡した。誰かが、大人がこちらに滑ってくる。

そのとき、遠くで鋭い悲鳴があがった。ひとつのかん高い、絹を裂くような悲鳴が響き、二、三秒後、残りの悲鳴がそれに加わった。子供たちがパニックを起こして叫んでいるのだ。オスカルのほうに滑ってきた大人が止まり、つかのまためらったあと、きびすを返して悲鳴のほうへと戻っていく。

オスカルはまだヨンニのそばにひざまずいていた。雪が解け、膝を濡らす。ヨンニは目をぎゅっと閉じて、食いしばった歯のあいだから弱々しい声をもらしている。オスカルはその顔に顔を寄せた。

「歩ける？」

ヨンニが何かいおうとして口をあけると、黄色と白の何かが唇のあいだから噴きだし、雪を汚した。オスカルの片手にも何滴かかかった。彼は自分の手の甲で震えているどろりとしたそのしずくを見て、本気で怖くなり、枝を落として助けを呼ぶために岸へと走りだした。病院のすぐそばで子供たちがあげている悲鳴が大きくなる。彼はそのほうへ走った。

アヴィラ先生ことフェルナンド・クリストバル・デ・レイェス・イ・アヴィラは、スケートが好きだった。そう、スウェーデンに関して何よりもありがたいことのひとつは、冬が長いことだ。ヴァーサ・クロスカントリー・スキー大会には、もう十年も欠かさず出場している。群島のあいだの海に分厚い氷が張る時期には、週末ごとに車でグレーデ島に行き、氷が許せばセーデラルムのほうまで滑る。

群島の周囲の海が最後に凍ってから三年になるが、今年は冬が早いから、希望が持てる。もちろん、海が凍れば、グレーデ島はスケート好きで大混雑になるが、それは昼間の話。アヴィラは夜滑るのが好きだった。

ヴァーサの競技会も悪くないが、競技中の彼は、いわば突然大移動を決意した千もの蟻の群れの一匹でしかない。しかし、月の光に照らされ、広々とした海の上をひとりで滑るのは、それとはまったくべつの気分だ。フェルナンド・アヴィラはあまり熱心なカトリック信者とはいえないが、そういうとき、彼は神を身近に感じる。

金属の刃がリズミカルに氷を削る音、氷に鉛のような輝きを与える月の光。冷たい風がうなりをあげて顔に吹きつける。頭上には永遠の彼方にある星がきらめき、どこを見ても果てしなくつづく氷と夜が広がっている。これ以上の広がりはありえない。

小さな子供が彼の脚をひっぱっていた。

「先生、おしっこ」

アヴィラはスケートの夢から覚めて周囲を見まわし、岸辺で水の上に枝を広げている木立のほうを示した。葉を落とした枝がくもの巣のようにからまり、自然の遮蔽カーテンのように張りだしている。

「あそこでしておいで」

少年は木立に目を凝らした。

「氷の上で?」

「そうだよ。どうしていけない? 新しい氷ができるぞ。黄色いやつが」

少年は頭のイカれた男を見るようにアヴィラを見たものの、木立に向かって滑っていった。

アヴィラはあたりを見まわし、もっと年上の生徒たちがあまり遠くまでさまよい出ていないことを確認した。二、三度力強く蹴り、滑りながら全体の状況をざっと把握し、子供たちを数える。よし、九人。それと小便をしにいった生徒で、十人だ。

彼は向きを変え、クヴァルンヴィーケンの方角を見て、止まった。

向こうで何かが起こっている。何人かが何かどこかへ近づいていく。氷に穴が開いている場所にか？　穴があるしるしに、小さな木々を立ててある場所に？　アヴィラが立って見ていると、そのグループが分かれた。ひとりが枝を持っているのが見えた。

枝が空を切り、少年のひとりが倒れた。アヴィラはその子があげた吠えるような声を聞いて、もう一度自分のグループを確認してから、急いで穴のそばにいる子供たちへと近づいていった。ひとりは岸へ走っていく。

そのとき悲鳴が聞こえた。

彼のグループの子供の鋭い悲鳴が。彼はスケートの刃で雪をまき散らして急停止した。穴のそばにいるのは上級生だ。たぶんオスカルもいる。年上の子供たちだ。自分たちでなんとかできる。彼の受け持ちはもっと小さい生徒たちだ。

悲鳴はさらに鋭くなり、彼がきびすを返してそちらに向かうあいだにも、さらに多くの悲鳴が起こった。

くそ！

彼が離れているあいだに何かが起こったのだ。神よ《コホネス》、どうか氷が割れたのではありませんように。彼は全速力で雪の渦を巻きながら悲鳴の源へと滑っていった。たくさんの子供たちが集まり、まるで合唱か何かのようにヒステリックに叫んでいる。ほかの子供たちも集まっていく。病院のほうから大人がひとり、氷のほうへおりてくるのが見えた。

最後に二、三度強く蹴ると、ようやくたどり着き、彼は子供たちのジャケットに細かい氷の粉を飛ばして急停止した。生徒たちはみな網状の枝のすぐそばに集まって、氷を見下ろし、叫んでいる。

アヴィラは近づいた。

「どうしたんだ？」

子供のひとりが氷を指さした。そのなかに凍っているものを。それは片側に赤い線の入った、凍った茶色い草のかたまりに見えた。それとも轢かれたハリネズミか？　そちらにかがみ込んでよく見ると、それは頭だった。人間の頭だ。氷に閉じこめられた頭のてっぺんと額だけが見える。

彼がさきほどここで小便しろと送りだした子供が、そこから数メートル離れた氷の上に座りこみ、泣きじゃくっていた。

「ぼ、ぼ、ぼく、こ、これを見つけたの」

アヴィラは身体を起こした。

「みんなここを離れろ！　全員、岸にあがるんだ！　急げ！」

子供たちも氷で固まっているかのようだった。小さい生徒たちは泣きつづけている。アヴィラは笛を取りだし、鋭く二度吹いた。悲鳴がやんだ。彼は二、三度氷を蹴って子供たちの後ろに立ち、彼らを岸へと追いたてた。子供たちはおとなしくしたがった。五年生の生徒ひとりだけがまだその場を離れず、好奇心に満ちた目でかたまりをのぞき込んでいる。

「きみもだ！」

アヴィラはその生徒に岸へ行けと片手で合図した。そして生徒たちが全員岸にあがると、病院からおりてきた女性にいった。「警察を呼んでくれ。救急車も。氷のなかに死体がある」

その女性は病院に駆け戻った。アヴィラは子供たちを数え、ひとり欠けていることに気づいた。頭に出くわした少年がまだ氷の上に座って両手で顔を覆っている。アヴィラはそのそばに滑っていき、脇の下に手を差しこんで持ちあげた。少年が向きを変え、両腕をアヴィラにまわす。アヴィラはまるで壊れものを扱うようにやさしく少年を抱き、岸へと運んだ。

「彼と話せないか？」

「彼は話せませんよ」

「ああ。だが、こちらがいうことはわかるはずだ」

「そう思いますが、しかし……」

「ほんの二、三分でいいんだ」

視界をかすませる霧を通して、黒っぽい服を着た男が椅子を引き寄せ、ベッドのそばに座るのが見えた。男の顔はぼんやりしているが、おそらく真剣な表情を浮かべているのだろう。

この数日、ホーカンは髪の毛のように細い筋がいくつも入った赤い雲のなかを出たり入ったりしていた。彼は医者が何度か麻酔をかけ、手術したのを知っていた。完全に意識が戻ったのは今日が初めて。最初にここに運ばれてから何日たっているのか見当もつかない。

この日の朝、ホーカンは感覚があるほうの手で新しい顔を探っていた。ゴムのような包帯が顔全体を覆っているが、痛みをこらえてその包帯の下から突きだしている輪郭を探ったあと、彼は自分にはもはや顔がないと結論した。

ホーカン・ベングトソンはもう存在していない。病院のベッドに横たわっている誰のものともわからない身体は、その名残だ。警察はもちろん、彼をほかの殺人とも結びつけるだろう。だが、それを彼の昔の人生か、現在の人生に、エリに結びつけることはできない。

「気分はどうかな？」

ああ、とてもいいよ、ありがとう。最高の気分だ。誰かが、燃えるナパーム弾をわたしの顔に押しつけたような感じだが、それ以外の点では文句はいえない。

「きみが話せないことはわかっている。だが、わたしのいうことが聞こえたら、うなずくことができるかな？　うなずけるかい？」

できるが、したくないね。

ベッドの横にいる男はため息をついた。

「きみは酸を浴び、死のうとした。したがって、完全に……正気を失ってはいないわけだ。頭を上げるのはむずかしいかな？　聞こえたら片手を上げてくれるかい？　手を上げられるか？」

ホーカンはこの警官を頭から閉めだし、代わりにダンテが描いた地獄、煉獄について考えはじめた。そこは地上を離れた、キリストを知らないすべての偉大なる魂が行くところだ。彼はその場所の詳細を想像しようとした。

「われわれは、きみが誰だか知りたいんだよ」

ダンテ自身は、死んだあとどの圏に行ったのか……。

警官は椅子をさらに近づけた。

「われわれは突きとめるぞ。遅かれ早かれ。きみが答えてくれれば、調査の時間と手間が節約できる」

わたしが消えても、誰も恋しがってくれる者はいない。誰もわたしを知らない。ああ、調べればいいさ。やってみろ。

看護師が入ってきた。「電話がかかってますよ」

警官は立ち上がり、ドアのところへ歩いていった。彼は部屋を出るまえに振り向いた。

「また来るよ」

ホーカンはもっと重要な事柄を考えはじめた。わたしはダンテの描く地獄のどの圏に属しているのか？　子供を殺した人々の圏か？　これは第七圏だ。いや、もしかしたら、愛のために罪を犯した人々が行く第一圏かもしれない。男色者の圏もある。そのなかの最悪の罪を表わす圏へ行くと考えるのが、最も合理的だろう。つまり、最も恐ろしい罪を犯した者は、当然受ける罰も最も重いから、そのあとは好きなだけ罪を犯すことができる。どれほど罪を犯しても、それ以上の罰を受ける心配はないからだ。三百年の禁固刑をいい渡されたアメリカ合衆国の殺人犯人のように。

異なる圏が、それぞれの螺旋を描いて渦巻いている。地獄のじょうごだ。ケルベロスがそのすぐあとを追ってくる。ホーカンは想像した。凶暴な男たち、恐ろしい女たち、ぐつぐつ煮える鍋のなかのうぬぼれた者たち、火の雨に打たれる者たちのあいだをさまよい、しかるべき場所を探すところを。

ひとつだけはたしかだ。わたしは決して最低の圏に放りこまれることはない。ルシファー自身が氷の海に立つユダとブルータスを苛め抜いている、裏切り者の圏には。

いつもと同じ空気を吸いこむような妙な音とともにドアがふたたび開き、さきほどの警官がベッドの横に腰をおろした。

「やあ、また来たよ。どうやら、彼らはもうひとつ死体を見つけたらしい。ブラッケベリにある湖のそばで。同じロープが使われている」

嘘だ！

警官がブラッケベリといった瞬間、ホーカンはついたじろいでいた。警官がうなずいた。

「どうやら聞こえているらしいな。よかった。すると、きみは西の郊外に住んでいるんだな。どこだね？　ロクスタか？　ヴェリングビューか？　ブラッケベリか？」

あの男を病院のそばに捨てたときの詳細が、ホーカンの頭をよぎった。あれはぞんざいな仕事だった。わたしはしくじった。

「よし。ではきみをひとりにしてやろう。協力したいかどうか考えるといい。そのほうが簡単だぞ。そう思わないか？」

警官は立ちあがり、部屋を出ていった。代わりに看護師が入ってきて、ホーカンを見張るために椅子に座った。

ホーカンは否定するように頭を左右に振りはじめた。片手が伸び、呼吸器の管を引っ張りはじめる。看護師がぱっと立ちあがって、彼の手をもぎとった。

「手を縛りますよ。もう一度同じことをしたら縛りますからね。わかった？　死にたいのはあなたの勝手だけど、ここにいるあいだはあなたを生かしておくのがわたしたちの役目なの。あなたが何をしたか、しなかったかにかかわらずね。わかった？　そしてそのために必要な処置はなんでもするわ。たとえば、あなたをベッドに縛りつけることでも。わたしのいうことが聞こえる？　協力したほうがずっといいのよ」

協力。協力。突然、誰も彼もが協力を望んでいる。わたしはもう人間じゃない。プロジェクトだ。ああ、神よ。エリ。エリ、わたしを助けてくれ。

オスカルが階段に入ったとたんに、母の声が聞こえた。電話で話している。怒っているようだ。相手はヨンニの母さんか？　彼はドアの外に立って耳をすました。

「電話がかかってくることになってるの。そしてわたしが何を間違ったかを尋ねてくるのよ……ええ、そうするでしょうよ。なんて答えればいいの？　ごめんなさい。でもほら、わたしの息子は父親がいないから……これまでちゃんとやってきたのに……いいえ、あなたは果たしてこなかったわ……この件はあなたがあの子と話すべきだと思うの」

オスカルは鍵を開け、廊下に入った。母が「帰ってきたわ」と受話器に向かっていい、オスカルを振り向いた。

「学校から電話があったの。それで……このことはお父さんと話してちょうだい。わたしにはとても……」母は電話に向かってもう一度いった。「さあ、ちゃんと話して……わたしは落ち着いてるわ……あなたがそういうのは簡単よ。そこに座って……」

オスカルは自分の部屋に行き、ベッドに横になって、両手で顔を覆った。頭のなかで心臓が打っているようだ。

病院に着いたとき、みんなが走りまわっているのはヨンニのことと関係があるのだと思った。でも、そうではなかった。今日、彼は生まれて初めて死体を見たのだ。

母が部屋のドアを開けた。オスカルは顔から手を離した。

「お父さんが話したいそうよ」

受話器を耳にあてると、灯台の名前を挙げ、風力と風の向きを告げる遠くの声が聞こえた。彼は受話器を耳にあてて何もいわずに待っていた。母が眉をひそめ、問いかけるような目を向ける。オスカルは送話器の上に手を置いてささやいた。「海洋気象情報だよ」

母は何かいうように口を開けたが、ため息をついて手をおろし、キッチンへ行ってしまった。オスカルは玄関の椅子に腰をおろして、父と一緒に海洋気象情報を聞いた。

いま声をかけても、うわの空の返事しか返ってこないことはわかっている。父の注意はラジオの情報に向いているからだ。海の気象情報は聖なるお告げだった。オスカルが父と一緒にいるときには、午後四時四十五分になると家中の活動が停止する。そして父はラジオのすぐ横に座り、ラジオの情報が正しいことを確認するように、ぼんやりと外の野原に目をやる。父が海に出ていたのはずいぶんまえのことだが、古い習慣はしぶとく残っているのだった。アルマグルンデット、北西の風、風速八メートル、夕方には西風に変わる見込み。視界は良好。オーランド諸島の海域は北西の風、風速十メートル、夕方には強風の恐れあり。視界は良好。

それで、最も重要な部分は終わった。

「やあ、父さん」

「ああ、おまえか。しばらくだな。夜にかけて、こっちは強風注意報がでるらしい」

「うん、ぼくも聞いたよ」

「うむ。どうしてる？」

「順調さ」

「母さんからヨンニのことを聞いた。その件はあまり順調とはいえないな」

「うん。そうだね」

「彼は脳震盪を起こしたそうだな」

「うん、吐いた」

「脳震盪にはよくある症状だ。ハリーが……お前も会ったことがあるだろう？……側頭部に鉛の重りをぶつけたことがあった。やっこさん……デッキに横たわって、子牛みたいにげえげえやったよ」

「大丈夫だったの？」

「ああ、もちろん……今年の春、死んだが、脳震盪とはまったく関係ない理由だ。ああ。ハリーはあっという間によくなった」

「よかった」

「ヨンニも同じようにすぐよくなることを望むしかないな」

「うん」

ラジオの声がさまざまな海域の名前を挙げていく。ボッテンヴィーケンやほかの場所を。オスカルは二度ばかり父の家で地図を広げ、ラジオが挙げる灯台をたどったことがあった。しばらくのあいだはすべての名前を順番に覚えていたが、いまはもう忘れてしまった。父が咳払いした。

「母さんと話したんだが……こっちに来て、この週末を一緒に過ごすか？」

「うん」

「この件や……いろんなことをゆっくり話せるように」

「この週末？」

「ああ、おまえがそうしたければな」

「うん。でも……土曜日はどう？」

「それか金曜日の夜」

「ううん……土曜日の朝行くよ」

「いいとも。冷凍庫からケワタガモを出しておこう」

オスカルは送話器に口を寄せてささやいた。「弾のないやつがいいな」

父は笑った。

去年の秋に父の家を訪れたとき、オスカルは父と海鳥の肉を食べ、そのなかに残っていた散弾で歯を折ったのだ。母にはじゃがいもに石が入っていたのだと話した。海鳥はオスカルの好物だが、母は無防備な鳥を撃つなんて、「恐ろしく残酷」なことだと思っているからだ。オスカルが鳥を殺した弾で歯を折ったことを知ったら、もう決して食べてはいけないといいかねない。

「念入りに調べるとしよう」父はいった。

「モペットは動いてる？」

「ああ、なぜだい？」

「ただ訊いただけ」

「そうか。まあ、雪はたっぷりあるからひとまわりできるだろう」

「よかった」

「よし。それじゃ土曜日に会おう。十時のバスに乗ってくるんだな」

「うん」

「迎えにいくよ。モペットで。道路がこんな状態じゃ、車は使い勝手が悪いからな」

「うん、わかった。母さんにかわる？」

「うむ……いや……おまえから話しといてくれ。いいな？」

「うん。それじゃ」

「ああ、土曜日に」

オスカルは受話器を置き、しばらくそこに座ってこの滞在のことを想像した。モペットでひとまわりするのは楽しい。オスカルはミニスキーをつけ、モペットの荷台にロープをつなぎ、もうひとつの先端にスティックをつける。オスカルはそのスティックを両手でもって、水上スキーヤーみたいに、モペットに引っ張られ、雪を蹴散らして村を滑ってまわるのだ。これはヨーロッパナナカマドの実のゼリーをそえたカモと同じくらいのお楽しみだった。それにエリと離れているのはひと晩だけだ。

彼は部屋に行き、プールに行く用意をしてナイフをしのばせた。家に戻るまえにエリと会うからだ。彼にはある計画があった。廊下でコートを着ていると、母がキッチンから出てきて、粉だらけの手をエプロンで拭きながら尋ねた。「それで、父さんはなんですって？」

「土曜日に、父さんとこに行くよ」

「いいわ。でも、もうひとつの件は？」

「もうプールに行かなきゃ」

「ほかには何もいわなかったの？」

「いったよ。でも、もう行かなきゃ」

「どこへ？」

「プールだよ」

「どこのプール？」

「学校の隣にあるプールさ。小さいほうの」

「そこで何をするの？」

「身体を鍛えるんだ。八時半には帰ってくる。九時になるかも。そのあとヨハンと会うことになってるから」

母は打ちひしがれた顔で、粉だらけの手をどうしていいかわからず、エプロンの前にある大きなポケットに入れた。

「そう、わかったわ。気をつけてね。プールの横でつまずいたりしないで。帽子を持った？」

「わかった。うん」

「だったらかぶりなさい。外は寒いから、プールに入ったあと、濡れた髪で……」

「行ってきます」オスカルは一歩前に出て母の頬に軽くキスすると、アパートを出た。建物正面のドアから出ていくときに、自分の部屋の窓を見上げると、まだエプロンのポケットに手を入れたまま、母がそこに立っていた。オスカルは手を振った。母がのろのろと手を上げ、振り返してきた。

プールまでの道のりの半分を、彼は泣きながら歩いた。

彼らはイェースタのアパートの外にある階段に立っていた。ラッケ、ヴィルギニア、モルガン、ラリー、カールソンが。誰も呼び鈴を鳴らしたがらなかった。呼び鈴を鳴らした者が訪問の目的をイェースタに告げることになりそうだからだ。外の階段に立っていても、イェースタのにおい、猫の小便のにおいが漂ってくる。モルガンがカールソンのわき腹をこづいて何かつぶやいた。カールソンは帽子の代わりに付けている耳覆いを持ちあげた。「なんだ？」

「そいつをはずしたらどうだ、といったのさ。とんでもない間抜けに見えるぞ」

「それはあんたの意見だろうが」

だが、彼は耳覆いをはずし、コートのポケットに入れた。「あんたが鳴らすべきだぞ、ラリー。それを見たのはあんたなんだから」

ラリーはため息をついて呼び鈴を鳴らした。なかから怒ったフゥーッという声がし、それから何かがストンと床に着地する音がした。ラリーは咳払いをした。好んで引き受けたい役目ではない。みんなが後ろに立っているせいで、よけい警官みたいな気がする。足りないのは片手に構えた拳銃だけだ。アパートのなかから引きずるような足音がして、声が聞こえた。

「だいじょうぶかい、スイートハート？」

ドアが開いたとたん、猫の小便のにおいが押し寄せて、ラリーは窒息しそうになった。イェースタはオレンジと白の縞の猫を片方の腕の下に抱え、すりきれたシャツにベスト、ネクタイというういでたちで戸口に立っていた。

「なんだね？」

「やあ、イェースタ。どんな按配だい？」

イェースタは彼らの顔に目を泳がせた。彼はかなり酔っている。

「上々だよ」

「そうか、おれたちがここに来たのは……何が起こったか知ってるかい？」

「いや」

「実は、ヨッケが見つかったんだ。今日」

「なるほど。ああ、そうかね」

「それで……つまり……」

ラリーは自分が率いている一団の助けを求めて振り向いた。だが、モルガンが励ますようなしぐさをしただけだった。ドアのところにつったって話すのは気が進まない。これではどこかの組織を代表し、イェースタに最後通牒を突きつけにきたみたいだ。どんなにそれが嫌でも、これを話す方法はひとつしかなかった。彼は尋ねた。「入ってもいいかな？」

彼はなんらかの抵抗を予測していた。こんなふうに突然、五人もの客が訪れる状況に、イェースタが慣れているとは思えなかったからだ。だが、イェースタは黙ってうなずき、彼らがなかに入れるように二、三歩さがった。

ラリーは一瞬ためらった。アパートのなかから放たれるにおいは想像の域を超えていた。それは有毒な物質のように空中に漂っている。ラリーがためらっているあいだに、ラッケが一歩なかに入り、ヴィルギニアがそれにつづいた。ラッケはまだイェースタが抱えている猫の耳の後ろをなでた。

「かわいい猫だな。そいつはなんて名前だい？」

「彼女だよ。ティスベだ」

「すてきな名前だな。ピュラモスもいるのか？」ピュラモスはティスベの恋人、ふたりはギリシア神話の悲恋の主人公だ。

「いや」

口から息をしようとしながら、彼らはひとりずつ滑るように戸口を通過してなかに入った。一分もすると、全員がにおいを吸いこまないようにするのをあきらめ、緊張を解いて、それに慣れた。ソファや肘掛け椅子、ほかにもキッチンから運ばれてきたいくつかの椅子から猫たちが追い払われ、ウォッカやグレープ・トニック、グラスがテーブルに置かれた。少しのあいだ、猫のこと、天気のことを話したあと、イェースタがいった。「すると、ヨッケが見つかったんだね」

ラリーはグラスの中身をあけた。アルコールが胃を温めてくれると、この任務がさきほどよりもたやすく思えてきた。彼はもう一杯ついでからいった。「ああ。病院のそばで見つかった。ヨッケは凍っていたんだ」

「氷のなかに？」

「ああ。すごい騒ぎだったぞ。おれはヘルベルトを見舞っていたんだ。あんたが彼を知ってるかどうかわからないが。とにかく……病院から出てくると、警官がうじゃうじゃいた。救急車が停まってて、しばらくすると消防車も来たよ」

「火事があったのかね？」

「いや。分厚い氷を割る必要があったのさ。そのときはまだヨッケだってことは知らなかったんだが、彼らが死体を岸に引きあげると、服でわかった。顔は……ずっと氷のなかにあったから、まるで……だが服が……」

イェースタが大きな見えない犬をなでるように片手を動かした。

「待ってくれ……すると、彼は溺れたのかね？……つまり、よくわからんな……」

ラリーはひと口飲んで、手の甲で口を拭った。

「いや。警察も最初はそう思ったんだ。最初はな。少なくともそう見えた。警官たちのほとんどは胸の前で腕組みして立ってるだけだったし、救急隊員たちは頭から血をだしてる子供の手当で忙しかった。だから、そこには……」

イェースタはさきほどよりもっと勢いよく見えない犬を撫でるか、それを押しやろうとした。手にしたグラスから中身が少しはね、敷物にこぼれた。

「待ってくれ……わしにはちっとも……頭から血を流していたって？」

モルガンが膝にのせていた猫をおろし、ズボンについた毛を払った。

「そいつは、ヨッケとはまったく関係のない出来事だったのさ。ラリー、ちゃんと説明しろよ」

「ああ。だが、死体を岸に上げると、それがヨッケだとわかった。しかもその死体が、ロープで、その、縛られてることもわかった。それにロープには石もいくつか縛られていた。それを見たとたん、警官たちはにわかに色めきたって無線で話しはじめ、死体が見つかったあたりにテープを張りめぐらし、野次馬を追い払いはじめた。突然、見違えるように関心を示しはじめたんだ。つまり……誰かがヨッケを川に捨てたにちがいないとわかったのさ。単純な結論だ」

イェースタは片手で目を覆ってソファの背もたれに背をあずけた。彼とラッケのあいだに座っていたヴィルギニアが膝をたたく。

モルガンがイェースタのグラスを満たした。「要するに、彼らはヨッケを見つけたんだ。いいな？ トニックも入れるかい？ ほら。彼らはヨッケを見つけた。そして彼が殺されたことを知った。これでだいぶ事情が変わったと思わないか？」

カールソンは咳払いして、命令するような調子でいった。「スウェーデンの法組織には、こう呼ばれる……」

「あんたは黙ってろ」モルガンがさえぎった。「煙草を吸ってもいいかな？」

イェースタが弱々しくうなずいた。モルガンが煙草とライターを取りだしているあいだに、ラッケがイェースタの目を見られるように、ソファから身を乗りだした。

「イェースタ。あんたは何が起こったか見た。それを話す必要があるぞ」

「話すって、どんなふうに？」

「警察に行って、あんたが見たことを話すんだ。それだけさ」

「いや……だめだ」

部屋が静かになった。

ラッケはため息をつき、自分のグラスにウォッカを半分注いでトニックを少し混ぜ、それをあおって、熱い雲が胃を満たすのを感じながら目を閉じた。彼はイェースタに無理強いしたくなかった。

ここに来るまえ、中華料理店で、カールソンは目撃者の義務と法的な責任がどうのと熱弁をふるっていたが、ラッケはどれほどヨッケを殺した犯人を捕まえたくても、友達を裏切るような真似をして、このアパートに警官を送るつもりはまったくない。

灰色の斑点がある猫が、彼のすねに頭を押しつけてきた。ラッケはそれを膝に抱きあげ、うわの空でなでた。そんなことをしてどうなる？　ヨッケは死んだ。それはもう確実になった。いまさら犯人を捕まえたところでそれがなんだ？

モルガンが立ちあがり、グラスを手に窓へ歩いていった。

「あんたはここに立ってたのか？　それを見たとき？」

「……ああ」

モルガンはうなずいてグラスを傾けた。

「なるほど。ここからだとすべてが見えるな。実際、すばらしい場所だよ。いい眺めだ。つまり……あれをべつにすれば、すばらしい眺めだ」

ラッケの頬を涙がひと粒流れた。ヴィルギニアが彼の手を取ってそれをぎゅっと握った。ラッケはまたウォッカをあおり、胸を引き裂く痛みを焼こうとした。

グラスを指でたたきながら、しばらく部屋のなかをでたらめに動きまわる猫を見ていたラリーがいった。「おれたちで彼らに告げたらどうかな？　その、現場をさ。警察が調べれば、指紋か何かが見つかるかもしれん」

カールソンがあざけるように笑った。「それで、その情報をどうやって手に入れたと話すのかね？　ただわかってるというつもりか？　警察はあたしたちがどうやって……誰からその情報を手に入れたか知りたがるだろうよ」

「匿名で電話をかける、って手もあるぞ。情報だけを知らせるために」

イェースタがソファから何かいった。ヴィルギニアがかがみ込んで顔を近づけた。

「なんていったの？」

イェースタはグラスを見つめながら、とても小さな声でいった。

「どうか許してくれ。だが、わしはとても怖くて。できないんだよ」

モルガンは窓に背を向け、片腕を差しのべた。

「だったら仕方がないさ。この話は終わりだ」彼はカールソンをきっとにらんだ。「代案を考えるしかない。ほかの方法でやろう。スケッチを描くとか、電話をするとか、なんらかの方法を考えるとしよう」

彼はイェースタのところに行って、片足で彼の足をつついた。

「ほらほら、もう心配するな。しっかりするんだ。この件はおれたちがなんとかする。気にするなって、イェースタ。わかったか？　おれたちが引き受けるからさ。元気をだせよ！」

彼はグラスを差しだし、イェースタのグラスにカチンとあてて、ひと口飲んだ。

「おれたちがなんとかする。そうだろ？」

彼は体育館の外でみんなと別れ、歩きだそうとすると、学校のほうからエリの声が聞こえた。

「ねえ、オスカル！」

階段に足音がして、エリが影のなかから出てきた。エリはそこに座って待っていたのだった。オスカルがみんなに別れを告げると、彼らはごくふつうの相手にするように、それに応えて帰っていった。

身体を鍛えるセッションは爽快だった。オスカルの体力は自分が思ったほど弱くなかった。すでにこのクラスに何回か来ている少年たちのうち、ふたりよりましだったくらいだ。アヴィラ先生に、今日、氷の上で起こったことを問いただされるのが心配だったが、これは杞憂だった。アヴィラ先生はこう尋ねただけだった。「そのことを話したいかね？」そしてオスカルが首を振ると、何も訊こうとはしなかった。

体育館は学校とはべつの世界だった。アヴィラ先生は学校ほど厳しくはなく、ほかの少年たちはオスカルを放っておいてくれた。もちろん、ミッケはそこにはいなかった。ミッケはぼくを怖がっているんだろうか？　そう思っただけでオスカルはめまいにも似た高揚感に満たされた。

彼はエリに歩み寄った。

「やあ」

「うん」

事前に打ち合わせたわけではないが、ふたりはいつもの挨拶の言葉を交換していた。エリは彼女には大きすぎる格子模様のシャツを着て、また……しぼんだように見えた。皮膚がかさかさになり、顔がこけている。昨日も少し白髪があったが、今夜はそれがもっと増えていた。

健康なときのエリは世界一かわいい少女だが、いまみたいなエリは……誰とも比べられない。こんなふうに見える子はひとりもいない。発育不全の子供とならば比べられるかもしれないが、それでもここまでは痩せていない……こんなに痩せてる人間なんて誰もいない。オスカルはエリがほかの人々の前に姿を現わさなかったことをひそかに感謝した。

「調子はどう？」

「まあまあ」

「何かしたい？」

「うん」

ふたりは並んで家に歩いていった。オスカルにはある計画があった。ふたりで誓いを立てるのだ。一緒に誓いを立てれば、エリは健康になる。彼が読んだ本からヒントを得た、魔法のような力でそうなるはずだ。でも、魔法は……少しぐらいはこの世界にも魔法があるはずだ。魔法なんかないという人たちは、それでひどいめにあったにちがいない。

中庭に入ると、オスカルはエリの肩に触れた。

「粗大ごみを置くとこを見てみようか？」

「いいよ」

彼らはエリのアパートがある入り口から建物に入り、オスカルが地下室のドアを開けた。

「地下室の鍵を持ってないの？」

「ないと思う」

地下室の入り口は真っ暗だった。ドアが彼らの後ろで重い音をたててしまった。彼らは並んでそこに立っていた。おたがいの呼吸の音が聞こえる。オスカルがささやいた。「エリ、あのね、今日……ヨンニとミッケがぼくを水のなかに落とそうとしたんだ。氷のなかに開いてる穴に」

「まさか！　それで――」

「待って。ぼくが何をしたかわかる？　ぼくは枝を持ってた。太い枝を。それでヨンニの頭を殴ったんだ。ヨンニは血を流しはじめ、脳震盪を起こして病院に運ばれた。ぼくは水のなかには落ちなかったんだよ。ヨンニを……負かしたんだ」

少しのあいだ静かだった。

それからエリが言った。「オスカル」

「うん」

「やったね！」

オスカルは明かりのスイッチに手を伸ばした。エリの顔が見たかった。彼は明かりをつけた。エリは彼の目をまっすぐ見ていた。オスカルにはエリの瞳孔が見えた。光に慣れるまでの何秒か、それは物理のクラスで習った結晶のように見えた。なんという名前だったか……長円形の。

トカゲのような。違う、猫だ。猫のような。

エリがまばたきし、瞳孔がふつうに戻った。

「どうしたの？」

「なんでもない。こっちだよ……」

オスカルは粗大ごみを置く部屋へ行き、ドアを開けた。そこにあるバッグはほとんどいっぱいだった。しばらくからにされていないのだ。エリが身を縮めて彼のすぐ横にたち、一緒にごみをかきまわしはじめた。オスカルはからっぽのボトルが入ったバッグを見つけた。店に持っていけば、瓶代がもらえる。エリはプラスチックの剣を見つけ、それを振りまわした。

「隣の地下室も調べようか？」

「だめだよ。トンミと彼の仲間がいるかもしれないもん」

「誰それ？」

「地下の倉庫ユニットを使ってる年上の子たちさ……夜はそこにいることが多いんだ」

「たくさんいるの？」

「いや。三人だけだよ。たいていはトンミだけだ」

「危険な子たち？」

オスカルは肩をすくめた。「いいよ、行ってみよう」

彼らはオスカルのアパートがある建物から、次の地下室の通路に入り、トンミのアパートがある建物まで進んだ。オスカルは鍵を手にしてドアの前でためらった。もしも彼らがそこにいて、エリを見たら、オスカルには対処できない事態になりかねない。

エリはプラスチックの剣を目の前に構えた。「どうしたの？」

「なんでもない」

オスカルはドアの鍵を開けた。彼らが通路に入っていくとすぐに、倉庫ユニットから音楽が聞こえてきた。彼はエリを振り向いてささやいた。「彼らがいるよ！　おいで」

エリは足を止め、においを嗅いだ。

「これ、なんのにおい？」

オスカルは廊下のはずれで何も動くものがないことを確かめてから、鼻をひくつかせた。

だが、地下室のいつものにおいしかしない。エリがいった。「ペンキか、接着剤みたい」オスカルはもう一度嗅いでみた。彼にはそれが何かはわかっている。ついてくるようにいおうとして振り向くと、エリが鍵に何かをしているのが見えた。

「おいでよ。何をしてるんだい？」

「ちょっと……」

オスカルがふたりの逃げ道、隣の地下室の通路に出る鍵を開けていると、彼らの後ろでトンミたちのいる地下室のドアが閉まった。だが、いつもとちがう音だ。金属がぶつかっただけで、カチリという音がしない。自分たちの地下室へと戻る途中で、彼は接着剤を吸いこむ若者がいることを話し、そういうときの彼らがどれほど狂暴になるかも話した。

ようやく自分たちの地下室に戻ると、オスカルはほっとし、膝をついてバッグのなかのボトルを数えはじめた。ビール瓶が十四本と、返してもお金をもらえないお酒の瓶が一本だ。

彼がそれを報告しようと顔を上げると、エリはすぐ前に立って攻撃するかのようにプラスチックの剣をかまえていた。しょっちゅう突然襲われているオスカルは、少したじろいだ。でも、エリは何かをくちごもり、剣を彼の肩におろして、できるだけ太い、大人のような声でいった。「ここにヨンニを征服した功績により、ブラッケベリとその周辺のヴェリングビュー……ええと……」

「ロクスタ」

「ロクスタ」

「たぶん、エングビューも?」

「たぶんエングビューも含む地域の勲爵位《ナイト》を授ける」

エリは新しい地名を口にするたびに、彼の肩を軽くたたいた。オスカルはバッグからナイフを取りだし、それを掲げて、彼はたぶんエングビューも含む地域のナイトだと宣言した。そしてエリに、自分がドラゴンから助ける美しい乙女になってくれと頼んだ。

でも、エリは美しい乙女をランチに食べる恐ろしい怪物になるといいはった。オスカルが闘わねばならない相手だ。ナイフを鞘に入れたまま、オスカルは大声で叫び、通路を走りまわってエリと闘った。このゲームの途中で、地下室のドアの鍵がこすれる音が聞こえた。

ふたりは急いで食料庫のなかに逃げこんだ。そこはぴったり並んで座ってもふたりが立つのがやっとだ。彼らは静かにせわしなく呼吸して待った。男の声が聞こえた。

「ここで何をしてる?」

オスカルとエリはその男が耳をすまして返事を待つあいだ、息を止めていた。男が、「まったく、子供ときたら」とつぶやき、立ち去ったあとも、行ってしまったことを確認できるまで、食料庫に隠れていた。それから這いだし、木の壁によりかかってくすくす笑った。しばらくすると、エリはコンクリートの床に大の字になり、天井を見上げた。

オスカルは彼女の足に触れた。

「疲れたの?」

「うん。疲れた」

オスカルは鞘からナイフを取りだし、それを見た。ナイフは重たくて、美しかった。試しに指を一本たて、ナイフの先端に注意深くあててから放すと、小さな赤い点が現われた。もう一度、今度はさっきより力を入れて押したあと指を離すと、真珠の形をした血の雫が盛りあがった。でも、こういうやり方じゃだめだ。

「エリ？　ねえ、これをしたい？」

エリはまだ天井を見ている。

「何を？」

「ぼくと……誓いを交わしたい？」

「うん」

〝どうやって？〟彼女がそう尋ねていたら、オスカルはまず自分の考えをエリに説明したにちがいない。でも、エリはただ「うん」といった。エリはそれがどんなことでも誓いを交わしたいんだ。オスカルはごくりとつばをのみ、ナイフをつかんでその先端を手のひらに置き、目を閉じた。そしてナイフの刃を手から抜き取り、刺すような鋭い痛みに息を止めた。

ほんとにやったのか？

彼は目を開け、手を開いた。やった。細い血の線が手のひらに現われた。それがゆっくり盛りあがってくる。オスカルは血の線ではなく、真珠の首飾りだと想像しながら、それが太くなり、不規則なかたまりになるのをうっとりと見つめた。

エリが頭を上げた。

「何をしてるの？」

オスカルはまだ自分の顔の前に手を掲げたまま、それを見つめながらいった。「簡単だよ、エリ。ちっとも……」

彼は血のでている手を彼女のほうに差しだした。エリが目をみひらき、這ってあとずさりながら激しく首を振った。

「だめ、オスカル……」

「どうして？」

「オスカル、やめて」

「ほとんど痛くないよ」

エリはあとずさるのをやめ、首を振りつづけながら彼の手を見つめている。オスカルはもうひとつの手でナイフの刃を持って、エリに柄のほうを差しだした。

「指か何かをちくりとやればいいだけだ。そして血を交わらせる。そうすれば、同志の誓いができるんだよ」

エリはナイフを取ろうとしない。オスカルは傷口から垂れる血を手で受けられるように、ナイフを床に置いた。

「さあ。同志になりたくないの？」

「オスカル……だめだよ。感染しちゃう。オスカルも……」

「大丈夫だったら。とっても……」

突然エリの目に何かがとびこんできて、それをゆがめ、オスカルが知っている少女とはまったく違うものに変えた。オスカルは血を受けることも忘れ、驚いて手をおろした。いまのエリは、ついさっきまで彼女が演じていた怪物に見える。オスカルは手のひらの痛みが鋭くなるのを感じながら、ぱっと飛びのいた。

「エリ、いったい……」

エリは起きあがり、両脚を自分の下に引き寄せて四つんばいになると、血を流しているオスカルの手を見つめ、じりっとそれに近づいた。そして止まり、歯を食いしばってうなるようにいった。「行って！」

オスカルの目に恐怖の涙がこみあげた。「エリ、やめろよ。怪物ごっこはもうおしまいだよ。やめろったら」

エリがまたじりっと近づき、ふたたび止まった。彼女は身体をねじまげ、頭をさげて叫んだ。

「行って！　さもないと死ぬよ！」

オスカルは立ち上がり、一歩さがった。足がバッグにぶつかり、ボトルが倒れてやかましい音をたてる。彼は壁にはりついた。エリはオスカルの手から血が少したれたところに這っていく。

もう一本、瓶が倒れ、コンクリートの床にあたって割れた。オスカルは壁にはりついたまま、エリを見つめていた。エリが汚い床に舌をのばし、血が落ちた場所を舌で囲み、すばやく舐めるのを。

ボトルが静かにぶつかり、動かなくなった。エリは何度も何度も床を舐めている。顔を上げてオスカルのほうを見たときには、鼻の先が灰色に汚れていた。「行って……お願い……行って」

それからまたさっきの幽霊が彼女の顔に飛びこんできたが、それが乗り移るまえに、エリは立ちあがって通路を走り、自分のアパートの階段があるドアを開けて、その向こうに消えた。

オスカルは切った手をぎゅっとつかんでそこに立ちつくしていた。手のひらの端から血がもれはじめた。彼は手をひらき、その傷を見た。思ったより深く切れているが、心配する必要はない。一部はもうかたまりはじめている。

彼はいまでは薄くなった床のしみを見た。それから自分の手のひらの血を少し舐め、吐きだした。

夜の明かり。

明日、彼らはホーカンの口と喉の手術をすることになっていた。おそらく何か聞きだせることを願っているのだろう。ホーカンの舌はまだ健在だった。彼はそれを閉じた口のなかで動かし、上あごをくすぐることができた。唇はなくなってしまったが、もう一度話せるようになるかもしれない。だが、話すつもりはなかった。

婦人警官か看護師かわからないが、女性がひとり、部屋の隅、ホーカンからは数メートル離れた場所に座り、本を読みながら彼を見張っている。

自分の命は終わったと決めた名もない男に、彼らはずいぶんと金を使っているものだ。しかし、彼には価値があるのだ。そうとも、さまざまな情報のかたまりだから。おそらく、いまごろ彼らは古い記録を掘り起こしているのだろう。警察が彼を犯人に仕立てて、解決したいと願っている事件を。昨日は警官が指紋を取りにきた。彼は抵抗しなかった。指紋をとられても、そんなことは関係ない。

その指紋が、ベクシェとノルシェーピングの殺人に彼を結びつける可能性はある。彼はそれをどんなふうに行ったか、指紋やほかの痕跡を残したかどうか思い出そうとした。たぶん。

心配なのはひとつだけ。それらの事件から彼らがエリを見つけだすことだけだ。

い、人々が……。

人々はホーカンの郵便受けに手紙を入れ、彼を脅した。

同じ地域の住民で、郵便局で働いている誰かが、ほかの人々にホーカンがどんな郵便物やビデオを受けとっているかを漏らしたのだった。

その一カ月後、彼は学校をクビになった。子供たちを教える仕事にそういう男を雇っておくことはできない。おそらく組合に提訴すれば、辞めずにすんだかもしれないが、彼は黙って職場を去った。

学校で実際に何かをしたことは一度もなかった。それほど愚かではない。

ホーカンに対する排斥運動は激しさを増し、ある晩、誰かがリビングの窓から火炎弾を投げこんだ。彼はブリーフだけで芝生に飛びだし、そこに立って、自分の人生が焼け落ちるのを見守った。

この放火に関する調査は遅々として進まず、そのためにいつまでも火災保険をもらうことができずに、彼はわずかなたくわえを使って町を離れ、ベクシェにアパートを借りた。そこで彼は死ぬ〝仕事〟に着手した。

にきび用化粧水から、ライターのオイルまで、手もとにあるものを手あたりしだいに飲んだ。金物屋からワインをつくるキットとイーストの発酵装置を盗んだが、つくったものがワインになるまえにすっかり飲んでしまった。

そしてできるだけ外で過ごした。心のどこかでは、〝人々〟に、自分が日一日と死んでいくのを見せつけたかったのだ。

酔っ払った彼は不注意になり、少年をなでまわしては痛めつけられ、警察に引きだされた。一度など、三日間も拘留され、胃の中身をすっかり吐きだしたこともある。それでも釈放されると、ふたたび飲みつづけた。

ある晩、ホーカンが半分発酵したワインのボトルをポリ袋に入れたまま手にして、遊び場の横にあるベンチに座っていると、エリが来て隣に腰をおろした。泥酔していたホーカンは、ほぼ即座にエリの腿に手を置いた。エリはそれを振り払おうとはせず、ホーカンの頭を両手で抱え、自分に向けてこういった。「これからは一緒だよ」

ホーカンは口のなかでもごもごと、いまはこんなに美しいものを手にするゆとりがないが、金ができたら、みたいなことをつぶやいた。

エリは彼の手を腿からはずし、かがみ込んでワインボトルをつかむと、逆さにして中身を捨ててしまった。「違うよ。もう飲むのはやめて、ふたりで一緒に暮らすの。あなたの助けが必要なんだ。おたがいに助けあおう」それからエリは片手を差しだした。ホーカンはそれをつかみ、一緒にそこを離れた。

彼は飲むのをやめ、エリのために生きはじめた。

エリは彼に服を買い、べつのアパートを借りる金をくれた。ホーカンはエリが〝正〟か〝邪〟か、それともほかの何かか、まったく問わずに行動した。エリは美しかった。彼に人間としての尊厳を取り戻させてくれた。そしてごくたまにではあるが……やさしくしてくれた。

夜の見張り《ガード》が本を読み進むたびにページがかさっと音をたてる。おそらく三文小説だ。プラトンが生きていた都市国家では、〝保護者《ガード》〟は最も高い教育を受けた者たちだった。でも、ここは一九八一年のスウェーデンだ、おそらく彼らはヤン・ギィユーのスパイ小説でも読むのだろう。

水のなかの男、彼が沈めた死体。あれはまったく、お粗末な仕事だった。エリがいったように、埋めるべきだった。だが、警察があの死体からエリの犯行だと突きとめる手がかりはひとつもない。首の咬み跡は目を引くにせよ、男の血液は水にいるあいだに抜けたと判断するにちがいない。男の服は……。

ピンクのセーター！

エリのセーターがある。ガード下の通路で男を見つけたときに、死体の上に落ちていたセーターが。あれは持ち帰って燃やすとか、とにかくほかの手段で始末すべきだった。

だが、わたしはあれを男のコートのなかに押しこんだ。警察はあれをどう解釈するだろうか？　血がついた子供のセーター。エリがあのセーターを着ているところを誰かが見た可能性があるか？　あれはエリのものだと、気づく者がいるか？　たとえば、あれが新聞に載ったら？　エリと会った誰かが……。

いや、いや、オスカル。隣の少年が見ている。

ホーカンは不安にかられ、身をよじった。見張りが本をおろして彼を見た。

「ばかなことをするのはやめなさい」

エリはビョルンソンスガタンを横切って、九階建てのアパートにはさまれた中庭へと入っていった。左右のビルがモノリスの灯台のように、周囲に散在する三階建てのアパートの上にそびえている。外には誰もいないが、体育館は明るかった。エリは這うように非常階段を登り、体育館を覗きこんだ。

小さなカセットプレーヤーから音楽が鳴りひびき、中年の女性たちがそれに合わせて飛びはね、木の床を震わせている。エリは金属製の階段で身体を丸め、膝にあごをのせてそれを見つめた。

何人かは太りすぎで、大きな胸がTシャツの下で陽気なボウリングの球のように弾んでいる。ジャンプし、スキップし、膝を持ちあげるたびに、ぴっちりしたエクササイズ用パンツの下で肉が震える。彼らは円を描きながら手をたたき、また飛びはねた。そのあいだも、音楽ががなりたて、温かい、酸素のたっぷり入った血が渇いた筋肉のなかを勢いよく流れていく。

でも、女性たちの数はあまりにも多すぎる。

エリは非常階段から凍った地面にしなやかに飛びおりて体育館の裏手へとまわり、プールの外で足を止めた。

大きな曇りガラスの窓が雪の上に四角い光を投げている。各々の窓の上には、ふつうのガラスがはまった、もっと小さな細い窓があった。エリは飛びあがって屋根の端を両手でつかみ、なかを覗いた。誰もいない。水面がハロゲンライトの光のなかでぎらついている。真ん中にボールがいくつか浮いていた。

泳ぐ。水しぶき。遊ぶ。

エリは黒い振り子のように身体を左右に振りながら、ボールを見つめ、それが飛ぶところを目に浮かべた。誰かが投げ、笑いとかん高い声があがり、水しぶきがあがるのを。屋根の縁をつかんでいた手を緩め、わざと痛みを感じるように、勢いよく落ちた。それから校庭へと向かい、公園を横切る小道を歩きつづけ、小道に枝を張りだした高い木の下で足を止めた。公園は暗かった。周囲には誰もいない。エリはなめらかな木の幹の五、六メートル上にある梢を見て、靴を脱いだ。自分の新しい手、新しい足を思い浮かべる。

もう痛みはほとんど感じなかった。手と足の指が薄く広がるときに、微量の電気がそこを流れたようにちりちりするだけだ。両手の骨がポキポキと音をたてて伸び、溶けていく指先の皮膚から長い曲がった鉤爪がとびだす。足の指にも同じことが起こった。

エリは幹の二メートルばかり上に飛びつき、鉤爪を食いこませて、道の上に張りだしている太い枝へとよじ登った。足の鉤爪で枝をつかみ、そこにうずくまる。

歯が鋭くなるところを想像すると、それが伸びるような感覚とともにエナメル質が外へとふくれ、見えないヤスリで研がれ、鋭くなった。エリは注意深く下唇にそれをあてた。三日月形の針の列が、皮膚を破りそうになる。

準備はできた。あとは待つだけだ。

そろそろ十時に近く、部屋の気温は耐えがたいほど上がっていた。すでにウォッカのボトルが二本からになり、新しいボトルが開けられて、みんながイェースタはすばらしく気前のよい男だと称え、この親切にきっと報いると約束した。

あまり飲んでいないのは、明日も朝早く起きて仕事に出かけなくてはならないヴィルギニアだけだった。この部屋の汚れた空気とひどいにおいに影響を受けているのも、彼女だけらしい。湿っぽい猫の小便のにおいと埃っぽいよどんだ空気に、いまでは煙草の煙とアルコールのにおい、六人の人間の汗のにおいが加わっている。

ラッケとイェースタはまだヴィルギニアの両側に座っていたが、ふたりとも半分朦朧としていた。イェースタは膝の猫を撫でている。その猫のやぶにらみの目が、なぜかモルガンにはおかしいらしく、彼は笑いの発作を起こしてテーブルに頭をぶつけ、その痛みを鈍らせるために生のウォッカをあおった。

ラッケは黙りがちで、前方を見つめて座っていた。その目がとろんとしてきて、それからうるみはじめた。幽霊とでも話しているかのようにときどき口を動かしているが、声は出てこない。

ヴィルギニアは立ちあがって、窓辺へ行った。「ここを開けてもいい？」

イェースタが首を振った。

「猫が……飛びだすといけない」

「いいでしょ、ここに立って見張ってるから」

イェースタは首を振りつづけていたが、ヴィルギニアは窓を開けた。新鮮な空気！　彼女は二度ばかり深呼吸して爽やかな空気を胸いっぱいに吸いこみ、即座に気分がよくなった。支えてくれるヴィルギニアが隣にいなくなったラッケは、ソファの上で横に傾きはじめ、体を起こして大声でいった。「友達だった！　本物の……友達だった！」

部屋のなかの男たちがもごもごと同意する。ラッケがヨッケのことをいっているのは、みなわかっていた。ラッケは手にしたからのグラスを見つめ、言葉をつづけた。

「誰でも、ひとりは友達がいるもんだ……いつでも頼りにできる、決して期待にそむかないやつが。そういう友達は、あらゆる価値がある。わかるか？　すべてなんだ。そしておれとヨッケは……そういう仲だった！」

彼は片手をぎゅっと握りしめ、それを自分の顔の前で振った。

「それに代われるものは何もない。何ひとつ！　きみたちはここに座って、〝いいやつだったのに〟といってるが、きみたちは……みんなからっぽだ。ヨッケがいなくなって、おれには何もなくなった。何ひとつ。だから、おれに寂しいとか悲しいなんて……」

窓のすぐそばでラッケの言葉に耳を傾けていたヴィルギニアは、自分の存在を思い出させようとしてラッケのそばに戻り、膝の前にしゃがんで彼の目を捉えようとした。「ラッケ」

「よせ！　ここに来るな！……〝ラッケ、ラッケ〟……人生とはこういうむごいものなんだ。きみにはわかってない。きみは……冷たい。ダウンタウンに行って、飲みすぎると、くそったれトラック運転手か何かを拾って家に連れていき、そいつにやらせるくせに。ああ、そうするくせに。くそ……トラックのあとにくっついていくあばずれみたいに。だが、友達は……友達は……」

ヴィルギニアは涙ぐんで立ちあがり、ラッケの顔をたたいてアパートを飛びだした。ラッケはソファの上でバランスを崩し、イェースタの肩にぶつかった。イェースタがつぶやく。

「窓を……あの窓を」

モルガンがそれを閉めた。「よくやった、ラッケ。いまのはいいセリフだったぞ。おそらく彼女にはもう会わずにすむだろうよ」

ラッケは立ちあがり、ふらつく足で窓の外を横目で見ているモルガンのところに行った。

「いったい何だというんだ？　おれはべつに……」

「ああ、わかってるさ。おれじゃなく、彼女にいえよ」

モルガンは窓の外を示した。ちょうどヴィルギニアが建物のドアから出てくるところだった。彼女はうつむいて早足に公園へと向かっていく。ラッケはようやく自分が何をいったか気づいた。最後にヴィルギニアに投げた言葉が、頭のなかでこだましていた。おれはほんとにあんなことをいったのか？　彼はきびすを返し、急いでドアに向かった。

「彼女に……」

モルガンがうなずく。「急げ。彼女によろしくな」

ラッケは震える脚が許すかぎりの速さで階段をおりた。斑点模様の階段が目の前でちらつく。手すりが手の下をあまりにも早く滑り、摩擦の熱が手のひらを刺した。彼は踊り場でつまづき、倒れて、肘をしたたかに打った。腕全体が熱くなり、しびれたようになった。それでも立ちあがり、よろめきながら階段をおりつづけた。彼は命を救うために急いでいるのだった。自分の命を。

ヴィルギニアはアパートの建物から離れて、公園へ向かった。一度も振り向かなかった。すすり泣きに全身を震わせ、涙を追いこそうとするように小走りになる。でも、涙はどこまでもついてきた。次々に目のなかに湧いて、大きな粒になって頰を伝う。靴のかかとが雪を貫き、その下のアスファルトに当たる。彼女は両手で自分を抱きしめた。

まわりには誰もいなかったから、腕をお腹に押しつけて手放しで泣いた。怒りっぽい胎児のように、鋭い苦痛がそこに居座っている。

誰かに心を許すと、こういうことになるのよ。

彼女が誰とも短い関係しかもたないのは、そのためだった。誰にも心を許しちゃだめ。いったん心のなかに迎えれば、慰められることもあるけれど、手ひどく傷つけられるかもしれない。自分だけの痛みなら、自分を慰め、それを抱えて生きていける。希望を持たないかぎりは。

でも、ラッケには、希望を持っていた。ふたりのあいだには何かがゆっくり育っていると思った。最後には、いつかは……どうなると思ったの？　彼はあたしのつくる食べ物とぬくもりを受け入れた。でも、結局のところ、あたしは彼にとってなんの意味も持たない存在だったんだわ。

ヴィルギニアは腕を巻きつけ、悲しみに身体をふたつに折りながら歩きつづけた。そこに悪魔が座って、恐ろしいことをささやいているかのように、背中をこごめて。

もう決して、誰にも心を許さない。

その悪魔がどんな顔をしているか想像しはじめたとき、それが彼女の上に落ちてきた。背中を打ったその重みに、ヴィルギニアは横に倒れた。頬が雪にぶつかり、涙の膜が氷に変わる。その重みはなくならなかった。

一瞬、悲しみの悪魔が実際に形を取り、自分の上に落ちてきたのだと本気で思った。それから鋭い歯が皮膚を破り、喉に焼けるような痛みを感じた。

彼女はどうにか立ちあがり、ふらついてまわりながら、自分に取り憑いているものを振りほどこうとした。

何かが首を、喉を咬んでいる。胸に血が流れ落ちた。ヴィルギニアは声をかぎりに悲鳴をあげ、背中にはりついているものを払い落とそうとしながら、悲鳴をあげつづけ、また雪のなかに倒れた。

すると固いものが口を覆った。手が。

鉤爪が頬のやわらかい肉に食いこむ……骨に達するほど深く。

歯が咬むのをやめ、グラスの底に残った飲み物をストローで吸うときのような音がした。片方の目から何かが流れ落ちたが、それが涙なのか血なのかヴィルギニアにはわからなかった。

ラッケがアパートの外に飛びだすころには、ヴィルギニアはすでにアルヴィド・メルネスに向かう道を遠ざかる、黒い形にしか見えなかった。階段を駆けおりてきたせいで胸が焼けるように痛み、肘から肩にかけて激痛が走る。だが、それでも彼は走った。全速力で走った。冷たい空気のおかげで頭の霞が晴れはじめると、ヴィルギニアを失う恐怖が彼を駆り立てた。

彼が〝ヨッケの道〟と呼びはじめた道が、〝ヴィルギニアの道〟に出会う角に達すると、ようやく立ち止まり、ヴィルギニアを呼びとめるために、大きく息を吸いこんだ。彼女はわずか五十メートル先を歩いていく。

だが、名前を呼ぼうとすると、すぐ横の木からヴィルギニアの上に黒い影が落ちてきて、彼女が倒れるのが見えた。ラッケはかん高い叫び声をあげ、さらに速度をあげた。何かを叫びたかったが、走りながら叫ぶだけの息がない。

ラッケは走った。

前方では、ヴィルギニアが背中に大きな塊をしょったまま立ちあがり、正気を失ったようにくるっと回って、ふたたび倒れた。

ラッケにはどんな計画もなかった。理性は吹っ飛んでいた。一刻も早くあそこにたどり着き、背中の黒いかたまりを引き離さなくては、頭のなかにはそれだけが渦巻いていた。ヴィルギニアは小道の横の雪の上に倒れ、その上を黒いものが這っている。

ついに彼女に達すると、ラッケは渾身の力をこめてその黒いものを蹴った。足が固いものにあたり、氷が割れるようなベキッという鋭い音がした。黒いものがヴィルギニアの背中から吹っ飛び、すぐ横の雪の上に落ちた。

黒いしみが飛び散った白い雪の上にヴィルギニアは身動きもせずに横たわっている。黒いかたまりが起きあがった。

子供だ。

ラッケは呆然と、黒い髪のベールに縁どられた、およそ想像しうるかぎりかわいい少女の顔を見つめた。とてつもなく大きな黒い目が、彼の目を見返す。

その子は猫のようによつんばいになり、飛びかかろうと身がまえた。その顔が変わり、唇がめくれて、鋭い歯が暗がりで光る。

ラッケが何度か荒い息をつくあいだ、彼らはにらみあった。白い雪に子供の鉤爪がくっきりと見えた。

それから、その子がふいに苦痛に顔をゆがめたかと思うと、すっくと立ちあがって驚くほどの歩幅と速さで学校へと向かい、数秒後には暗がりのなかに、姿を消した。

ラッケはしばしその場に立ちつくし、目に入る汗をまばたきして払った。ヴィルギニアのかたわらに膝をつくと傷が見えた。喉が大きく引き裂かれている。黒い血の筋が髪のなかへと流れこみ、背中へ流れおちていく。ラッケはジャケットをはぎとるように脱ぎ、その下に着ていたセーターを頭から脱いで丸め、傷口に押しあてた。

「ヴィルギニア！　ヴィルギニア！　マイ・ダーリン、最愛の人……」

ついに彼は、この言葉を口にすることができた。

話　題　作

レッド・ドラゴン〔決定版〕上下
トマス・ハリス／小倉多加志訳
満月の夜に起こる一家惨殺の殺人鬼と元FBI捜査官グレアムの、人知をつくした対決！

夜明けのヴァンパイア
アン・ライス／田村隆一訳
アメリカから欧州と現代までの二百年間歴史の闇を渡り歩いた驚くべき伝説の吸血鬼物語

ゴッドファーザー上下
マリオ・プーヅォ／一ノ瀬直二訳
陽光のイタリアからアメリカへ逃れた男達が生んだマフィア。その血縁と暴力を描く大作

イエスのビデオ上下
アンドレアス・エシュバッハ／平井吉夫訳
遺跡の発掘に参加した学生、メディア王、バチカン秘密部隊の、奇跡の映像をめぐる死闘

ターミナル・マン
マイクル・クライトン／浅倉久志訳
脳への外傷が原因で暴力性の発作を起こす男が、コンピュータ移植手術に成功するが……

傑作サスペンス

幻の女
ウイリアム・アイリッシュ／稲葉明雄訳
死刑執行を目前にした男。唯一の証人の女はどこに？　サスペンスの詩人が放つ最高傑作

暗闇へのワルツ
ウイリアム・アイリッシュ／高橋　豊訳
花嫁が乗ったはずの船に彼女の姿はなく、代わりに見知らぬ美女が……魅惑の悪女小説。

眠れぬイヴのために 上下
ジェフリー・ディーヴァー／飛田野裕子訳
裁判で不利な証言をした女へ男の復讐が始まった！　超絶のノンストップ・サスペンス。

静寂の叫び 上下
ジェフリー・ディーヴァー／飛田野裕子訳
ＦＢＩの人質解放交渉の知られざる実態をリアルかつ斬新な手法で描く、著者の最高傑作

監禁
ジェフリー・ディーヴァー／大倉貴子訳
周到な計画で少女を監禁した男の狂気に満ちた目的は？　緊迫感あふれる傑作サスペンス

マイクル・クライトン

北人伝説
乾 信一郎訳
十世紀の北欧。イブン・ファドランはバイキングと共に伝説の食人族と激戦を繰り広げる

ジュラシック・パーク上下
酒井昭伸訳
バイオテクノロジーで甦った恐竜が棲息する驚異のテーマ・パークを襲う凄まじい恐怖！

ロスト・ワールド
——ジュラシック・パーク2上下
酒井昭伸訳
六年前の事件で滅んだはずの恐竜が生き残っている？ 調査のため古生物学者は孤島へ！

大列車強盗
乾 信一郎訳
ヴィクトリア朝時代の英国。謎の紳士ピアースが企てた、大胆不敵な金塊強奪計画とは？

ディスクロージャー上下
酒井昭伸訳
元恋人の女性上司に訴えられたセクシュアル・ハラスメント事件。ビジネス・サスペンス

マイクル・クライトン

エアフレーム―機体―上下
酒井昭伸訳
大型旅客機に異常事態が発生し、大惨事になった。事故調査チームの前に数々の苦難が。

トラヴェルズ―旅、心の軌跡―上下
田中昌太郎訳
ダイヴィング、キリマンジャロ登頂など、クライトンの自己探求の旅を綴った自伝的作品

タイムライン上下
酒井昭伸訳
中世に残された教授を救え。量子テクノロジーを用いたタイムマシンで学生たちは旅立つ

プレイ―獲物―上下
酒井昭伸訳
暴走したナノマシンが群れを作り人間を襲い始めた……ハイテク・パニック・サスペンス

恐怖の存在上下
酒井昭伸訳
気象災害を引き起こす環境テロリストの陰謀を砕け！　地球温暖化をテーマに描く問題作

ハヤカワ文庫

訳者略歴　英米文学翻訳家。獨協大学外国語学部英語学科卒　訳書『マンハント』スワンソン，『スパイダー』マグラア，『煙突掃除の少年』ヴァイン，『ジュリー&ジュリア』パウエル（以上早川書房刊）他多数

HM=Hayakawa Mystery
SF=Science Fiction
JA=Japanese Author
NV=Novel
NF=Nonfiction
FT=Fantasy

MORSE
—モールス—
〔上〕

〈NV1209〉

二〇〇九年十二月二十日　印刷
二〇〇九年十二月二十五日　発行
（定価はカバーに表示してあります）

著者　ヨン・アイヴィデ・リンドクヴィスト
訳者　富永和子
発行者　早川浩
発行所　株式会社早川書房

郵便番号　一〇一 - 〇〇四六
東京都千代田区神田多町二ノ二
電話　〇三 - 三二五二 - 三一一一（大代表）
振替　〇〇一六〇 - 三 - 四七七九九
http://www.hayakawa-online.co.jp

乱丁・落丁本は小社制作部宛お送り下さい。
送料小社負担にてお取りかえいたします。

印刷・信毎書籍印刷株式会社　製本・株式会社川島製本所
Printed and bound in Japan
ISBN978-4-15-041209-8 C0197

＊本書は活字が大きく読みやすい〈トールサイズ〉です